김비서가 왜 그럴까

金祕書為何那樣 2

鄭景允——著　張靜怡——譯

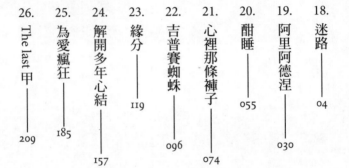

目錄 CONTNETS

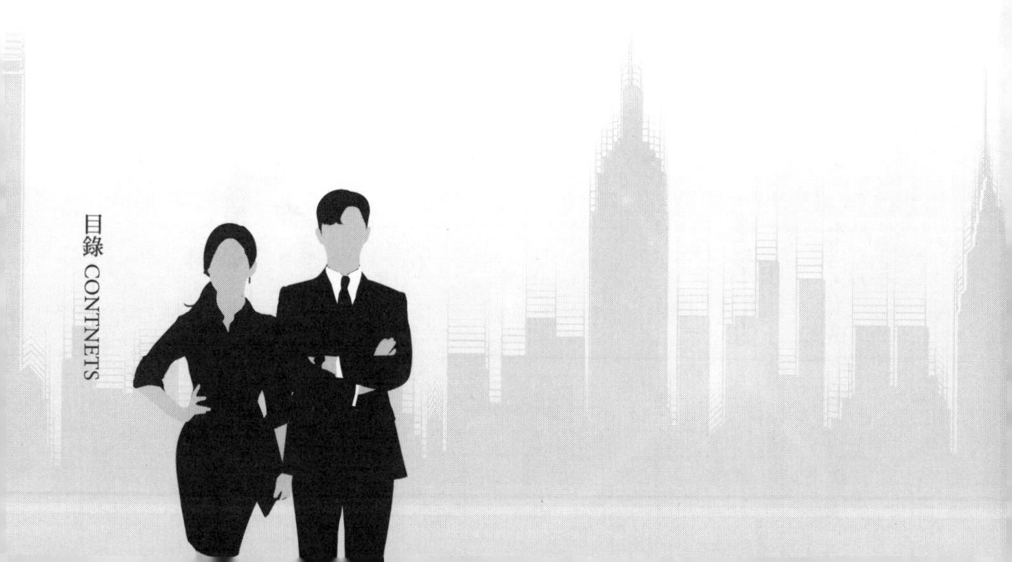

18 迷路

為什麼對不上呢？那天自己究竟為何會出現在那裡呢？這迷茫的感覺像是走在沒有盡頭的迷宮裡。

唰——

別的不論，這單身公寓的水壓之大，簡直能讓蓮蓬頭裡噴灑出的水聲跟雨聲相媲美了。

第二日的清晨，微笑閉著眼睛，沐浴在熱水下，回想起昨夜看著夜景被英俊擁在懷裡的那一刻，有種難以名狀的溫暖和溫柔，同時還混雜著一種陌生感，那一瞬間的他彷彿不像她認識多年的那個李英俊。

噴湧而出的水流重重地打在她的身上，微笑一動不動地站在水下，或許是因為水溫太高，又或許是什麼別的原因，她的臉頰和耳廓不知不覺已透著一抹紅色。

「因為妳是微笑啊。」

這句話到底是什麼意思？

要不是朴博士在那個重要的時刻打電話過來，他會不會在離開之前好好解釋一下那句話的意思呢？不對，如果他一開始就考慮跟她解釋的話，就不會一直閉口不談了。

雖然不清楚他的想法，但至少有一點可以確定，在微笑上班之前，英俊就已經認識她了。

究竟是何時，何地，如何，又為何見面的呢？

想來想去也想不出兩人的過去有什麼交集可言，唯一比較接近的線索就是成延的誘拐事件。

若真的是這樣，那事情就變得越發奇怪了。

被誘拐的當事人成延因為遭受了巨大打擊，根本不記得微笑。微笑也不記得當時跟她在一起的人是誰，英俊也因為那件事失去了所有的記憶，但英俊卻一早就認識她。如果這些都是事實，那麼這前因後果未免有些說不通了。

微笑很疑惑，總有一種「見者非全」的感覺。

「天啊，我怎麼了。」

微笑光顧著發呆，回過神來才發現，擠沐浴露的時候忘了拿沐浴球。

擠多了的沐浴露不斷流向瓷磚地面，微笑手一滑將浴花丟了出去。她探下身去撿沐浴球，不經意間發現自己的腳踝處還掛著瘀青，不由眉頭一皺。

「啊啊，去他的第一名。」

這可怕的瘀青都是她在參加二人三腳比賽的時候，腳踝上的繩子繫得太緊，還使出吃奶的力氣全力奔跑而留下的後遺症。看來在痊癒之前，只能多穿幾天黑絲襪了。

她看著腳踝上青了一圈的傷痕，突然感受到陣陣莫名的寒意。

「我……怎麼會突然這樣呢？」

不寒而慄的她搖了搖頭，片刻後，她似乎在逃避著什麼，匆匆洗完澡離開了浴室。

＊＊＊

昨晚離開前，英俊要微笑早上直接到公司上班。平時他都會讓微笑到自己的住處協助他做上班準備，順便彙報當天的行程。他之所以這樣做是希望微笑可以多休息一會兒。炙熱的擁抱過後還有出人意料的體貼，除了讓她不知所措之外，更讓她擔心的是英俊是不是生病了。

上午六點鐘，因為時間還早，公司的大廳裡冷冷清清的。

她先跟保安打了個招呼，然後打了卡，正準備上電梯的時候，聽到後面一陣匆匆的腳步聲越來越近。

「微笑祕書，等等！」

聽到一陣熟悉的聲音，她回頭看過去，發現那人是朴博士後，瞇起眼睛盯著他。

「哎呦，妳別這樣看著我啦。真的很抱歉。誰會想到都那麼晚了你們居然還在一起啊？」

「啊！這話要是讓別人聽去了，還以為我們一起待到凌晨三四點呢。當時可是傍晚時分，天還亮著好嗎？」

「是，是。抱歉。哦……不過……難道……」

侑植突然漲紅了臉認真地低聲問道：

「加州汽車旅館？」

「什——麼?!您在說什麼啊！」

微笑慌張地失聲尖叫，嚇得大廳裡的保安和幾名員工一起看向她。

「我當時在副會長家跟他談事情呢。」

微笑好不容易冷靜下來，鎮定地給出了一番解釋，侑植聽完也安心地長吁了一口氣，點了點頭。

「咻，真是萬幸啊。要是我破壞了你們的重要時刻，那我今天一整天都得躲著英俊了。」

看著一臉天真的侑植，微笑似乎想起了什麼，快要哭出來的她不由得一邊抽著鼻子一邊在心裡OS：

確實是超級十分重要的時刻啊！

「啊，對了，聽說您跟前……夫人的誤會解開了？」

「算我拜託妳，說的時候能不能別在『前』和『夫人』中間停頓那麼久嗎？嗯？」

「抱歉，我實在不知道該怎麼稱呼她。」

「算了。反正我們已經約好這週末一起喝一杯了。」

「太好啦。趁此機會重新開始吧。」

「說得容易，哪那麼簡單啊？不過我還是會努力的。先不說這個了，妳怎麼樣啊？你們有進展了嗎？」

「什麼進展啊。」

看到微笑羞紅了臉，侑植樂呵呵地回應她：

「趕緊練習一下表情管理吧。妳的臉啊，心裡想什麼完全寫在臉上。」

「不知道啦。」

員工專用電梯門一打開，兩人便慢步走了進去。

微笑笑盈盈地按下電梯樓層，侑植冷不防說道：

「對了，微笑祕書，之前運動會的時候，英俊傷到了腳踝，我們跟他一起去的醫院對吧？」

「對，沒錯。」

「當時妳跟著他進診療室了嗎？」

「沒有，我只是在走廊等著。」

「那當時是誰跟著英俊進去的？」

她若有所思地歪著頭回想。

「不太清楚，這麼想來當時好像沒有人跟著他進去……」

「是吧？」

「啊，沒錯，我可以確定。當時是副會長一個人進去的。本來我想跟進去的，但是他突然發脾氣……」

「果然如此。」

見侑植的表情突然變得僵硬起來，微笑似乎猜到了什麼，開口問道：

「昨天在醫院出了什麼事嗎？」

「雖說只是上了石膏，但是自己去拆石膏也未免太淒涼了。所以我就死皮賴臉要跟著去，可他卻十分強硬地拒絕了我。你也知道我的脾氣，我一時氣不過，就死勁兒拚命跟著他去了。」

「嗯，然後呢？」

「雖然只有短短的一會兒，但是護士開門出來的一瞬間，我瞄到了……」

微笑驚訝地看著侑植，他語氣稍加嚴肅地繼續說道：

「我一開始還以為是襪子的勒痕，但後來發現並不是。那分明是傷疤，觸目驚心的傷疤。」

微笑的臉色頓時變得蒼白起來。

「您這是……什麼意思？」

「英俊的腳踝上有一道舊傷疤。雖然我不敢確定，但我總感覺，那好像是被什麼東西綁過的痕跡。」

「只是被綁過怎麼會留下那種痕跡呢？」

「我以前看過一個動物保護節目，他們救助過渾身纏滿了電線的流浪狗。長時間血流不通而導致腫脹的情況下，電線會慢慢陷進肉裡……」

「別，別說了！」

微笑不敢再繼續聽下去，捂住了耳朵，侑植見狀立刻轉移話題。

「總之，那傷疤看上去確實是那樣的。」

他偷瞄了一眼面色蒼白、默不出聲的微笑，輕聲說道：

「或許那小子……」

「兩兄弟當中被誘拐的是副會長的哥哥，我昨天跟他見面聊過了，而且我記憶中的名字也是『成延』哥哥。」

「是嗎？那英俊腳踝上的傷疤到底是怎麼回事呢？」

微笑忽然感覺一陣暈眩，眼前一黑，下意識地靠在了電梯牆壁上。

眼前彷彿故障的電視機畫面，叫人分不清是夢還是現實，只聽到一個陌生的聲音響起。

〔好痛，哼哼。給我解開這個，我要回家。我害怕。哇哇。〕

〔別哭。哥哥給妳解開。〕

〔這個怎麼解開啊？〕

〔用剪刀剪開就行。〕

〔可是這裡什麼都沒有啊。〕

〔外面可能有……〕

〔我不要，我害怕。外面不是有好大的蜘蛛嘛。〕

〔沒關係。妳就待在這裡。我去拿。〕

〔不行。我不要，哥哥！你不可以丟下我就走！哇哇！〕

〔我不會丟下妳就走的。哥哥絕對不會丟下妳自己走的。別哭了。〕

「微笑祕書？」

「啊，是。」

「妳這是怎麼了？臉色這麼蒼白？」

侑植關切的聲音把她拉回了現實，微笑強打起精神眨了眨眼睛，鎮定自若地答道：

「啊，沒什麼。」

看來當時被綁架的不止成延一個人。沒錯，按常識來講，如果跟一個被誘拐的小孩待在一起的話，肯定不可能自由自在地玩耍。

常識？要說常識的話……

那就按照常識來想一想吧。誘拐犯自己了斷性命之後，孩子們輕易走出了那裡，這就說明房門並沒有從外面上鎖。那麼，成延整整三天沒能離開那個地方，到底是什麼原因呢？

如果腳踝被綁倒是有可能。而且在微笑的記憶中，成延最後留給她的背影恰好是一拐一拐的樣子。

想到這裡，她不禁心生懷疑，那個少年是否真的是成延呢？如果是的話，從各方面來看，這一切都太過模稜兩可了。而且如果昨天侑植沒看錯的話，根據當前的種種情況推測，英俊更像是被誘拐的當事人。

為什麼對不上呢？那天自己究竟為何會出現在那裡呢？

這迷茫的感覺像是走在沒有盡頭的迷宮裡。

微笑深深地歎了口氣，就在此時，一聲清脆的鈴聲響起，電梯門隨之打開。

「哦？我們副會長這麼早就上班了啊。」

英俊好像有什麼事要下樓的樣子，正以一種耀眼的姿態直挺挺地站在電梯門前。

「是你來晚了吧？啊，對了，朴博士，你怎麼就這麼來上班了？」

「嗯？」

「不是說好了嘛，我給你前妻打電話解釋，你今天要跳著〈紅色味道★〉來上班啊？」

「哎呦呀啊啊啊！這孩子一大清早的說什麼鬼話呢！」

「怎麼是鬼話呢？不是你說的嘛，要麼上班的時候跳〈紅色味道〉，要麼一輩子把我當大哥一樣好好伺候著。」

「你不要隨意揑造記憶！我說過〈紅色味道〉，我可沒說過一輩子把你當大哥一樣伺……」

「是吧？」

「咳呃！中計了！」

「趕緊開始吧。」

「呃。」

★韓國女團 Red velvet 的熱門歌曲。

英俊打趣地望著一上班就愁眉苦臉的侑植，笑著向微笑打了個招呼：

「金祕書，早啊？」

沒有任何防備就撞上了英俊，微笑的臉一下變得火辣辣的。

看著微笑的臉一下子紅到耳根，支支吾吾的，英俊有些詫異，他一個箭步走到她面前，認真地命令道：

「抬頭。」

「什麼……？」

「我讓妳抬一下頭。」

微笑一頭霧水地抬起頭，英俊緊緊盯著她的臉，靠得更近了些。

「幹，幹，幹，幹什麼啊?!」

微笑驚慌得手忙腳亂，模樣很是滑稽，英俊一副沒事的樣子抬起手，輕輕拂過她的臉頰。

「有根眉毛掉在臉上了，真邋遢。」

「啊……」

微笑滿臉的羞澀，像金魚一樣嘴巴一張一合地說不出話來，英俊則不像平時，滿眼溫柔深情地看著她。一步之外的侑植把這一切都看在眼裡，意味深長地嘟囔道：

「還說什麼沒進展呢。分明就是有什麼嘛。」

＊＊＊

成延回國以後，仍舊整天在外面晃蕩，直到週一下午才回了家。

「這麼久才回來一趟，也在家裡睡一回吧。你這是不分白天黑夜的外宿嗎？你這小子。」

聽到崔女士溫柔的斥責，成延笑得燦爛，一下把她緊緊抱在懷裡。

在國外生活了那麼久，這次回家最讓他意外的，就是父母的變化。日子一天天的過去，平時並沒有什麼感覺，猛然看到父母臉上布滿歲月的痕跡，不禁讓人感慨：「啊，不知不覺時間已經過去那麼久了啊。」

「很久沒回來了，我去見了見朋友。」

「啊啊，是女朋友吧？你這個花花公子。」

「唉，媽您也真是的。」

成延咻咻笑著癱倒在沙發裡，崔女士心疼地看著他，一邊削著傭人拿來的蘋果，一邊問道：

「你昨天忙什麼呢，也不接電話？你爸爸很久沒下圍棋了，想下一盤呢，英俊去醫院拆石膏，你又不接電話。」

「啊，昨天我見了個人。對不起。」

「知道你忙，但你也顧及一下你爸爸。」

「好的，媽。」

成延橫躺在沙發上，出神地望著吊燈，溫柔地笑著問道：

「媽，妳知道我昨天見了誰嗎？」
「不知道啊，我兒子見了誰呢？」
「一個讓人高興的人。她跟我說很久以前的那個時候，我不是一個人被困在那裡的。在那個又冷又黑的地方，除了我，還有一個人。」
「什麼……意思，這是？」
真是聞所未聞。崔女士震驚得瞪大了眼睛，而成延則滿臉洋溢著欣喜，直直地看著對方。
「我逃出那裡的那天，她說和我在一起。我們兩個人一起逃離了那個恐怖的地方。是不是很驚訝啊，媽？」
崔女士的臉色突然變得很蒼白。她似乎是想分辨出事實的真假，只是觀察著成延的臉，什麼都沒有說。
「啊啊，聽到那些話的瞬間，您知道我有多安心嗎？原來那時我並不是一個人孤單又寂寞啊。幸好，想到這些，我簡直要哭出來了。」
「不，不可能吧。那天凌晨在警察局的只有你一個人。」
「她說我是把她送回家以後才離開的。看來她是住在那附近吧。」
「真是難以置信。我覺得不太對勁，雖然不知道她是誰，但那些話你就別想了。肯定是對你有意思，才故意編出來的謊話。」
崔女士搖搖頭，又重新開始削蘋果。成延一臉頑皮地看著她，起身問道：
「您知道那天和我在一起的女孩是誰嗎？」

「不知道。」

「是微笑。」

「誰？」

「金微笑。」

「你說……是誰？」

「就是英俊的祕書，金微笑。」

咚，噹啷！

崔女士手裡的蘋果和果刀掉在地上，她面色蒼白地直打寒顫：

「這孩子……說什麼呢？微笑那天……怎麼會在那裡，到底為什麼……」

崔女士的耳邊迴響起不久前李會長的話：

〔老婆。其實我早就覺得，英俊他也許已經恢復了記憶……。〕

「英俊他難道從一開始就……」

啪嚓。

遮蓋在水面上的薄冰漸漸出現了裂紋。

＊＊＊

傍晚時分，微笑接過智雅拿來的箱子，放在祕書室的桌子上，問道：

「什麼東西這麼重？」

「筆記型電腦。」

「啊啊。」

上一個筆記型電腦被英俊摔碎了，又重新買了一個。微笑看了看座鐘，估算了一下安裝軟體所需的時間，瞪圓了眼睛大聲喊道：

「天啊！已經這麼晚了啊！智雅，副會長馬上就來了，動作快。」

「是！」

「把那把剪刀遞給我！」

「給您！」

微笑接過剪刀，匆匆忙忙打開箱子，突然手一滑。

「啊！」

事情發生在一瞬間。

鋒利的剪刀刃劃過微笑的左手手背，雖然只是輕輕地掠過，刺裂的疼痛感瞬間就擴散至全身，疼痛的傷口處滲出了鮮紅的血滴。

微笑冷冷地看著那把長長的剪刀，只見黑色的手柄上還畫著鴿子。這是怎麼回事，微笑的眼前再一次變得縹緲起來。

〔哥哥，很痛嗎？〕

是孩子們抽泣的聲音。好像是在一起哭泣的樣子。這是為什麼呢？

〔好痛……嗚嗚嗚……好痛啊，微笑……啊啊，痛死我了，嗚……〕

一滴滴落在地上的血跡，畫著鴿子的黑色手柄剪刀，急切地想要拆下來的那條纖細的繩子，還有像是自我安慰似的、一直不停地叫著「微笑，微笑」的少年。

「微笑不要哥哥痛……」

「金祕書。」

「別哭，哥哥，別哭……」

「金微笑！清醒一下！」

聽到英俊冰冷無比的聲音，微笑彷彿被潑了冷水一般，猛地回過神來，這才發現自己癱坐在了地上。

「副會長……」

微笑抬頭看著英俊，矇矓的雙眼忽然淚如泉湧。

「天啊……我這是怎麼了？」

豆大的淚珠猶如斷了線的珠子掉落下來，微笑驚慌得不知該如何是好，但決堤的淚水卻沒那麼容易止得住。
「還不好好工作？快打起精神來？」
聽到英俊嚴厲的斥責，微笑的眼淚竟然神奇地止住了。
「啊……對，對不起。」
微笑精神恍惚地不停地擦著自己的臉頰，英俊冷靜地指示道：
「金智雅，別愣在那裡著了，去拿冷水和急救箱來。」
「啊……是！」
智雅飛速離開祕書室，英俊單膝跪地，打量著微笑的臉，小心翼翼地問道：
「沒事嗎？」
「啊，沒事。現在沒事了。」
「怎麼回事？」
「不……不知道。突然想起以前的事……」
英俊的眉間緊緊皺成一團。他深深地歎了口氣，伸手幫微笑整理好散落的髮絲，輕聲地說道：
「妳狀態看起來不太好，今天就先下班吧。」
「不用了。真的沒關係。」
「讓妳下班，妳就下班！」
英俊突然敏感地大喊出聲，微笑嚇得肩膀一縮。

英俊像僵住了似的沒有說話，好一會兒，他才淡淡地問道：

「妳見到了一直尋找的哥哥，也親眼確認過了，這不就好了嘛。還要做什麼呢？」

「不……不是的，不是那樣的。」

「還有，如果妳不想和成延哥交往的話，以後就不要再見他了。再翻出以前的事情，想這些沒用的，只會平添煩惱罷了。」

「可是……」

「沒有『可是』。如果因為妳的私事而妨礙了工作，我真的會生氣的。妳以前可沒這樣過，一點也不像妳。」

「我會注意的。」

這時，智雅拿著裝了水的杯子和急救箱回來了。

英俊接過杯子遞給微笑，又向智雅伸出手。

「把急救箱給我。」

「我來吧，副會長。」

「凡事不要讓我說第二遍吧。」

聽到這冰冷的回答，智雅心中一緊，飛速遞出急救箱。英俊取出消毒藥，給微笑手背上的傷口消毒。微笑疼得皺緊了眉頭，發出一陣呻吟：

「啊呀啊……」

「痛嗎？」

「有一點。」

英俊在傷口上抹了軟膏之後，又貼上了ＯＫ繃，冷冷地說道：

「這點傷根本算不上痛。忍著。」

***

滴答滴答。

微笑背靠著床坐在地板上，一動不動地待了好一會兒。

提前下班以後，她什麼也沒做，只是呆呆地看著鐘錶的指針，不知不覺已經過了九點。肚子不餓，晚飯也沒有吃。

「你記住，這個世界上只有兩個人是絕對不能在我面前提「體貼」二字的，一個是我哥哥，另一個就是妳，金微笑。」

「雖然Bigbang很久以前就不在了，但是直到現在，我家院子裡的某個地方應該還留有牠埋下的磨牙棒吧？我認為這就是所謂的記憶。不管你掩埋得多深，也不管你再怎麼忽略它，存在過的事實本身是不會消失的。我和我哥的關係不是不好。我們的關係，說起來……就好比是Bigbang的磨牙棒吧。」

〔人的記憶總是會往保護自己的方向發展。所有消失不見的記憶都有它消失的原因。〕

〔因為妳是微笑啊。〕

腦海中的思緒紛紛擾擾。就像是模糊的拼圖，有很多不同的版本混雜在一起，根本拼不起來一樣。

微笑摩挲著手背上的ＯＫ繃。她好像還能感受到英俊手上的餘溫，又一次羞紅了臉。

也許是因為一下子變得太過悠閒的緣故，她莫名感覺到一陣難以忍受的寂寞和空虛。早知如此，不管怎樣都該留在公司，按照原定計畫和英俊一起參加晚宴才是。

「現在差不多已經結束了吧？」

她剛拿起手機，螢幕就一下子亮了起來，隨即響起了簡訊的提示音。

「啊！嚇我一跳。」

微笑大吃一驚，長吁了口氣後連忙抓起手機確認簡訊：

〔還不睡？〕

這是一條彷彿具備語音功能的簡訊。是英俊。

微笑不由自主地笑出了聲，與不久之前低落的情緒截然相反，她興致勃勃地回覆起信息：

〔現在才傍晚，哪有這麼早就睡覺的。〕

〔好不容易提前下班，還不好好補充一下睡眠。又在看我哥寫的奇怪小說嗎？〕

〔天啊，才不是什麼奇怪小說呢。〕

〔只要是我哥寫的，一定奇怪。〕

微笑習慣性地在對話方塊裡打出了三個「哈」。

〔傷口好點了嗎？〕

〔您不都說了嘛，這點小傷不算什麼。現在一點都不痛了。〕

對話方塊突然安靜了好一會兒。

微笑開始糾結起來，心想：

哎呀，難道我應該裝一下可憐嗎？

就在這時，眼前突然彈出了一個長長的白色泡狀對話方塊：

〔任何時候都不會向人示弱。〕

這是什麼意思？

〔這正是我喜歡微笑的眾多理由之一。〕

這個男人從昨天開始，就好像把浪漫天分都施展出來了一樣，說出來的台詞句句堪稱經典。

微笑有些不知所措，一下子羞紅了臉。這時又彈出了一條簡訊：

〔從明天開始，我會拚命使喚妳的，提前做好心理準備。〕

〔您是把我遞交的辭呈忘得一乾二淨了啊。〕

〔當然了。我這個人通常都會把那些沒用的記憶當場刪掉。〕

〔雖然說多了顯得有些囉嗦，但您的性格真的是相當嚴格啊。〕

微笑咯咯地笑著低聲自語道：

「當然，這也是我稍微喜歡副會長的其中一個理由。」

〔早點睡。〕

哎喲？這就要結束了嗎？微笑莫名覺得有些意猶未盡，咬著手指開始盤算著有什麼能刺激他的藉口。

就在這時，螢幕上突然蹦出來一行意味深長的簡訊：

〔睡覺的時候別忘了拉窗簾。〕

「啊……」

微笑看了一眼因為悶熱而掀開的粉紅色窗簾，把手機扔在一旁，唰的一下站了起來，不管三七二十一地衝出了房間。

他從什麼時候開始站在那裡的？

微笑三步併兩步地從樓上飛奔下去，跑得氣喘吁吁。只見英俊正獨自靠在車旁摩挲著手機，那落寞的身影險些讓微笑哭了出來。她想不明白，今天怎麼老是想掉淚。

「副會長！」

英俊看到跑出來的微笑，眼睛睜得滾圓。

他緊緊皺著眉頭，焦急地把外套脫下來披在她肩上，突然發火道：

「感冒了怎麼辦？怎麼穿成這樣就出來了?!」

「我太心急了就……」

「有什麼好心急的？先上車。」

英俊親手打開了副駕駛座的門，讓微笑坐了進去。

英俊把門關上，坐到了駕駛座上。車廂裡隔絕了外面的喧囂聲，完全陷入了沉寂。

英俊啟動車子，把暖氣調到最高溫。微笑竟然從這個自私自利、唯我獨尊的李英俊身上感受到了無微不至的關懷。

不，這樣說來倒也不盡然。雖然英俊總是唯我獨尊又目中無人，說話也不顧他人感受，但卻唯獨會對微笑給予特別優待。

微笑的肩膀被英俊的外套緊緊包裹著，她的鼻尖嗅到一股深沉而濃郁的香氣。他是施了什麼魔法嗎？他明明和其他男人用著同樣的香水，但從他身上散發出來的卻是完全不同的香味。

她對英俊那比自己寬闊許多的肩膀再熟悉不過了。回想起昨晚被他抱住的場景，她的心臟怦怦狂跳，眼前頓時有些恍惚。雖說兩人單獨相處也不是一次兩次了，但她卻不知道自己為什麼會突然這樣，反倒更加無措了。

「想什麼呢？」

英俊低聲問道。微笑聞言紅著臉尷尬地笑著回答道：

「什麼都沒想。」

「是嗎？」

「副會長呢？」

「我也是，什麼都沒想。」

兩人不約而同地露出相同的表情。複雜的神色讓人一眼就能看穿他們的謊言。車廂內又陷入了長久的沉默。

英俊輕輕地吸了一口氣，為了打破這種沉默，突然開口道：

「妳之前不是說，妳的願望是在家門口的巷子裡體驗一次浪漫的親吻嗎？」

「啊……對，我說過。」

撲通撲通。

在莫名的期待之下，微笑的心跳開始慢慢加速。

「那個……」

原本一直看著前方的英俊轉過頭來直視著微笑，認真地接著說道：

「要我現在吻妳嗎？」

聽到這話，原本絕佳的氣氛瞬間被打破了。

「您說『要我吻妳嗎』？」

微笑的臉上掛著燦爛到令人毛骨悚然的微笑，一邊笑一邊繼續說道：

「果然是『江山易改，本性難移』啊，副會長。」

「說什麼呢？」

「『要我吻妳嗎』是什麼啊？『現在可以吻妳嗎？』或者『現在怎麼樣？』哪怕是這樣說也會好一點不是嗎？」

「這不都一樣嘛。妳別老是挑毛病，氣氛都被妳破壞掉了。」

「雖然根本就不存在什麼所謂的氣氛，不過就算有，也早就被您給破壞了。」

「妳怎麼句句不饒人啊？金祕書，妳到底是怎麼了啊？」

「我都伺候副會長九年了，這點『內功』還是要有的。」

「真是了不得。」

「總不能光讓副會長贏吧？」

「當然要啦，妳難道想騎到我頭上嗎？」

兩個人針鋒相對地面對面吵了好一會兒，微笑漲紅了臉，氣鼓鼓地說：

「夠了！還是算了吧！」

見微笑氣得扭過頭去，英俊有些強硬地伸出雙手捧住了她的臉頰，把她的臉重新轉了回來。

「什麼算了！」

英俊從駕駛座上直起身子，徑直把微笑的臉挪了過來，一下子把嘴唇貼了上去。

「唔！」

英俊用力地親吻微笑，焦急而迫切地品嘗她的嘴唇，甚至能清楚感覺出她牙齒的形狀。他雙眼用力地瞪著，眼睛上的血絲清晰可見。

「呃……」

微笑的臉頰被英俊緊緊地按著。觸及到他掌心的冷氣，她的臉頰漸漸涼了下來。

雖然這樣迫切的親吻已經是第二次了，但微笑從來沒見過他的手抖得這麼厲害過。她悄悄睜開眼睛，與目光幽深的英俊視線相撞。只見他的臉色不知不覺中變得慘白，目光中的恐懼讓人心疼。

﹁閉上眼睛的話，我偶爾會看見鬼。﹂

這話看來並非是假的。

微笑記起那次英俊被剪刀刺傷之後痛苦的表情。她慢慢將她的手放在他的手腕上，又順著手臂和肩膀，落在了他的脖子上，她用溫熱的手輕柔地向上遊走，最後停在英俊冰冷的雙頰。

微笑什麼話都沒說，只是用她的嘴唇去回應他。就像是在說，你眼前的人是我，所以沒關係。

在稍稍分開的唇齒之間，英俊用喑啞的嗓音低吟道：

「現在沒事了……沒事了。我不會推開妳的。」

原本拉開了很小一點距離的嘴唇，又再次密不可分地貼在了一起，繼續分享起更深更纏綿的吻。

英俊與微笑交換著彼此溫熱的呼吸和唇動，互相感知著對方。這一刻，他胸腔之中深深隱藏著的那股沉重的氣息終於吐了出來。

等那長得似乎沒有盡頭的一口氣出完，他的身體終於停止了顫抖，緊緊地閉上了雙眼。

他再也看不到，也聽不到任何奇怪的東西了。此時此刻，他所感受到的不再是痛苦和恐懼，只有微笑的體溫和香氣。

無論是不斷重複的噩夢，還是不停回想起來的場景，抑或是沒有盡頭的哭泣聲，都順其自然，隨它去吧。因為我此刻會從那個地方走出來，就像很久以前，握著那隻胖胖的小手走出來那樣。

英俊悄悄地分開了微笑的雙唇，探索著更深入的地方。微笑陶醉於這個深吻，隨後也開始積極地回應著他。

就在兩人之間的吻漸漸變得深入而隱祕的時候，車窗外開始出現了細微的變化。天空中飄起了絨毛一般細小的雪花。

狹窄的巷子裡，除了車子發動機的聲音再沒有任何聲響。

就像是所有人都約好了一樣，不願打擾這對戀人熱情似火的初吻。就連雪也無聲無息地在漆黑的夜空下飛舞起來。

19 阿里阿德涅★

其實今天我想跟妳說的是……謝謝妳那天陪在他身邊。

侑植為了下個月的出差計畫來到英俊的辦公室，剛進去不到一分鐘，就又拿著手裡的資料檔案走了出來。

「難不成得了睡病？真是難得啊。」

「什麼？」

「我是說副會長。剛才開會的時候就在打瞌睡，現在又睡了。」

聞言，微笑也跟著擔憂起來，用餘光看向辦公室的門。

「昨晚你們是不是有情況啊？」

「能有什麼情況啊。」
「唉，什麼情況，什麼情況？就跟我老實說吧。」
「我都說了什麼情況都沒有。」
「哦……不過微笑祕書，妳的脖子怎麼了？看起來很不舒服的樣子啊？」
果不其然，準確來說她的脖子現在正呈三十度歪斜狀。
「我也不，不太清楚。」
初雪那日，兩人坐在家門口的車上激烈熱吻，美好得無與倫比。只不過，美中不足的是，男人在把鬧脾氣扭過頭去的女人拉回自己這邊的時候，用力過猛。
英俊魄力十足地一下把微笑的頭轉了過去，完美地留下了後遺症。頸椎發出的嘎吱悲鳴彷彿至今還縈繞在她耳邊，她只能慶幸自己的脖子沒有被當場扭斷。
「肯定很痛吧。」
僵硬的坐姿讓她看上去像是手藝不精的農夫做出來的稻草人。侑植憐憫地低頭看著微笑問道：
「智雅去哪兒了？」
「她去辦理銀行業務了。」
「那等她回來之後，讓她順便來我辦公室一下吧。我有很多膏藥，可以分給妳一些。」

★克里特島國王米諾斯的女兒，幫助愛情國王的太子殺死克里特王國迷宮裡吃人怪獸米諾托，並成功逃出了迷宮。

「謝謝。」

「副會長是不是要準備外出啊？」

「是的。他和 Centummotors 公司的權社長約了午餐。」

「那就先讓他睡一會兒吧。微笑祕書待會兒幫我把這些檔案交給他吧。」

侑植把拿來的資料輕輕放在辦公桌上，隨後又從口袋裡拿出防止瞌睡的口香糖，輕輕推了過來。

「在重要場合又打瞌睡的話可就大事不妙了。」

「等他醒了我一定替您轉交。」

侑植離開之後，微笑拿著資料輕手輕腳地走進了辦公室。

此時的英俊躺在沙發上睡得正香。

上班時間睡覺，這要是換作平時根本無法想像。

昨晚，在那彷彿永遠不會結束的熱吻之後，英俊緊緊摟著微笑的肩膀，把臉埋進她的頸窩。微笑靜靜地用全身感受著這份溫暖與安心，盡情享受著英俊熾熱的擁抱。

可是沒多久，微笑就感覺到不對勁，原本緊緊圈著她的雙臂突然沒了力氣，低頭一看才發現，在這窄小的空間裡，英俊就這麼靠著她的肩膀沉沉地睡去了，她花了好大力氣才將他叫醒。

奇怪的事情還不止這一件……

英俊今天早上還莫名其妙地睡起了懶覺，除了生病之外，從沒發生過這種事情。不僅如此，開早會的時候他還打瞌睡失手打碎了茶杯，回到辦公室後似乎仍舊戰勝不了睡魔的樣子，又是搧自己耳光，又是搖頭晃腦，最後一不做二不休，乾脆躺下來舒舒服服地睡了過去。
微笑輕撫著他安心熟睡的臉龐，情不自禁地輕輕握住了他的手。
而熟睡的英俊對這一切渾然未覺，他彷彿是一個遠遊歸來的旅人，漫無目的地漂泊了許久之後，終於放下行囊躺下來一樣。看著他疲憊的面容，微笑心中不禁泛起一陣酸楚。
「會著涼的，得去拿個毯……」
微笑正要轉身去祕書室拿膝蓋毯，下一秒卻停下了動作，這才發現是英俊在半夢半醒間緊緊抓著她的手不肯鬆開。
「您醒了？」
英俊微微睜開眼睛又合起，聲音無力地問道：
「幾點了？」
「還可以休息三十分鐘，您再睡一會兒吧。」
「好吧……」
換作平時，就算是喝多了也不會這麼無力，他現在更像是一個完全沉醉在夢鄉裡的人，就連牽著微笑的那隻手也沒什麼力氣。
「您冷嗎？」
「剛才就冷得要死。」
「我去把膝蓋毯拿來給您蓋上。」
「不需要。」

「沒關係的，那是昨天洗過的……」

英俊鬆開微笑的手，隨即用右手一把攬過她纖細的腰，微笑一時失去了重心，直接跌坐在沙發上，上半身不偏不倚撲在了他的身上。

「媽呀！」

英俊的聲音比剛才清脆了不少，低聲說道：

「這種時候妳不該喊媽媽，應該喊我才是。」

「這倒是。那副會長，您現在能鬆開我了嗎？您不是說冷嗎？我去拿毯子。」

「我說了不需要毯子，微笑妳來溫暖我吧。」

「您瘋了嗎？」

「我沒瘋啊。」

「這裡可是辦公室，要是被智雅看見了怎麼辦？」

「她不是出去了嘛。」

「可是……」

「妳要是拒絕我，我就把妳昨晚惹的事明明白白地寫在公司的公告欄上。」

「什麼？我昨晚惹什麼事了？」

「竟然敢勾引尊貴的副會長，讓他墮入了邪惡深淵。」

「天啊天啊天啊。」

「微笑，妳讓我墮落，害我失控。」

「真是受不了。我發現跟您講話會讓自己變得很奇怪。」

微笑無奈地歎了口氣，身體卻乖乖順著英俊的意思爬上了沙發。

她的後背緊緊靠著他的胸膛，炙熱的體溫和香氣包圍了她的全身，她不禁沉醉其中，連帶著意識都有些模糊。

「啊，這可不行，危險。」正當微笑在心裡大呼不妙之際，身後之人果然緩緩動了一下，隨即在她的脖頸處用力落下一吻。

「哈啊！」

微笑好像觸電一般，騰地晃了下脖子，脖頸處隨即傳來一陣嘎吱聲響。

「這是什麼聲音？」

「是新型物理療法哪。」

微笑一邊揉捏著回歸原位的脖子，一邊呵呵地假笑起來。

微笑像一隻乖巧的貓咪躺在英俊身上，凝視著他整整齊齊擺放在自己眼前的手，有些擔憂地開口說道：

「您沒有哪裡不舒服吧？」

「嗯，怎麼了？」

「感覺您突然很疲憊的樣子。」

英俊沉默了一會兒，淡淡地回答她：

「沒有不舒服的地方了，現在。」

那一刻，微笑覺得似有電流從脊樑骨貫穿而過。
在她聽來，「現在」這個詞太過意味深長，甚至有些心酸。

＊＊＊

正當微笑打算離開公司吃午餐的時候，英俊急匆匆地交給她一袋個人資料和印章，拜託她交給崔女士。
微笑心想這件事一定十萬火急，於是乾脆開著英俊的車去了會長家。由於她動作夠迅速，比預計的時間到得還要早。
崔女士親自來到玄關迎接她。
「真是抱歉，微笑工作那麼忙，還特意讓妳跑這一趟。」
「夫人，您太客氣了。」
「謝謝妳。」
明明說是急事，但崔女士壓根沒有打開袋子查看裡面的東西，而且她的表現也不同往日，多少讓人覺得有些不自然。
「那我就先走了。」
「微笑，來都來了，喝杯茶再走吧？」
「您的好意我心領了，只是我不能長時間離開公司的。」
「就一會兒，一會兒就好。」

微笑這才恍然大悟，剛才那種不自然的感覺究竟源自何處。代為轉送資料只不過是個藉口，崔女士此番找她其實另有目的。

微笑懷著忐忑的心情跟在崔女士身後走進了客廳，順從著她的意思坐了下來。待傭人擺好茶點之後，崔女士便示意其他人出去，只留她們兩人在屋裡，直到房門徹底關上之前，她始終一言不發。

「微笑真是出落得越發漂亮了。」

「您過獎了。」

「是不是有什麼好事？臉上容光煥發呢。」

「哎呦，沒有那回事啦。」

微笑連連擺手否認，臉上掛著明朗的笑容，崔女士和藹地盯著她看了一會兒，好不容易才開口說明本意。

「妳工作忙，拖著妳也不合適，那我就開門見山了。其實我今天把妳叫過來是有話想對妳說。」

「夫人，您請說吧。」

「聽說妳前不久跟成延見面了？」

果不其然，崔女士有私事要找她，不是因為英俊，就是因為成延。

「啊……是的。」

「其實，我聽他說了一件很奇妙的事。」

「是關於小時候的事嗎？」

「沒錯。聽說妳當時也在那裡……是真的嗎？」

「是的，是真的。」

崔女士的臉瞬間沒了血色。

「怎麼會……！到底為什麼……？」

想必這件事出乎了她的意料，畢竟微笑也是如此。微笑語氣平靜地解釋道：

「我小時候住在那附近。那時還太小，記得不是很清楚，不過我記得那天我跟哥哥一起待了一晚。我跟哥哥從那裡出來之後，就在我家門口分開了。其實直到前陣子，我都懷疑這一切都只是一場夢，看了成延哥哥寫的書才得以確定。」

崔女士顯得有些侷促不安，她趕忙拉住微笑的手急切地問道：

「能不能……跟我詳細說一說那天的經過？」

崔女士的臉上透著深深的不安。

即便不問，微笑也能夠猜到原因。崔女士和李會長夫妻兩人知道警方查明的案件始末，至於兒子被囚禁三天的詳細經過，他們一無所知。

縱使微笑也有許多問題想問，但目前只能先暫時放一邊，盡量平靜地先把自己目前記得的事情說給她聽。

「那間房子比我家還要小，而且非常冷，踩到地上的時候渾身都覺得冷颼颼的。哥哥原本蜷縮著坐在塑膠泡棉板上……我有些記不清了，不過他好像一直在跟我發脾氣，說我是笨蛋。大概是怪我不該來這裡的意思吧。後來，我只記得自己跟哥哥一樣，蜷縮著坐在他旁邊。老舊的門外傳來那個女人的聲音，然後不知從什麼時候開始，就聽到吱呀吱呀的聲音……還有一個巨大的蜘蛛……隨著那個聲音來回地晃……」

說到這裡，微笑已經面色慘白，她微微顫抖著，艱難地繼續說道：

「哥哥見我很害怕的樣子，還唱歌安慰我，然後爬到一個地方拿了剪刀回來，接著我還記得……」

一幕模糊的畫面從她眼前一閃而過。那是一把印有鴿子圖案的黑色手把剪刀，剪刀剪斷了某個東西……那到底是什麼呢？

〔你記住，絕對不要使用束線帶。在這個世界上，我最討厭無能的人，其次就是束線帶。〕

〔您為什麼這麼討厭束線帶呢？〕

〔就跟妳討厭蜘蛛一樣。〕

「好痛……好痛。太疼了，微笑呀……我快痛死了……」

微笑彷彿被什麼東西迷了心神，嘴裡止不住地嘟囔著，崔女士的哭聲讓她瞬間清醒過來。

「夫人！」

崔女士用雙手捂著臉忍不住抽泣起來，微笑趕緊把紙巾遞給她，她一邊擦淚一邊催促道：

「嗚嗚嗚，沒事，我沒事，妳繼續說……」

其實關於那個家的記憶也只有這些，她能說的已經全都說完了。

「哥哥把我送到家門口之後對我說，以後一定要再見面，然後就一拐一拐地離開了。他好像穿著栗色的格子衫……外面還套著一件白色夾克。」

崔女士聞言愣愣地盯著微笑，豆大的淚珠順著臉頰流過，留下兩行淚痕。她似是極為痛苦，捂住嘴巴抽泣著，含著眼淚努力地擠出一抹笑容：

「不是夾克，那是一件開襟針織衫。那件襯衫和開襟針織衫是千設計師專門為他製作的，其實我們並沒有委託他，是他主動想做給孩子做的，哎呦……不是我自賣自誇，他穿著實在是太好看了。設計師還說能給他穿上就心滿意足了，完全免費，所以後來我又另外送了份禮物給他。這孩子啊……從小就是如此特別，讓人覺得他是天賜的禮物。一開始我還以為他只是比別的孩子早熟，後來發現他和同齡孩子之間的差距越來越大，總是比別人優秀，在茫茫人海中一眼就能發現他，他就是如此出眾。」

微笑靜靜地聽著崔女士的話，臉色微微一變。

「那天早上，他穿著那件衣服背著書包離開家的背影真可愛。我都不捨得讓他露臉……當時也想過可能會冷，要不要換件衣服，我正想著他就已經出了門……本來想著只穿一天應該沒什麼關係吧，結果……嗚，我……我應該攔著他的，管他什麼好看不好看的，應該給他穿一件更厚實的衣服啊！嗚嗚。」

崔女士強忍住哽咽，勉強平復了心情之後才開口：

「那三天我根本不敢睡覺，雖然不知道他到底在哪裡徘徊，也不知道把他帶走的人是誰，但是我打心底祈求那個人能給孩子多穿一件衣服，我總覺得那孩子在哭著找媽媽，那種感覺簡直快要把我逼瘋了。嗚嗚！」

微笑回到記憶中的那一天，牽起痛哭流涕的崔女士的手。

「那孩子從小就怕冷，自從那件事之後就更怕冷了，所以每次天氣轉涼的時候，我都會……特別心痛，嗚嗚。」

微笑輕聲歎息著緊緊抓住崔女士的手，強烈的母愛讓她的手變得冰涼。

除了桌子上復古時鐘發出的滴答聲，整個客廳裡靜悄悄的，靜得直讓人覺得胸悶。

微笑小心翼翼地開了口張，打破了這陣沉默：

「副會長不怎麼跟我說家裡的事……所以我之前對成延哥哥的事情一無所知。」

「你有聽我們英俊提起過小時候的事情嗎？」

微笑想了很久，搖搖頭回答說：

「除了養過的狗以外……」

「啊啊，Bigbang Andromeda Supernovasonic。」

正認真聽崔女士說話的微笑噗哧一聲笑了出來，不可置信似的看著崔女士。崔女士揉著哭紅了的鼻尖，溫柔地笑了笑：

「那隻狗特別溫順。英俊一有空就跟牠黏在一起，自然會提起牠。牠和英俊的關係非常特別。」

「這名字也太荒唐了，我一直以為是開玩笑的呢，是真的嗎？」

「除了英俊，我們都叫牠嗨皮。」
「啊啊，幸好。」
「妳要對他保密哦。」
微笑捂著嘴笑了起來。崔女士也對著微笑笑了笑，從容地說道：
「嗨皮是一隻治療犬。是會長託人大老遠從瑞典帶回來的。」
「您說……治療犬嗎？」
好像有點奇怪啊。那隻狗有一個特別的名字，而且和英俊的關係也很特別，分明是為了安慰英俊才帶來的。那就有點矛盾了。那起事件的最大受害者應該是被誘拐的當事人才對啊。
「夫人，冒昧問一句……副會長說他失去了小時候的記憶，您知道這是怎麼回事嗎？」
聞言，崔女士的眼神失去了焦點。她恍惚地看著空中，好像想起了什麼不愉快的事情，身子也跟著顫抖起來。
「那時候我們家簡直亂作一團。那種無憂無慮的幸福時光就此消失不見，每天就像活在地獄裡一樣。完全無法讓成延和英俊待在同一個空間裡。成延一看見英俊就像要殺了他一樣撲上去。英俊就像個傻子一樣，愣愣地睜著眼睛，手足無措。我看了真難受。心理治療沒有效果，也不知道還要這樣生活多久，一想到這些就感到害怕，每天除了哭什麼事情都做不了。有一天，英俊吃早飯的時候突然暈倒了，再次醒來的時候就什麼都不記得了。準確地說，從那件事情發生的當天下午開始到暈倒之前的記憶就像是用橡皮擦擦掉了一樣，忘得乾乾淨淨。」
「啊……」

「英俊失去記憶的瞬間，所有的一切都令人難以置信地回到了正軌。」

聞言，微笑最先感覺到的是一種強烈的違和感。好像有什麼不太正常的地方。只是因為一個人失去記憶，所有的一切就都回到了原位。這到底是為什麼，究竟發生了什麼事情？

「那天以後，我們在享受安穩生活的同時，總覺得哪裡很奇怪，不過我們可能刻意迴避了這種感覺。因為不願打破現在的和諧。沒錯，或許……或許英俊他……」

微笑為了確認一直以來藏在心底的小小疑問，小心翼翼地問道：

「夫人，當時被誘拐的人真的是成延哥哥嗎？或許……」

崔女士眼神閃爍，怔了一會兒，轉過頭看著微笑的眼睛：

「如果那天和你在一起的是哥哥是成延……你會喜歡成延嗎？會和他交往嗎？」

微笑搖搖頭，堅決地否定了：

「這不是很久前的事情嘛。我不會因為這個就喜歡一個人或者跟他交往。而且，我已經把副會長……」

微笑欲言又止，因為慌張，臉唰地紅了。她揮揮手說：

「已經和英俊？」

「啊，沒什麼。」

見微笑害羞地避開了自己的視線，崔女士似乎徹底放下心來了，長長地吁了口氣，眼裡盈滿淚水：

「原來如此。真是太好了，太好了啊。」

崔女士忍住淚水，緊緊抓住微笑的手。
就在這時，客廳門外傳來一陣腳步聲和高亢的嗓音。來人正是成延。
「媽！聽說微笑來了？」
成延高興得門都沒敲，就直接推門而入。
可能因為剛跑步回來的緣故，這麼冷的天，他卻只穿著短袖、短褲，還不停地流著汗。微笑見狀，眼睛裡閃過一絲懷疑的神色。
「真的啊？微笑！怎麼不提前聯繫我呢？」
成延徑直跑到微笑面前，笑著抓起她的手，用力地上下晃動。
「你好，哥哥。我替副會長過來跑腿，正好和夫人這裡喝杯茶。」
微笑從座位上站起身，一邊打招呼，一邊偷偷看向成延的腿。
跟印象中的一樣，那是一雙白得不像男人、苗條纖細的腿，精緻的腳踝兩側非常乾淨。
「在我們家吃了晚飯再走吧？」
成延熱情地問道。微笑笑著回答說：
「我還在上班呢，中途突然跑出來的，得趕緊回去才行。」
「沒關係。我會打電話跟英俊說的，別走了……。」
崔女士從座位上站起身，果斷地制止了成延：
「怎麼能讓大忙人留下呢？你快去洗澡，讓微笑回公司吧。」
成延遺憾地抿嘴，對著微笑燦爛地笑了笑，放開她的手說：

「那我之後打電話給妳。」

微笑沒有回答，只是一個勁地笑著。成延轉過身馬上離開了客廳。

微笑仔細觀察成延的背影，直到他消失後才轉過身面向崔女士：

「夫人，那我先走了。」

「真是抱歉啊。」

「您可別這麼說。我經常因為一些文件跑腿的。」

「不，真的……真的很抱歉。還有……」

微笑不解地看著崔女士，不明白她到底因為什麼事情而感到抱歉。崔女士又淚汪汪地說道：

「其實今天我想跟妳說的是……謝謝妳那天陪在他身邊。」

這裡的「他」指的應該是成延，但是不知為什麼總覺得有點奇怪。稱呼近在身邊的人，一般不都會直呼其名嗎？

微笑想了又想還是有點懷疑。而且從那件事情發生以後，一直非常怕冷的成延怎麼會在這麼冷的天穿著短袖和短褲跑步呢？

雖然越是深究就越是讓人混亂的事情不止一兩件，但是有一件事情是可以確定的。

這幅圖案的某一處分明有塊多餘的拼圖。

＊＊＊

每年的這個時候，英俊都會去唯一藝術中心觀看由唯一集團官方贊助的歌劇團定期演出。這原本是英俊父親李會長的事情，英俊接過經營權後也就同時接管了這件事。

唯一藝術中心的歌劇院在今年年初模仿布拉格國立歌劇院進行了整修，彰顯了古色古香而華美絢麗的內部設施。

其中，英俊和微笑所在的二樓層貴賓包廂席無論在視野、音色，還是保護隱私方面更是無可指謫。掛有紅色絲綢壁畫和天鵝絨帷帳的包廂裡放著的兩把舊式椅，像是在歡迎約會的戀人一般，盡顯浪漫色彩。

演出開始之前，英俊沉浸在繁雜的思緒裡，一直無法將注意力集中在舞台上。這是完全可以理解的事情。每天被繁忙的行程逼迫到連晚飯都沒空吃的人，怎麼可能放鬆下來好好地看場歌劇呢？

「您餓不餓？」

微笑低聲問道。英俊從深思中緩過神來：

「什麼？」

嘹亮而輕快的管弦樂旋律蓋過了對話聲。

微笑停頓了一會兒，待樂曲聲稍小一點的時候，將身體傾向英俊，貼著他的耳朵說道：

「我說您肚子不餓嗎？」

「啊，餓死了。」

聽到英俊的抱怨，微笑像是早就準備好了一樣立刻數落他道：

「所以剛才在車裡讓您吃點三明治的嘛。」

「三明治這種東西就算了。我想吃泡麵。」

微笑嚇了一跳，看歌劇用的望遠鏡掉在了膝蓋上。她睜圓了眼睛，一副無法相信的表情。

「泡麵？」

英俊懶洋洋地靠在椅背上，一副無關痛癢的表情：

「對啊，泡麵。」

「您不是不吃速食食品的嗎？」

「那天妳做的泡麵倒還可以。叫什麼來著？黃鼠狼？浣熊？」

「豬獾★嗎？」

「對，就是那個。」

微笑無端漲紅了臉：

「又不是什麼了不起的東西……。」

英俊好像有點疲倦，合上眼睛眼休息一會兒之後又再次睜開眼睛。他看著舞台上的費加洛和蘇珊娜合唱出動人的旋律，自言自語道：

「看來十八世紀也流行灑狗血劇情啊。」

「是啊。」

微笑看著英俊毫無表情的側臉，似乎有些意外：

「您不喜歡歌劇嗎？」

★豬獾泡麵，韓國某食品公司推出的一款印有豬獾圖片的泡麵。

「妳不是知道的嘛。不討厭，但也不喜歡。」

「我不知道呢。我以為您一定會喜歡。」

「為什麼這麼認為？」

「您不是經常陪會長去看嗎？」

「那是因為爸喜歡啊。」

微笑一副恍然大悟的表情，笑著反駁道：

「會長跟夫人一起看不就行了。」

「我媽更喜歡音樂劇。」

「那會長可以自己看啊。就算您不親自陪同，也有很多人可以陪會長看不是嗎？」

微笑像是故意惹氣似的，笑盈盈地說個不停。英俊皺起眉頭，終於轉過頭來看著微笑：

「妳到底想說什麼？」

這時，帷帳輕垂的二人空間裡響起了柔和的二重奏。

這麼看來，英俊自始至終都沒有改變。表面上一副不可一世，唯我獨尊的樣子，其實一直都在照顧身邊的人的感受。

「『討人厭，討人厭』，雖然嘴上經常這麼說，但是……其實並不覺得討厭。」

「什麼？」

「雖然很討人厭，但又讓人無法討厭。因為自己很了不起而經常炫耀自己的行為的確很倒人胃口，但其實內心也有非常多情、深沉的一面。這就是副會長。」

英俊看著微笑笑盈盈地說出這番話，臉頰微微泛起紅暈。

「怎麼表白得這麼晦澀？」

「不是表白。就是……就是這麼覺得。」

「無聊。」

在黑暗中觀察著微笑的英俊很快露出了笑容：

「不僅僅是了不起呢。多情、深沉、堅強、善良、聰明、勤勞、美麗，還有……」

「哎呦，我就知道會這樣。知道了，知道了。副會長最棒，行了吧。」

「我說的不是自己。」

英俊停頓了一下，抓起微笑放在扶手上的手，十指相扣：

「這是發自內心的表白。我對微笑的表白。」

微笑紅著臉，一時不知道該說些什麼，只是害羞得用手遮住臉。

英俊一臉真摯地繼續說道：

「朴博士有一回跟我說，我們就像進入老夫老妻。」

沉浸在思考中的微笑輕輕地點點頭表示認同：

「言之有理。」

有些人會一見鍾情，也一定會有一些人像這樣慢慢地互相滲透，在不知不覺間陷入愛情。

微笑一件件地回憶過去九年間發生的事情，有了一個新發現。那就是她在這麼長的時間裡，從來沒有真心討厭過英俊。

「所謂愛情，不過是一瞬間的感情。睡著了會忘得一乾二淨，時間久了也會變質。」
微笑愣愣地望著英俊的眼睛，一副不明所以的樣子。他的眼眸比任何時候都要深邃而真摯。
「但是生活並不是這樣。因為只要還活著，即便是在睡著的時候，生活也仍在繼續。就算被說成老夫老妻，我也依然覺得過去在一起的時光更有意義。所以——」
英俊抓著微笑的手，用力握緊了掌心：
「哪兒都別去，繼續留在我身邊吧。」
「副會長……。」
「跟我走吧。一起走到最後。」
微笑好像被堵住了嘴，一時間什麼話都說不出來，只是低頭看著自己的腳。
「妳的回答是……」
「副會長……您這人怎麼總是這樣啊？」
也許是這個反應太出乎意料，英俊的肩膀微微一僵。
「您這麼說，和說『我頭腦聰明，外貌出眾，還很多金，Anipang 也玩得好，嫁給我吧』有什麼區別嗎？非要躲在這種地方交頭接耳地求婚嗎？」
「啊，是嗎？抱歉。」
「還有，您平時那麼能言善辯，若說您排第二，沒人敢排第一，竟然傻乎乎地說什麼『跟我走吧』，這算什麼嘛。走去哪裡啊？要一起跑到地平線的另一邊嗎？」
微笑壓低了聲音發著牢騷，直直地看著英俊的臉：

「總之……」

反正「愛情」這個詞，本來就是用來表達無形的感情的。雖然無法明確地定義它，但它也因此才變得無限大。

和一個男人一起度過了長達九年的時光，從來沒有真正地怨恨過他一次。而且正如他所言，她會繼續和他一起走完此生。

如果這不是愛情，那又是什麼呢？

就在兩個人的鼻尖似觸非觸的時候，微笑突然停下來，聲音十分輕柔地回答道：

「我哪裡都不去。」

「整天給我遞辭職信的女人，我可不相信。」

「我保證。」

「真的嗎？」

「真的，我會就這樣繼續留在您身……」

話沒說完，微笑就被英俊的唇堵住了嘴。

兩個人側著臉，一個火熱纏綿的深吻之後，又反覆輕吻，英俊低聲說道：

「不管怎樣……我們現在最好不要再親下去了。」

「什麼？」

「對面包廂裡的人正在明目張膽地看著呢。」

「天啊。」

微笑嚇了一跳，慌忙擺正了身姿，裝作看向舞台的樣子偷瞄著對面。我的天啊，本來以為離得那麼遠，又那麼黑，根本看不清楚，但舞台的燈光一照，連臉都能隱隱約約看得見呢。

英俊也是後知後覺地發現了這一點，多少有些驚慌。

「這可麻煩了。」

「什麼？」

「千設計師也在呢。」

「千設計師？」

「對。他和我媽關係特別好，小時候還親自給我做過衣服呢。」

微笑的腦中忽然有什麼一閃而過。

「千設計師特地為您做了衣服？他不是對富家公子很冷淡的嗎？」

「沒有。他親口告訴我，說他連親侄子都不給做，只給我做。因為這個，哥哥還一直鬧脾氣，從開始設計到衣服完成，鬧得天翻地覆。」

「真的嗎？」

「妳現在是在懷疑我嗎？」

「不是，千老師是舉世聞名的設計師，她不可能親自給一個小學生做衣服啊？」

英俊生起氣來，並不知道微笑是在套他的話，一下就上了鉤，十分認真地說道：

「不騙你。雖然我只穿了一次就扔掉了。」

「為什麼？」

「就是……有那回事。」

黑暗中微笑的眼神變得犀利起來，但英俊絲毫沒有察覺，只是看著舞台。

「真好奇是什麼樣的衣服呢。大衣？西裝？」

「是栗色的格紋襯衫和白色的開襟針織衫。」

聽到這個回答，微笑臉上的笑容瞬間消失。她僵硬地看了看四周，又問了一個看似不相關的問題：

「這裡的冷氣開得也太大了吧？」

「妳也這麼覺得嗎？其實我從剛才就覺得冷呢。」

「您還是那麼怕冷啊。」

「我這種體質，沒辦法。要是沒有冬天就好了。該死，要不然去赤道附近開麵店好了。」

「真是個好想法，您乾脆就收拾一下出發吧。」

「我再考慮考慮。」

噗哧笑了出來的英俊難擋疲憊，疲倦地打著哈欠。

「睏死了。」

「睏了就閉上眼睛休息一下吧。」

「大家那麼努力地表演，我不能太失禮啊。」

「早就不是『失禮』的問題了，我們兩個可是『褻瀆』了這個舞台。」

英俊哧哧笑著，舒適地靠在椅背上，從容地閉上眼睛，想要入睡。

可能是太累的緣故，不一會兒，就傳來了英俊規律的呼吸聲。

微笑在他眼前晃了晃手，確認他睡著了，才開始一點一點地整理起自己的思緒。

她把迄今為止經歷過的所有奇怪的事情串連起來，只得出了一個結論。雖然這個結論荒誕不經，很值得懷疑，但是，除此之外，絕無其他可能。

不過，還有一點……

〔傻瓜。不是成延。我的名字是成——延！李，成，延！〕

微笑一直以為是自己的記憶出現了混亂。那如果不是呢？

當時微笑只有五歲，只會根據自己所聽到的內容去理解。但是，也有可能是認知能力的問題，比如說，混淆了相似的發音。

微笑慢慢扭過頭，把嘴唇湊到睡著的英俊耳邊，輕聲叫道：

「成延哥哥。」

睡著的英俊沒有任何反應。果然，想通過這種方式來確認是行不通的。就在微笑準備起身的瞬間，英俊的唇間飄出一句話。雖然是在睡夢中，但那句話聽起來卻是自然到有些霸道。

「都說了是成……賢。」

20 酣睡

從惡夢中醒來，痛苦地顫抖哭泣，吃藥後重新睡著，再次從惡夢中醒來，顫抖哭泣……

成賢哥哥。

很久沒有聽到這樣的稱呼了。

無論去到哪裡，可惡的權力欲望都是個問題。

如果取個好名字就能解決一切問題的話，那所有人都能當總統了。

英俊的祖父是個十足的貪心鬼，欲望大到讓人懷疑孬夫★就是他的人生榜樣。祖父委託當時財

★韓國古典名著《興夫傳》中的人物，貪婪、殘忍，爲富不仁。

團間知名的史蒂夫·約伯斯——無天道士，取了「李成賢」這個名字。「成賢」和哥哥的名字「成延」發音太過相似，理應將這個名字排除在外，但無天道士偏偏向父親強調說「用這個名字，肯定會成為總統」，最終戶籍上還是用了這個名字。父親很容易被說服，但當時更嚴重，如果非要打個比方，那就像是微笑補妝時用的藍色吸油面紙一樣又薄又軟。

＊＊＊

「哥哥，說好下次一定要來看我的，對吧？你可別忘了。」

「好。」

「勾勾手。」

「勾勾手。」

微笑蜷起小拇指勾手，還用大拇指蓋了章。她用袖子擦了擦鼻子，嘻嘻地咧嘴笑了笑。月光照耀在她的左臉上，露出一個深深的酒窩。

「成延哥哥。」

「都說了不是成延。我的名字是成賢。都告訴妳多少遍了？」

「成延哥哥。」

「我叫李，成，賢！西—安，賢！」

「啊哈。成西安。」

「對啦。笨蛋。」

「我可不能忘了。不是成延哥哥，而是成賢哥哥。不是成延哥哥，而是成賢哥哥。」

微笑蠕動著小小的圓嘟嘟的嘴唇隨興地記著名字，一蹦一跳地跑進了一扇窄窄的大門。

「再見，哥哥。」

也許是緊緊貼在身邊的溫暖氣息消失了，英俊突然覺得特別冷。

「再見。」

小男孩轉過身，每走一步，都覺得受傷很深的腳踝快要斷了一樣。太疼了，好想一屁股坐在地上啊，但是微笑還站在那裡揮著手，所以不能跌倒。

不知道就那樣拖著腳「爬」了多久……

走出巷子回頭看過去的時候，已經看不到微笑的身影，也看不到微笑的家了。

這時他才覺得眼前的環境既陌生又恐怖，那個面目猙獰的女人好像還會把自己抓走一樣，內心十分恐懼和焦躁。

也許就在那一天，他明白了一點：在緊急情況下，人類可以充分地控制自己的知覺。

腳踝傷口處流出的血，浸濕了他的襪子，就像冰塊一樣冷冰冰地貼著皮膚。但是他顧不得疼，也顧不得冷，只是瘋了似的往前跑。

終於，他跑到了燈火通明的警察局前，這一瞬間，他最先恢復的知覺，竟然是抑制不住的睏意。

離警察局的門沒剩幾個台階的時候，他就躺在混凝土地面上睡著了，不是因為筋疲力盡而昏倒，而是因為實在太睏了，因為現在好像沒事了。

回想整個人生，那是和微笑初吻之前，最後的熟睡記憶。

醒來的時候已經躺在醫院裡了。

小小的鐘錶指向九點鐘方向，那後面的窗戶十分明亮。

能活著回來真是太好了。看到家人們真心為我擔憂，為我流淚，我又重新深刻地感受到了之前忘卻的幸福。

我今年九歲。今後的人生也會像清晨九點的窗外一樣，只有光明。

再次睡著以前，我確實是這麼想的。

過人的記憶力真是毒藥。

雖然腦子裡很清楚，現場已經收拾得乾乾淨淨，那棟房子裡也什麼都沒有了。但記憶並不是這樣。一旦記憶發作，從夢中驚醒，再次入睡的時候，不，只是閉上眼睛，女人的聲音和慘不忍睹的場面，就會像殘留的影像一樣，反覆不停地從腦海裡掠過。

身體的疼痛一刻不停地煽動著混亂的意識。

人們受傷的時候，經常會說「找不痛的地方反而更快」。但那只是因為痛得不夠厲害。那時的我，根本沒有不痛的地方。整整三天都蜷縮在那個寒冷的地方，一下子釋放出緊張感，痛苦在所難免。

最疼的地方是腳踝。

人類所創造的東西之中，最兇惡的是什麼呢？如果是我，我會毫不猶豫地選擇束線帶。拜一對纏在一起的環形尼龍束線帶所賜，我的腳踝上留下了可怕的傷口。當我聽說傷疤會留一輩子的時候，我最怕的並不是傷疤本身，而是我的餘生都要一直背負當時的記憶。

從惡夢中醒來，痛苦地顫抖哭泣，吃藥後重新睡著，再次從惡夢中醒來，顫抖哭泣……這一過程到底要重複多少次，黎明才會到來呢，真的覺得快要瘋了。覺睡不好，精神變得極度敏感，休息不好，身體也覺得越來越疼痛。每一個瞬間，都是摧殘精神世界的煉獄。

飯吃不下，覺睡不著，不知道從什麼時候開始，話也不會說了。

不能說話的我好像變成了一個傻瓜。而我卻希望我真的就是個傻瓜，停止我的思想，就那樣呆呆地躺在床上，等待著時間的流逝。

我躺在醫院裡的那段期間，媽媽哭得很厲害，眼淚多得像流不盡一樣。爸爸連班都不上，一直守在我的身邊徹夜不眠，還累倒打點滴。

哥哥……

哥哥一直一言不發地在身後看著他們。偶爾和我對視一眼，會紅了鼻頭，但自始至終都沒有流過淚。

說來也很諷刺，這樣一來我倒很感激他。沒有什麼負擔，很爽快。我想，等以後我好了，回到家裡，肯定要結結實實地揍他一頓，問問他怎麼能讓我吃這麼大的苦頭，他還算是哥哥嗎。我打算揍到他流鼻血，然後乾脆俐落地和解。

我還以為，肯定能和解。

腳踝上的傷口快癒合的時候，我出了院，但那時我還是無法開口說話。

離開醫院，在回家的車上，我才聽說，我會先暫時休學去接受心理治療，哥哥也已經轉學了。雖然免不了吵架，但我和我哥的關係並沒有那麼差，可不知怎麼的我們之間卻好像產生了隔閡，實在令人惋惜。

但是這份「惋惜」也止步於此。回到家後我才發現，地獄之門早已向我敞開，恭候我多時了。

因一時刺激不能說話的我，還以為回到家後最先說出口的會是「媽媽，爸爸，謝謝你們，我愛你們」這種溫馨感動的話，但現實卻相去甚遠，我說的是：「哥，為什麼？」張不開的嘴之所以打開並非因為愛而是因為覺得荒唐。

哥他一看到我，就像瘋了一樣衝我嚷道：

「馬上從我房間裡滾出去！」

可是他現在明明在我的房間裡，坐在我的床上，身上穿的也是我的衣服，連拖鞋也都是我的。

「都怪你！你把我一個人扔在那就走掉了，你知道我過得有多麼辛苦嗎？你這個混蛋！混蛋！」

可是，扔下我的明明是哥哥啊。我完全聽不懂哥在說些什麼。

即便如此，哥的異常行為絲毫沒有變好的跡象。他把自己當成了我。他一直相信是自己被人綁架了三天，後來住院，現在又回到了家裡。

我無比鬱悶，再也無法坐視不理。他打我一拳，我就打回去兩拳，他推我一下，我會將他推倒拚命揍。因此，我們之間的戰鬥變得越來越粗暴，越來越野蠻。甚至有一次，我們都想弄死對方，最後還是家裡力氣最大的園丁大叔費了九牛二虎之力才把我們拉開的。

一切都糟糕透了。

因為被人綁架這件事，我們兄弟倆每天都會爭吵打架。父母看到我們這樣，心裡也慢慢地開始煎熬起來，而年幼的我把這糟糕的狀況都看在了眼裡。

隨著談話治療的進行，哥的症狀變得越來越嚴重。他覺得全家人都在逼迫他，不久他就開始絕食，將自己鎖在屋裡，終日以淚洗面。

有天晚上……

我像往常從噩夢中驚醒，透過微開的窗簾，看向窗外，屋外的一切都閃耀着白色的光芒。天上掛著一輪滿月。不知不覺，從那天算起，已經過去了一個月之久。

〔哥哥，說好下次一定要來看我的，對吧？你可別忘了。勾勾手。〕

我突然開始想念微笑。

第二天，從醫院回來的路上，我讓司機把我送去那個地方。雖然母親極力阻攔，但我還是執拗地想去看看她。

就在這一個月的時間裡，整個社區都消失不見了，沒有留下一絲痕跡。

唯一樂園的施工現場，矗立著一個大大的鐵製圍牆。曾經的過往，與微笑的相遇，全部都像夢境一般，什麼都沒有留下。

就是那天晚上。我偷聽到了父母在書房裡的對話：

「你怎麼能輕易說出這種話來？怎麼可以……嗚嗚！」

「我也很難過啊，老婆，可是現在更需要被照顧的人是成賢啊。那麼小的孩子親眼目睹了那麼驚悚的事情，這樣的打擊，連大人都很難挺過去，成延又變成這樣，你讓成賢怎麼靜養啊。」

「那不都是因為成延太脆弱才會變成現在這樣的嘛，他看到自己讓弟弟變成這樣，內心愧疚難當，才導致自己現在記憶混亂。他會好起來的，我們要包容他，繼續給他治療，也許就會……。」

「這話都說了兩個星期了。老婆，你昨天沒看到成延揮棒球棍嗎？我們不能一直這麼縱容他了。這樣下去我們兩個孩子就都毀了！」

「成賢是很可憐，可是我們怎麼能把成延當作精神病人對待啊！」

「什麼精神病人啊！妳說什麼呢？不過就是成延目前狀態不大穩定，讓他去醫院進行全面的住院治療而已……」

「這不就是那個意思嗎！」

「老婆！」

「啊啊，嗚嗚！這種事為什麼會發生在我們孩子身上啊？為什麼?!」

如果我沒有聽到母親接下來的話，那我們所有人的人生又會變成什麼樣呢？

「雖然我知道這不可能，但我有時候會想，要是成延說的話是真的就好了。如果被綁架的是成延，事情也許就不會像現在這麼糟了……老公，我，真的太痛苦。嗚嗚，好想死啊……」

人們在經歷巨大的苦難時，一般會用「死」這個字眼來加以強調。可能是因為這個字眼裡包含了大多感情的極限吧。一個用來抽象地表達盡頭、毫無退路的字眼——死亡。

然而，經歷過這件事後，對我來說，「死亡」不再是個抽象的字眼。我所認知的「死亡」，不管是形狀、聲音還是味道，都無比清晰。

我甚至想，如果母親再這樣痛苦下去，會不會也變成那個女人？父親、哥哥，甚至所有圍在我身邊的人，都可能會變成那樣。想到這，我就恐懼得無以復加。

我立刻跑回房間，用被子蒙住頭，顫抖了一晚上。

媽媽說得沒錯。如果一開始被拐走的人是哥哥，就不會發生這樣的事情了。我雖然還小，但不會像哥哥那樣懦弱，因為戰勝不了內心的自責而編造自己的記憶。

兩塊一模一樣的拼圖……

卻只剩下一處空缺。如果我將自己那塊拼圖悄悄地埋藏起來，那所有的事情就都完美了。

於是，我假裝失憶，演了一齣戲。

「爸，我真的不知道。我一點兒都想不起來。」

「我什麼都不記得了。我把哥哥扔在那兒就回來了嗎？哥哥因為我被人綁架了，這是真的嗎？」

「真是對不起，媽媽，我讓哥哥經歷了那麼恐怖的事情。」

我失去記憶，哥哥替代了我的位置，所有糾結的事情慢慢地都化解了，就像是在白色畫紙上重新勾勒的圖畫一樣，所有的事情都重新拼湊了起來。

當時，封鎖輿論消息並非難事。我被綁架三天後回到家，不管是事發當時還是事發之後，這件事情都沒有被報導過。我謊稱腳踝處的傷疤是小時候和哥哥打鬧時留下的，也許是因為我的名字和哥哥名字的發音類似，導致哥哥崩潰，為此我還換了新的名字。所有令哥哥感到不安的因素，全部都消失不見了。

在極度敏感的狀態下，因混亂的記憶而備受煎熬的哥哥，在荒誕不經的謊言中終於找到了內心的安寧，不再像以前那樣衝過來要殺了我，反倒很乖巧地說自己會盡力試著原諒我。

我將那些本就沒有一點溫暖的恐怖回憶，一股腦兒地全部清除了，父母也都放下了心裡的負擔。

就這樣，拼好的拼圖再也沒有瑕疵，脫胎換骨的生活被裝進完美的全家福相框裡，掛在了牆上。

當然，在那之後，我被心理陰影折磨不休。我被噩夢糾纏，開始討厭碰到和那個女人年齡相仿的年輕女子，看到束線帶也會條件反射似的感到噁心。但這些都沒關係。

即便是我一個人承受也沒關係，不管是什麼。

在這個世界上，我比別人更偉大更堅強，所以一切都沒關係。真的沒關係。

＊＊＊

「呃。」

英俊從睡夢中醒來，抬頭看了看紅色的天花板，使勁眨了眨眼睛，這才想起來自己現在所處的地方是唯一藝術中心的歌劇院。不過，也不知道發生了什麼事，現場沒有音樂，周圍的氛圍倒是有些混亂。

他欠了欠身，扭頭看向坐在一旁的微笑，恍惚地問道：

「怎麼這麼吵啊？」

「現在是中間休息時間。」

「啊……第二幕已經結束了嗎。」

微笑正襟危坐，眼睛直視前方，有種不太自然的感覺。

「你怎麼了，金祕書？」

「什麼？」

微笑眼神茫然，依舊看著前方。不知道是不是心情不好，她的鼻尖和眼角都紅紅的。

「妳不舒服嗎？鼻子怎麼了？妳哭過了？」

《費加洛的婚禮》裡面還有能讓人感動落淚的場景嗎？

頓感困惑的英俊歪了歪頭，微笑看向他，像平時那樣笑盈盈地回答道：

「我打了個哈欠。」

公演結束和歌劇團聚完餐，已經臨近午夜時分。

因為家裡的書房要重新整修，英俊暫時住在唯一酒店的總統套房裡。微笑約見酒店管家，詳細地安排了注意事項。她回到房間，卻沒看到先一步回來的英俊。見接待室和辦公室裡都沒人，她又來到主臥室，敲了敲門，打開門走了進去。這時，臥室一角的浴室內傳來了聲音。歌劇公演過程中，英俊一直呼呼大睡。看來他還是很累的樣子，連工作報告都沒聽，就直接去洗澡了。

微笑抱著平板電腦來到客廳，逕自坐在窗邊的扶手椅上，一邊看著窗外的夜景，一邊陷入了沉思。

〔都說了是成賢。〕

聽到英俊睡夢中說出的這句話，微笑就像被人重重地打了後腦勺一樣，眼前一片漆黑。和成延聊過後也依舊無法釋懷，看來這都是事出有因的。

話雖如此，不過，天啊，這都九年了，他竟然在這九年裡一直故意隱瞞了這件事？不管怎麼說，他的忍耐力也真是太了不起了。她的喉嚨裡不禁湧上一句話，「給你按個讚！」

然而，找到當年哥哥的那種喜悅轉瞬即逝，微笑又陷入了矛盾之中。

不對，也有可能不是一直故意隱瞞了這件事，而是真的什麼都不記得了。對於英俊很早之前就認識自己這件事，她目前只是懷疑，還沒有確鑿的證據，睡夢裡的囈語可能只是無意識的行為吧。

就在她低吟的瞬間，一陣清爽的香味和迷人的氣息突然襲來。

英俊從後面抱住微笑，倚靠在她的身上，濕漉漉的頭髮蹭著她的臉頰。他低聲耳語：

「突然歎什麼氣啊？」

微笑耳根一緊，臉頰火辣辣的，心跳一下子亂了節奏，怦怦地狂跳不止。

「沒，沒什麼。」

「要喝杯紅酒嗎？」

「明天的行程排得滿滿的，您又不是不知道。要想早點起床，現在就得趕緊睡覺。」

「妳就在這睡吧，在我身邊。」

「真心的嗎？」

「妳看我像在開玩笑嗎？」

一時無語的微笑閉上了嘴巴，轉過頭來。英俊直勾勾地看著她的眼睛，說道：

「妳不是答應過我，哪裡都不會去的嘛。」

「看來您把需要意譯的話給直譯了啊。」

「直譯也好意譯也罷，約定就是約定。」

微笑白了他一眼，臉上倒是一副並不怎麼討厭他的表情。她漲紅了臉，回答道：

「我沒帶換洗的衣服。」

「我明天早上給妳買，脫了睡吧。全部脫掉。」

原本笑嘻嘻的微笑使勁用頭撞向英俊，英俊揉著發燙的額頭，嬉皮笑臉地往後退：

「已經十二點了。妳現在走，也睡不到三個小時，在這兒睡不是更好嗎？」

這話倒是一點也沒錯。業務繁重，身體疲倦，說實話，她真的很想隨便找個地方就睡下。

「那我睡客房臥吧。我會鎖上門睡覺的，您就不要抱有什麼邪念了。」
「不要抱有邪念？金祕書，這段時間是我太放縱妳了，妳越來越狂妄了呢。」
一下子聽到這句話，微笑的眼睛瞪得圓圓的。英俊重新繫了繫睡衣的帶子，真摯地補充道：
「裡裡外外都要仔細洗乾淨哦。我……」
話音未落，英俊就看到平板電腦直直地飛到了他的眼前。就在他用雙手一把抓住平板電腦的瞬間，微笑笑盈盈地對他說：
「您還是把明天的行程裡裡外外都仔細確認一下吧。」
套房內的浴室比她的房間還要寬敞，微笑舒適地躺在浴缸裡享受著泡泡浴。她轉頭看向時鐘，不知不覺，時間已經這麼晚了。
她趕緊沖掉泡沫，走出浴缸，擦掉身上的水珠，塗擦了護膚乳，什麼都沒穿就套上一件浴袍，嘴裡嘟囔道：
「啊啊，怎麼一副離家出走的少女模樣啊，早知道就該叫車回家睡覺的。」
她看著洗面台前的大鏡子，將備好的高級化妝品倒在手上，塗擦好後，又用吹風機將頭髮吹乾。
九年來，除了出差以外，微笑幾乎每天都去英俊家上班，再從那裡下班。即便是和他一起出差的時候，微笑也是在他的住所內進行工作、做簡要報告的。
不過，這麼長的時間裡，她從來沒有在他家或者他的住所裡睡過。當然，不久前有過一次，她差點就要留宿了，但因為成延的突然出現而不了了之。
「啊啊，瘋了吧我。怎麼辦，怎麼辦。要不現在直接回家？」

雖然她警告英俊不要趁虛而入，還表現出一副很討厭的樣子，卻把自己脫了個精光，還洗了澡。而且，她現在還光著身子。這不就是口是心非，「哎呀，不行，不行，行，行」的幻覺感嗎？

「啊啊，現在管不了那麼多了。」

又不是小孩子，而且彼此已經確認過心意，也約好要攜手一起度過餘生，如今也沒什麼好畏懼的了。我可以的。以後如果有朋友在聚會上說：「那種事真的特別美好，只可惜沒辦法跟你說明，我們微笑也得知道那種美好的事才行啊！」也不會再惱羞成怒了。所以，我可以的。

微笑做好心理準備，隨後又看了一眼鏡子，深呼吸後走出浴室。

皎潔的滿月把窗邊染上了一層淡淡的藍色，亮著氛圍燈的房裡不知何時蓋上了一層黑夜的顏色。

進去洗澡之前，英俊明明獨自坐在窗邊看著風景，然而現在卻沒了蹤影，椅子上空落落的，桌子上只留了半瓶紅酒和裝在酒籃裡的空酒杯。

氣氛有些奇怪，微笑四下環視了一周，這才發現英俊癱在床上。

又睡著了嗎？

正如朴博士所說，英俊真像得了睡病一樣，自從初吻過後就一直打不起精神來，不停地打瞌睡，這讓微笑既無奈又擔憂。

微笑邁步走向那張寬敞的大床，輕手輕腳坐在他的腳邊，近在咫尺的距離，英俊卻仍舊一動不動，微笑則是靜靜地望著他的睡顏。

聽著他有規律的呼吸聲，她不禁感到心跳加快，耳朵發燙。

她有些難為情地在角落裡坐了一會兒，最終轉身爬上了床，這一動，床墊也跟著動了起來，被子也連帶著發出沙沙聲響，然而床上那人卻仍舊一動不動。

想必是因為太睏而迅速入眠的緣故，他這樣怕冷的人竟然忘了蓋被子，微笑有些不忍，把被子拉過來打算為他蓋上。

忽然，她手中的動作一停，緩緩伸手掀起了他的睡袍一角。

他精壯的腳踝上有兩道觸目驚心的傷疤，正如此前朴博士所說，那是被什麼東西綁過的痕跡，或許就是束線帶也說不定。

在看到那道傷疤的瞬間，微笑心裡不禁一沉。

她終於懂了。

她之所以等了他這麼久，對他念念不忘，是因為如果有緣再相遇，她想對他說……到底想對他說什麼呢？

微笑睜大了眼睛僵在原地，她忽然感覺手腕一緊，被人握住，這才回過神來。

「妳……看到傷疤了？」

「嗯。」

英俊不知何時已經醒來，靜靜地望著她。

「聽說這傷疤是我小時候和哥哥打鬧時留下的，不過我記不太清楚了。」

他果然沒說實話。微笑面色一沉，也不知他到底是不記得了，還是故意裝傻。可是照目前的情況看，除非他自願說出口，否則她也不好問些什麼。

「不痛嗎？」

「這個……我也不太清楚，畢竟不記得了。」

嘴上明明說著不記得，但他的回答卻有些吞吞吐吐，他費力的停頓聽起來像是在忍受回憶的痛苦，微笑突然心痛不已：

「一定很痛。」

「或許吧。」

二人陷入一陣沉默。

英俊率先打破了沉默，他有些緊張地問她：

「這傷疤是不是太嚇人，嚇到妳了？」

「不是那樣的。」

微笑伸出左手握住英俊的腳踝，同時用右手握住自己的腳踝，聲音中透著顫抖：

「您還記得……運動會時的二人三腳嗎？」

「我怎麼可能不記得？妳就在我眼前跟高貴男黏在一起跑得很開心。」

英俊用酸溜溜的語氣反問道。微笑倒是滿不在乎，只是淡淡地回答道：

「當時綁住的那隻腳留了瘀青，過了一天之後腳踝就全變青了，還腫得很厲害。」

「真是不小心。」

「本以為不必在意這瘀青，後來發現只要稍微擦到都會特別痛，用手碰一下也會火辣辣的疼，一動不動也覺得脹脹的……老實講，其實這種小瘀青過幾天就會完全消退，可是……」

微笑的耳畔彷彿迴蕩著一個少年微弱的哭聲。他悲傷地哭泣著，「微笑，好痛啊，好痛。」

「我……受了這點小傷都覺得很痛……」

顫抖聲最終轉變為抽泣聲。

微笑突然掩面哭泣，搞得英俊有些不知所措，一臉忐忑地坐起身：

「金祕書！妳這是怎麼了？哭什麼？嗯？」

「該有多痛啊，嗚嗚，該有……多痛啊……」

她的眼淚就像斷了線的珠子，英俊望著她哭泣的樣子，臉上浮現出淺淺的微笑：

「不要哭了，現在已經沒事了。」

「可是……」

他張開雙臂，一把摟過她瘦弱的雙肩，低聲說道：

「看來……我是非妳不可呢。」

沒錯，從一開始就非她不可。

微笑的髮旋好似散發著陣陣香氣，他情不自禁在上面落下輕輕一吻。他抬起她的下巴，在她的額頭上，還有已經被眼淚浸濕的眼睛上，臉頰上落下細細密密的吻。

她的唇柔軟又帶著一絲濕氣，讓他留戀許久，隨後又順著她的下顎線滑到脖頸，一路吻到了微微敞開的睡袍前。

「啊……」

他彷彿不忍讓她唇縫裡的氣息被浪費，忍不住又立即封上她的唇。

二人緊貼著的身體突然一歪，直接摔倒在床上。

「哎呀。」

「怎麼了？」

「這是什麼東西？撞到了。」

「行程看到一半就睡著了吧？」

英俊的頭不小心撞在了枕頭上的平板電腦邊角，忍不住吃痛抱怨了一句，微笑見狀露出無奈的笑容，最終二人相視一笑，緊緊擁住了彼此。

「啊啊，這可是我人生中最重要的一刻啊……」

英俊放慢了語速，微笑心領神會地點點頭縮進了他的懷裡。

「沒關係，我說了哪裡都不會去，要是睏了就睡吧。」

「可是……」

「我們有得是時間。」

「也對……往後的日子還長……」

話沒說完，英俊長吁了一口氣，沉沉睡去。

微笑緊貼著他的胸膛，側耳聽著他的心跳聲，沒過多久也跟著沉沉睡去。

然而這一次英俊並沒有因為認床或是不安而做噩夢或是夢魘。他睡了安穩的一覺。

21 心裡那條褲子

簡而言之就是，連心裡那條褲子也脫掉吧。

「成延啊，起來了嗎？吃早飯啦。」

崔女士敲過門後逕自走進了他的房間，清晨的陽光從窗簾的微縫中透進來，刺得她眼睛微微發酸，不得不先閉上眼睛再睜開，這種情況倒是第一次，想必是近來有些老花眼的症狀吧。

如今這房間已經換了家具和壁紙，但仍舊無法改變這裡曾經屬於英俊的事實。這間房方位最好，英俊從小就極其怕冷，所以每次他待在家裡的時候，都會坐在窗邊看書曬太陽。

風順著微微敞開的窗口吹進來，吹動著輕薄的窗簾，透過窗簾，她似乎看到了英俊童年時期的身影，在遭遇綁架之前，英俊還是天真爛漫的模樣。

浴室裡傳來流水聲，大概是成延在洗澡。

崔女士生怕兒子洗完澡出來會被冷空氣凍感冒，趕忙伸手關上窗戶。正當她細心拉好窗簾的時候，成延放在桌子上的手機突然響起簡訊提示音，她一時好奇，走到桌旁低頭看了看手機顯示幕。

〔ＯＫ，那待會兒見嘍。這激動人心的時刻！〕

崔女士看到這條莫名其妙的簡訊先是微微一笑，隨後點開了畫面。

簡訊箱裡有來自不同國家的女人的名字。成延外表帥氣，性格又玩得開，以前就深受女孩子們的喜愛，自從他離開公司轉行當了專職作家之後，就開始盡情享受自己的生活，絲毫不在意周圍的目光。

如今他也老大不小了，崔女士也不知道該不該繼續放任他這樣，可是想來想去，正因為他老大不小了，她才更無法輕易左右他的生活。

她輕歎一聲，正欲放下手機，不料竟然在無數女人的名字裡瞥見了「金微笑」三個字。

崔女士猶豫片刻，最終點開了成延與微笑的對話方塊。

裡面的內容大多都是禮貌的問候與回覆，只不過有個別幾條簡訊是成延在深夜發給微笑，約她見面的內容，或者是在上班時間突然發給她，讓微笑有些不知所措的內容。

其他事可以暫時拋在一邊，唯獨這件事崔女士必須出面。

「媽，您也太過分了吧，兒子都成年了，您還偷看手機。」

成延一邊用毛巾擦頭髮一邊數落著母親，崔女士聞言轉過身去指責道：

「你為什麼一直聯繫微笑啊？那孩子工作本來就夠忙的了……」

「她要是真忙的話自然就不會回我了，沒關係的。」

成延倒是一副毫不在意的樣子。崔女士一動不動地看著兒子的背影，隨即疾言厲色說道：

「成延，你不要再聯繫微笑了。」

「什麼？您這是什麼意思？」

成延驚訝地看向母親，只見崔女士用更加堅定的口吻繼續說道：

「免得讓英俊誤會，對你也不好，所以你還是適可而止吧。」

成延的表情在下一刻變得無比微妙。

「當年她和我困在一起，所以我想和她聊聊過去的事情，借此撫慰過去的傷痛，僅此而已。」

看到成延毫不顧忌地說出「傷痛」和「撫慰」這些字眼，崔女士看向他的目光五味雜陳。末了，她道出一句意味深長的話：

「成延啊，歲月匆匆肉眼卻不可見，某一刻回望的時候才會發現自己走了很遠，越走越遠……不知不覺你們倆都長這麼大了。」

成延一時不知母親這番話是什麼意思，只好目不轉睛地盯著她等待下文：

「長大成人也就意味著現在可以承受任何痛苦了，對不對？媽媽現在……」

崔女士下意識地搖了搖頭繼續說道：

「總之，以後都不要再讓英俊困擾了，剛才他來過電話了。」

「我怎麼讓他困擾了？還有，他打電話說什麼了？」

「英俊過一段時間會帶微笑回家。」

「您不是說他們經常來嗎？」
「沒有，這一次是正式來拜訪。」

＊＊＊

今天的早會比平時提前了半個小時，會議結束之後，侑植忍不住頻頻瞟向英俊。據說，人一旦換床睡覺，從外表或膚色就能看得出來，性格敏感的人更是如此。但是從各種意義上來說，今天的英俊反差格外大。

一直以來都殺氣騰騰的眼神，在今天看來竟然格外清澈。平時孤傲的態度更是在今天早上達到了巔峰。還有他的皮膚，也不知他是不是做了什麼黃金保養，整個皮膚都透著光澤。他明明是個極度認床的人啊！

《三國志》裡講到呂蒙時曾說過：「士別三日當刮目相看。」但是眼前的這個人竟然在一天之內，不對，在一夜之間就攻破了最高等級，還一臉征服天下的神情。

侑植心想其中必定有蹊蹺，而就在他出發前往其他地方工廠視察時，在英俊的辦公室裡看到了一幕，這更讓他確信了自己的想法。

「這是福南梅森的阿薩姆奶茶，您囑咐我要甜一些，所以我特意加了很多糖。」
「謝謝。」
「不客氣。」
「妳給我泡的茶味道更棒呢。」

「哈哈哈，您是不是忘了什麼？」

「什麼？」

「您嘴上是抹了蜜嗎？」

「啊啊，真是說不過妳。」

無論是態度和緩的英俊、盈盈笑著的微笑，還是你一言我一語的對話氣氛，都和平時沒什麼兩樣，但是哪裡分明又有點不同。那是什麼呢，什麼呢，侑植偷偷打量著兩個人，終於找到了這種微妙感覺的根源所在。

那就是眼神。

兩人看著彼此的眼神是炙熱的，和之前的舒適平淡不同，有一種很微妙的感覺，帶著隱約的緊張感。

微笑出去以後，侑植悄悄問英俊：

「狀態極佳啊。昨天有什麼事嗎？」

「你問我有什麼事嗎？」

英俊想得入神。

睡得像死人一樣，應該就是說他昨晚的狀態吧。把微笑抱在懷裡，真的睡得很香甜，酣睡得讓人完全不記得那些討厭的噩夢。

醒來的時候，整個人感覺就像重生了一樣。一直彌漫在腦中的雲霧，都煙消雲散了。所以，狀態極佳自然毋庸贅述。

但是，他不知道該作何回答。明明是一件重大的事情，但從其他意義上來講，好像也沒什麼大不了的。這就是所謂的「只是牽著手睡了一覺而已」吧？那應該說是有事，還是沒事呢？

「還真有啊。」

侑植語氣陰險地喃喃自語，英俊佯裝冷漠地脫口而出：

「不關你的事。」

「你就跟我一個人說實話吧。沒關係的。男女之間的陰陽調和是好事。既是活力的源泉，又是謀求健康生活的基石。」

正式公布之前，就這樣安靜地享受著小溫馨也挺好。微笑之前不就一直期待著這種平凡的戀愛嗎？兩個人一起分吃一份暖胃的辣味泡麵，像相親那天一樣一起走在街上，把車停在家門前，享受一個長長的吻……

「啊，託你的福，我確信了一點，男女之間的陰陽調和如果失調了，就會變成生了癬的驢。就像朴博士你一樣。」

「閉嘴。」

侑植閉上嘴巴，一副吃了蒼蠅的表情，英俊又笑了笑說道：

「什麼事都沒有。」

「哼。」

侑植仍是滿臉狐疑，不過很快便放棄逼問，喝了口茶，轉移了話題。

「既然你說什麼事都沒有，我也就沒什麼好說的了。但是你要記住一點。如果下定決心交往的話，不管在什麼情況下，都不要對對方有所隱瞞。」

「什麼？」

「所謂戀愛，和脫光了赤裸相對沒什麼兩樣。你想想，人家都已經脫了個精光，而我還穿著褲子，那麼對方會多沒面子多難過啊。我不顧羞恥脫了個精光，那傢伙為什麼還不脫？說好要脫光光的，為什麼到現在還不脫？你說能沒有被背叛的感覺嗎？就是這個意思。」

不知為何，這次英俊沒有回嘴，只是一直靜靜地聽著，臉上漸漸蒙上一層陰影。

「我親身經歷過，才告訴你的。我剛談戀愛時對我老婆撒了謊，結果被發現了，以後再也沒有隱瞞過什麼。因為我經歷過所以知道，那會讓雙方都很為難的。」

「你撒了什麼謊？」

「說她是我的第一次……」

英俊眉頭微蹙：

「她不是你的第一次嗎？」

「遇見我老婆以前，我和一個女人熱戀了兩個月，後來因為性格不合分手了。」

「真是聞所未聞啊。怎麼被發現呢？」

「初夜的時候我太嫺熟了。她本來就很敏感，一下就看穿了。不管怎麼說，因為我全部坦白還道了歉，妻子說都是過去的事了，還能怎麼辦，反而對我說都忘了吧。全部坦白以後，原本尷尬的關係也變得更加和睦，更加如膠似漆了。不知不覺就扯遠了，總之我想告訴你的，就只有一句話。」

「什麼？」

「簡而言之就是，連心裡那條褲子也脫掉吧。不管你穿了多久，就算你覺得它早已成了你身體的一部分，也要脫掉它。如果有什麼隱瞞的話，先坦白才是對對方應有的禮數。」

嗯。這些話全都說到了他的心坎上，只不過這比喻實在太過低級了。英俊一臉認真，蹺起二郎腿，把身體深深埋進單人沙發裡。

「李英俊，你……現在是不是有什麼瞞著微笑祕書？」

「你胡說什麼呢？」

侑植懷疑地看著英俊，還想要再問些什麼的時候，微笑敲了敲門，走了進來。

「直升機預計十分鐘後到達樓頂。」

「哎呀，得拿上提包呀。」

侑植看了一眼手錶，連忙起身離開，微笑立刻從衣櫥裡拿出英俊的外套。

就在微笑仔仔細細地檢查外套的時候，英俊慢慢地起身，向她走去，停在和她一步之隔的地方，說道：

「週末約了高爾夫球對吧？取消掉吧。」

「什麼？為什麼突然取消？」

「我申請約會。我們去楊坪別墅散散心吧。」

「您不是說泰山建設的申社長為人很苛刻的嗎？約會固然很好，但還是要以工作為先啊。」

微笑裝作一副無所謂的樣子，笑盈盈地回道，但她的臉卻忍不住火辣辣地紅到了耳根。

「他是我研究生時期的學弟。爽約一次沒關係的。」

「但是……」

「但是什麼但是。我讓妳做，妳就做，竟敢跟我頂嘴。」

微笑哈哈大笑，紅唇間露出潔白整齊的牙齒，就像一串珍珠項鍊。

微笑上午要代替英俊參加唯一集團一家畫廊的開館典禮，所以這次外出不會和英俊同行。一直到英俊下午外出回來，兩個人都見不到彼此。

也許正因為如此吧，英俊頓時有一種說不出的惆悵，他向微笑靠近了一步，緊緊地抓住她的雙肩。

「怎麼了？」

「我想吻妳。」

「在這裡嗎？天啊，不行！」

「沒關係。」

「祕書組的員工現在都在外……。」

和早上溫柔又謹慎的輕吻完全不同，這次是狂野又急躁的深吻。

自從確認今後也能和微笑一直在一起以後，英俊對她要比以前更加任性，也表現出了更強的佔有欲。

「啊啊，不行啊。不行……」

微笑嘴裡說著不行，雙手卻環上英俊的脖子，緊緊地把自己的身體貼到他的身上。

英俊牢牢地扶著微笑的下巴，吻得越來越深。微笑一陣眩暈，睜開了閉著的眼睛，轉移了視線。如果她繼續閉著眼睛深陷進去，還以為自己是在做夢呢。

當微笑的視線落在辦公室門口的時候，她只能祈禱又祈禱，多希望自己現在是在做夢啊。

不知道是不是忘下了什麼，侑植去而復返，此時正和祕書組的三名員工肩並肩地站在不知何時敞開的門前。

「哦，媽呀！」

微笑嚇得一把推開英俊的臉。英俊也後知後覺地搞清了狀況，連忙擦了擦嘴角沾上的微笑的口紅。

英俊和微笑，還有門外一臉錯愕地看著他們倆的人們，兩隊人馬瞬間陷入尷尬得難以言表的沉默中。

「那個……既然已經這樣了，也就沒辦法了。」

英俊輕聲低語，微笑和其他人的視線全部集中到他的身上。

英俊從容地撫摸著微笑的肩膀，無所謂地說道：

「既然曝光了，就沒必要再藏著了對吧？」

英俊原本放在微笑左肩上的右手，順勢而下，一把摟住她纖細的腰間，彷彿自己化身成了白瑞德★，將微笑的身體後傾，獻上了火辣無比的熱吻。他又是否知道，此刻被強吻的一方有多麼想要隨風飄逝呢。

★經典名著《飄》中的男主角。

「嘎啊！」

祕書組的員工們連跑帶跳地發出一陣銅鑼碎裂似的叫喊聲。嘴巴大張的侑植看著眼前的光景，忍不住嘟囔道：

「還說什麼事都沒有……」

＊＊＊

傍晚時分，老闆結束了地方工廠的視察，返回公司。

朴代理為了接待貴賓，候在電梯口，門一打開，她瞬間就慌了。

天啊，怎麼辦，這個男人怎麼回事啊，也太帥了吧，完蛋了，我快要融化了，別看我了，別再看我的臉了，我快要昏過去了。不可以，我現在是在工作，不可以神志不清。我是專業人士，我可是專業人士。

朴代理一邊一刻不停地胡思亂想著，一邊為走出電梯的美男子帶路。

「副會長馬上就到。他已經下了指示，請您到辦公室稍候，我來為您帶路。」

「謝謝。」

男人致謝的聲音魅力十足，讓人渾身為之一顫。朴代理從沒經歷過這樣的魅力風暴。

「您，您太客氣了。」

男人的眼睛習慣性地露出笑意，朴代理感覺自己又要靈魂出竅了，但她一直恪守著職業精神，移動了腳步。

的確是副會長的親哥哥，兩個人的五官長得很相像。

其實若是只看身材或是相貌的話，都是弟弟略勝一籌，但論魅力指數的話，兩個人簡直不分軒輊。因為弟弟完美詮釋了什麼叫做「急需救治的自戀狂重症患者」，而哥哥則完美地詮釋了小說裡才有的「魔性男子」。

「話說，朴祕書？」

在他叫我名字之前，我只不過是一個祕書而已……神經好像快要崩潰了一樣，變得越來越細，朴代理緊繃著最後的神經，回過頭親切地應聲道：

「怎麼了？」

「金微笑祕書去哪了？」

在此之前，老闆的ＶＩＰ禮賓工作都是由微笑來負責的，但是今天卻有些奇怪。聽說哥哥要來，副會長在直升機上直接把電話打到了祕書室，指示禮賓工作由朴代理全權負責，並要求微笑換個地方待著。就好像是要從哥哥身邊把微笑支開似的。

「臨時有事。」

「出外勤了嗎？」

「外勤……倒是沒有。」

到了辦公室，成延舒適地坐在沙發上，微微抬頭凝視著她，拜託道：

「朴代理能幫我叫金微笑祕書過來一下嗎？」

看樣子，副會長是不想讓他們碰面，但也沒有接到特別指示，所以她也不好拒絕。於是朴代理猶猶豫豫地去找了金祕書。

為了躲開成延而一直待在休息室裡的微笑被叫了來。她陷入了沉思。和之前不同，不知道為什麼，現在面對成延總覺得很彆扭。如果要說原因的話，那應該是因為他和英俊之間的糾葛吧。

成延嫉妒弟弟，把他丟棄在陌生的地方。他覺得弟弟那麼聰明，肯定能自己回來。而實際上，弟弟原本是能自己回來的，但是中途卻出了差錯。他只不過想讓弟弟吃點苦頭而已，沒想到竟然發展成了誘拐案件，事情鬧大到不可回轉的地步。如果這樣想的話，前後就說得通了。

那天和成延談到過去的事情，微笑總覺得聽起來很奇怪，她現在好像才明白其中的原因。因為那不是成延親身經歷的事情，所以難免會有一種違和感。

年幼的心靈抵不住巨大的負罪感，導致成延的記憶出現了混亂，英俊則因刺激喪失了記憶。不，也許是英俊為了家人，假裝忘記了所有的事情也不一定。

萬一真是那樣的話，他所說的「Bigbang 的磨牙棒」，也許指的就是自己的記憶吧。他說過，它不會因為掩埋起來就消失不見。

最後一個疑點就是英俊的父母，也就是崔女士和李會長的態度。他們為什麼不告訴兩個兒子實情，糾正這一切呢？

也是，仔細想來，也不是不能理解。

九歲的孩子被一個瘋女人抓走，關了三天，好不容易才回來。明明已經統統忘掉了，如果非要再次喚起他的記憶，無異於讓他經歷兩遍痛苦。他們肯定一直都在戰戰兢兢，時刻擔心英俊會記起那些過往。

世界上怎麼有這樣的悲劇啊！

微笑心裡覺得淒冷，只是咯吱咯吱地咬著指甲，什麼話都說不出口。

「早上聽我媽說了。」

「什麼？您說什麼？」

「妳要和英俊結婚嗎？」

不是，天啊，已經談到那裡了嗎？當事人本人還不知情呢？

「如果副會長求婚的話，也許吧……」

微笑羞紅了臉支支吾吾，成延苦澀地一笑。

「所以妳才躲著我啊，我可有點傷心啊。」

「我沒有躲著您，我只不過是在休息時間來休息室喝杯茶而已。真的。」

成延慢慢地從座位上站起身，走向窗邊。他看著這個寒風凜冽的灰色城市，開口說道：

「雖說我是哥哥，但和英俊比差遠了。在這世上，不管是關注、愛情，還是事業，都是靠能力來獲取的，不是嗎？然而，這個傢伙搶走了一切，現在就連一個能和我一起分擔痛苦、安慰我的人也都要搶走……真讓人感覺有點淒涼啊。」

微笑抬起頭，用清澈的眼神看了看成延。將一切看在眼裡的她覺得不能再沉默了。於是，她小心翼翼地問道：

「成延哥哥，那個……那天和我在一起的事情，您真的什麼也想不起來了嗎？」

「抱歉，完全想不起來了。」

「那被關了三天的那個屋子呢？」

「我當時不是說了嘛，那裡荒涼髒亂，被人廢棄了。從巷子那裡開始，完全就沒有人住。」

「裡面呢？屋子裡面是什麼樣子啊？我是問，有幾個房間？您被關在哪個房間裡？窗戶又在哪裡？」

「那個……」

「拐走哥哥的女人穿什麼衣服，被抓之後我們是怎麼逃出來的……」

成延的臉色倏地憔悴下來。在他們交談的時候，成延感覺到了氣氛的異樣。

「您當時不是在路邊站著等副會長嗎？您又是怎麼被那個女人抓走的呢？當時的情況您一點都想不起來了嗎？」

聽到微笑接連不斷的提問，成延臉上的笑容漸漸消失了，他反問微笑道：

「微笑，妳現在……是在懷疑我嗎？」

「不是那樣的，只是……」

成延的聲音突然變得尖銳刺耳：

「妳知道因為英俊，一直以來我過得有多麼辛苦嗎？為了原諒他，我費盡心思，為了他，我故意放棄了經營權，去國外待了十多年！但是，現在留給我的是什麼？到底是什麼！妳說啊！」

對於成延突如其來的激烈反應，微笑的臉色變得像白紙一樣煞白，良久才說道：

「我不知道成延哥哥為什麼會提到副會長。我只不過是想知道更多關於當時和哥哥一起經歷的那件事而已。」

成延臉上的表情更加凝重了。

「我從小就害怕蜘蛛，可能就是從那個時候開始的。因為在那個屋子的某個角落裡，我看到了可怕的蜘蛛。記憶一般都是這樣的，經歷過一些可怕的事情之後，肯定會在心裡某個地方留下傷痛。不過，哥哥的記憶……」

這時，成延突然瞪大眼睛，望著空中大聲喊道：

「啊！沒錯！蜘蛛！我記得很清楚！當時屋子裡有很多蜘蛛，很噁心，很恐怖！」

微笑停頓了許久才平靜地說道：

「從遇見我的那段記憶開始就是這樣，哥哥的記憶全部都是從別人那裡聽到些什麼之後才想起來的。這未免有點太奇怪了吧？」

「妳這是什麼意思？當時妳看到蜘蛛就哭了，我還安慰妳，妳都忘了嗎？」

「這根本就不可能啊。」

「什麼？」

「我不可能看到蜘蛛哭起來的。您知道那起事件具體的事發時間嗎？」

「十一月底。」

成延滿眼驚異，回過頭看著微笑。

「我最近才明白過來。我們隨處可見的蜘蛛……」

好像牽強地去承認自己討厭的事情一樣，微笑臉色煞白，渾身戰慄，好不容易才擠出話來：

「蜘蛛是會冬眠的。在沒有食物可吃的十一月底，牠們是不會出來活動的。不管怎麼想，我都覺得……那不可能是蜘蛛。」

成延一時語塞，他雙唇緊閉，滿眼困惑地看著微笑。

「您好好想想吧，哥哥現在是把自己硬裝進了記憶裡。」

成延勃然大怒，突然情緒激動大叫道：

「我的家人表面上對我笑臉相迎，但其實都認為我是個讓人心寒的傢伙！現在連微笑妳也要逃避我了嗎？別人我不管，妳……妳不能這樣！只有妳不能這樣對我！那天妳不是和我在一起嗎?!我們當時在一起，妳也親眼看到了，妳最能知道那天我有多麼痛苦！妳怎麼能這樣對我?!你又不是別人，妳怎麼能！」

似乎所有走投無路的人最後都會抓狂。看到性情大變的成延似乎要撲過來的樣子，微笑往後退了一步，這時，她的眼前出現了一個熟悉的身影。

「在別人辦公室裡鬧什麼啊？」

來的人是英俊。

擋在微笑前面的英俊用力推了一下成延的胸口，惡狠狠地威脅道：

「要不要讓你見識一下什麼才是真正令人心寒的醜態啊？你再這樣對微笑大吼大叫試試！到時候別怪我不認你這個哥哥！」

英俊就像是猛獸亮出了可怕的獠牙，惡狠狠地低吼著，守衛自己的領地。他的情緒非比尋常，這話絕不是說著玩的，明眼人都能看出來。

英俊的聲音嗡嗡作響，茫然失措的成延好不容易才打起精神，他深呼吸了一下，調轉腳步，走到門口，而後轉過頭，對微笑道歉道：

「對不起，嚇到妳了。下次見。」

微笑驚慌失措，不知該怎麼回答，直愣愣地看著成延。英俊代替她回答道：

「以後不要聯繫微笑了。小時候的事，早就已經在小時候結束了，都這麼大的人了怎麼還能做出這種事情來呢？」

換做平時，這話肯定又要引起兄弟間的爭吵，但不知道為什麼，這一次成延乖乖地閉上嘴走了出去。

成延走後，辦公室裡彌漫著可怕的靜寂。

英俊仍然背對著微笑。

他們靠得這麼近，不知道是不是因為心情的緣故，他的後背和肩膀看起來比先前更加寬廣更加結實。微笑現在有一種被這世上唯我獨尊，同時又是最優秀的男人保護著的感覺。

「仗著平時對妳寵愛有加，現在可以自己做主了。我之前是不是跟妳說過要離我哥遠一點。」

「抱歉。」

微笑乖乖道了歉，沒有為自己做任何辯解。

「微笑，妳能忘掉小時候發生的那些痛苦的事情，但我哥的狀態還不穩定。以後，別再揭開之前的傷疤，引起不必要的麻煩了。」

英俊背對著微笑，低聲命令的聲音裡沒有絲毫的猶豫和慌張，就像是拿著事先準備好的劇本唸出的台詞一樣。

微笑看著他的後背，一個字一個字地呼喚道：

「成，賢，哥哥。」

在這個世上，你可以和地球另一端的人面對面地通話，也可以嗖地發射太空船，只要有0和1，就沒有解不開的難題，但「直覺」這個詞仍然可以左右一個人的判斷。

聽到「成賢」這個名字的瞬間，英俊的肩膀輕輕地打了個冷顫，如果不仔細觀察都很難察覺到，這一冷顫意味著什麼。

超級電腦無法計算，但微笑卻知道其中的答案。憑藉她的直覺。

「成賢是誰啊？」

「您沒失憶對吧？您是裝作失憶對吧？」

「胡說八道什麼呢。」

「聽說人在說謊的時候，無法直視對方呢。」

聞此，英俊依舊看著窗外，逃避著微笑的視線。

「不管我是失憶了，還是裝作失憶，對金祕書來說有什麼意義嗎？」

「意義……」

「如果我的過去有所改變，那金祕書的心也會變嗎？微笑，過去的九年裡一直和妳在一起的那個人，和妳約定好以後也要一直在一起的那個人，難道不是現在的我嗎？」

微笑啞口無言，不知該怎麼回答。

這話說得沒錯，過去不過只是過去而已，現在，她對英俊的心意不會再因為那件事而增減半分。她只是帶著點好奇，想確認那件事，試圖糾正某種錯誤而已。不過從他的角度來看，這樣的行為也許有些輕狂了。

「抱歉，是我不自量力了。」

「知道就好。」

微笑沒有失落，反倒冷不防地說道：

「我爸今年年初跟我說，『我們微笑真像一條狗』。」

「什麼？」

「說我的嗅覺出奇地好。」

啊，這倒可以理解，不過這話聽上去卻有種非常不祥的預感。英俊不解地歪著腦袋，微笑依然真摯地繼續說道：

「我察覺出爸爸闖了禍。去年年初，我爸借了高利貸，結果利滾利，欠了一屁股債。姐姐們平日裡忙著工作，又生性單純，不太懂那種事，也就沒多想什麼，卻被我逮了個正著。結果爸爸跟我坦白了一切，還跟我說，說出來之後自己的心情一下子輕快了不少，那段時間以來因為無處訴說而痛苦不已，說著說著還抓著我的手嚎啕大哭。我也跟著嚎啕大哭起來，當然，那是因為想到要把副會長送我的新車賣掉抵債，太心疼了。」

「妳想說什麼？」

「紙永遠包不住火。」

英俊的嘴角明顯僵住了。

「即便如此，如果副會長想要隱瞞到底的話，那我以後也不會再過問那件事了。不過，請您跟我約定一件事。」

「約定？」

「對，約定。您要答應我，如果副會長覺得辛苦的話……即便只有那麼一點點辛苦的話……」

微笑走到英俊面前，抬起頭看著他的臉，笑盈盈地說道：

「從現在開始，不要再一個人承受了。」

這麼聰明的女人，竟然也有如此糊塗的一面。英俊偶爾會從微笑身上感受到這一點。現在便是如此。

有妳這樣的女人在我身邊，有妳這樣的女人和我在一起一輩子，我怎麼還會覺得辛苦呢，傻瓜。

「就算我已經脫光光，而副會長仍然堅持穿著心裡的那條褲子，也請不要一個人承受那種苦了。」

英俊的眼睛瞇成了一條線：

「以後盡量離朴博士遠一點。別被他帶壞了。」

微笑笑盈盈地幫英俊整理著領帶，英俊似乎平靜了許多，淡然地坦白道：

「是，沒錯。我從一開始就沒有失憶過。」

英俊抬起兩隻手，撫摸著微笑的臉龐，直勾勾地看著她瞪得圓圓的眼睛，毅然地對她說：

「妳聽好了，雖然我不知道妳到底在懷疑什麼，但是微笑，妳小時候見到的那個哥哥確實是成延。」

「副會長……」

「之前我裝作失憶，是為了逃避。因為承認我讓哥哥變成那樣的事實，很傷自尊心。」

英俊停頓了一下，將微笑那可愛的臉龐印刻在自己的眼眸，下定了決心。

紙是永遠包不住火的，微笑說得一點都沒錯。

不知不覺間，所有的事情逐漸浮出水面，成延會受到傷害也是必然的。不過，與當時不同的是，不管是成延還是英俊，他們都已經長大成人。不管發生什麼事情，他們都能相互理解並一起去克服，這也是為了以後的生活，他們各自必須要去承受的事情。

然而，微笑卻不一樣。

就像他一直以來都在守護著她一樣，他要繼續這樣守護下去。

雖然這麼說有點牽強，但英俊就是不希望微笑受到一點傷害。他不想讓微笑想起那些沒有任何價值的記憶，不想讓她感受到一絲痛苦。他絕對不能那樣做。

「妳認為我是個卑鄙的傢伙也好，反正妳已經沒辦法從我身邊逃走了。對我來說，這就足夠了。」

22 吉普賽蜘蛛

微笑，聽說非洲有一種巨型蜘蛛，個頭差不多有成人那麼大，只在夜間活動。

「成延，你怎麼還不睡？」

一個光溜溜的的女人抓著凌亂的頭髮走到酒店窗邊，豐碩的屁股坐在成延坐著的扶手椅把手上，緊緊抱住了他的頭：

「你一直醒著嗎？有什麼心事嗎？」

女人悄悄瞟了一眼桌上的筆記型電腦。看起來像是在寫稿子，但又好像不是。因為word檔案裡面一個字也沒有。游標有規律地跳動著，好像正在努力地在白色背景下凸顯自己的存在感，不知為什麼，卻讓人心裡有些不是滋味。

成延抬起埋在豐滿乳房裡的臉，將頭轉向窗外。窗簾縫隙間，是鋪滿了天藍色晨光的街道。

「說一個現在突然想起的地方。」

聽到成延這不著邊際的要求，女人睜大了眼睛看著他。成延的眼神恍惚迷離，整個人好像飄去了別的地方。

「呃，突然想起的地方……」

女人在腦海中回想了一下：

「鄉下奶奶家？」

「那是個什麼樣的地方？」

「就是鄉下。」

「周圍的風景如何？」

聽到成延一連串的奇怪問題，女人不解地歪著腦袋，但還是老老實實地繼續說了下去：

「雖然現在因為重建已經不復存在了，但我記得那個時候奶奶家的圍牆旁有一條小溪。重建之前，如果把車停在圍牆和小溪之間，其他的車輛就過不去，所以爸爸即便還吃著飯，只要一聽到鳴笛聲，就會跑出去挪車。奶奶家還有一個小院子，院子裡有兩棵柿子樹，後院裡還有塊菜園，我常常摘些番茄和黃瓜什麼的來吃，還被奶奶罵了呢。啊！還有最厲害的，就是老式的廁所。真的，那可真不是開玩笑的！為了不去看那個散發著惡臭的大黑洞，不知道做了多少努力！好像下一秒就會有一隻手伸出來，問我要紅廁紙還是藍廁紙呢。」

女人咯咯笑著，胸脯跟著一陣蕩漾。成延直愣愣地盯著她那白皙的乳房，硬擠出來一句：

「房子裡面是什麼樣的呢？」

「嗯，有兩個房間。前面有個門廊，旁邊有個老式廚房，就是以前那種老式房子。每次去的時候，小小的屋子裡常常晾曬著辣椒、蔬菜還有醬曲，因為那個氣味，我都不怎麼進去。裡屋堆滿了各種雜物。我奶奶那個人不怎麼乾淨俐落的。屋裡有一個櫥櫃，一扇小窗戶，還有加了玻璃的隔扇門。門前有一個落滿了灰塵的電話座機，旁邊的牆上寫著我家的電話號碼，字特別大。整面牆上掛滿了從廟裡討來的月曆，還有以前的老照片之類的。有個大紅色的貂皮毯子，散發著奶奶特有的味道。還有一台畫面扭曲的電視機和摔碎了的收音機……」

雖然一次也沒去過，但僅僅聽著這描述，那裡的景象就像一幅畫一樣展現在他的眼前。

〔哥哥現在是把自己硬裝進了記憶裡。〕

至於房子裡是什麼樣子，那裡又發生了什麼事情，成延完全記不起來了。但是巷子和房子外的風景又為什麼那樣清晰呢？

很久以前的那條巷子仍然歷歷在目。那個味道、空氣甚至是鏽跡斑駁的鐵門的觸感都記憶猶新。他緊緊抓著很像監獄窗戶的門檔，從手掌和額頭傳來的冷氣令他背脊發麻，甚至連這個，他都記得清清楚楚。

為什麼呢？為什麼就像用刀子裁剪過一樣，只清晰地記著外面的景象呢？

難道……是因為自己根本沒有進去過那裡嗎？

思緒飄至此處，成延的腦海中開始迴響起隱隱約約的聲音：

〔叔叔，這裡就是那個家嗎？〕

〔是的，少爺。〕

〔小賢真的……被關在了那裡嗎？〕

〔是的。〕

〔因為我，因為我當時把他丟在那裡……所以才會……！〕

〔少爺，您別固執了，快上車吧。夫人要是知道我把您偷偷帶來這裡的話，可就完蛋了。〕

破舊的黑色大門上掛著的黃色警戒線，像一道閃光掠過他的腦海。

他突然覺得頭痛欲裂。

「呃呃！」

「親愛的，你怎麼了？哪兒不舒服嗎？」

「啊啊啊……咳呃！」

突然，成延胡亂抓著自己的頭髮趴倒在地上，好像堅實的大壩生出了龜裂，裂縫中有什麼東西嘩嘩地洩露出來一樣。

「啊啊……我……我到底做了什麼……」

***

十層大樓的正門上掛著五彩斑斕的橫幅，橫幅上寫著「唯一夢之樹教育中心竣工儀式」。正門前，站滿了唯一集團的核心高階主管和教育工作人員，還有一群記者，他們似乎是在等候著什麼人。

這個兒童中心位於總公司大樓附近，由集團買下地皮後重建而成，旨在為集團員工子女提供保育和教育服務。建立這樣一個集托兒所、幼稚園、室內滑冰場及室內游泳場於一體的大型文化中心，需要投入大筆的資金，其中有相當多的一部分是集團副會長李英俊的個人財產。

天氣驟然變冷，門前等待的人們鼻頭已經泛紅，就在這時，一台黑色的勞斯萊斯幻影，熄滅了頗有威懾感的警示燈，駛入兒童中心前的大路，停在了警衛車輛的後面。

待命的集團工作人員一打開後座的「自殺門」，今天的主角李英俊就以耀眼的挺拔之姿下了車。自帶光環似乎並非「附加選項」，而是早在設計階段就有的「基本配置」。

英俊一現身，包括高層在內的待命人員便畢恭畢敬地對著他行禮，周圍的閃光燈閃成一片。

也許是太刺眼了，英俊眉頭微皺，整了整衣服。他並沒有為了剪綵就立刻走向台階，而是先行護送了隨後下車的女人。

下車後站在英俊身邊的女人，就是唯一集團高層皆知的金微笑。就是那個已經輔佐了英俊九年之久，被稱為「耐心的標誌」「祕書界的活佛」的金微笑。

但是，今天又不是作為派對的女伴出席，一個祕書，在這樣一個正式場合，竟然被老闆李英俊護送，這實在是有違禮數。看到這一場景，包括高層在內的許多人都大吃一驚。

「請您帶上手套。」

「謝謝。」

微笑從車上下來以後，把活動要用的白色棉手套遞給英俊，觀察一下周圍人的眼色，輕聲責備道：

「都說了我坐副駕駛就行，這算什麼啊。」

「怎麼了？」

「氣氛不一樣了。大家都看著呢。」

英俊戴好手套後，環顧一下四周，臉上掛起一抹意味深長的笑容，似是有意地把嘴唇緊緊貼在微笑耳邊，低聲說道：

「那就讓他們看個夠。」

啪啪啪啪，像是起了什麼戰事似的，瞬間閃光燈四起，本就亂作一團的氛圍，變得更加混亂了。百無聊賴的記者們，果然都瞪起犀利的鷹眼，在手冊上奮筆疾書。他們寫的肯定都是具有爆炸性的新聞標題。「唯一集團李英俊和女祕書，令人震驚的緋聞！」「守在李英俊身邊的女人，令人震驚的真面目？」之類的吧。

微笑收回漸飄漸遠的思緒思考起來。如果宣傳室長知道了這一事實，雖然不能把他抓來吃了，但肯定會把我抓來吃掉的。反正結果都一樣，也沒什麼區別，不如趁此機會辭職好了。辭職信是親手寫呢，還是列印呢，又或者還是乾脆寫血書更好呢。

「妳還不快跟上來？」

微笑一改往日笑盈盈的笑臉，面色十分難堪地跟在英俊身後。

「為什麼愁眉苦臉的？笑得燦爛點，燦爛點。」

聽到這句話，想要勉強笑一下的微笑，卻變得更加愁眉苦臉了。

剪綵和紀念留影以後，為了確認兒童中心內部，李英俊進了大樓，他不滿意地回頭看了眼冷清的走廊。

眼尖的工作人員擔心會挨訓，一下子緊張起來，微笑也是滿心擔憂地觀察著他，但他說出的話卻十分出乎意料：

「我說那邊牆上的空地。」

「是。」

「是不是太冷清了。在那兒掛上我的肖像畫怎麼樣？比起粗糙的油畫作品，應該還是我帥氣的臉更勝一籌吧。」

「天啊，副會長您太棒了！」

「是吧？這主意不錯吧？」

「您真是太幽默了。我的肚皮都要笑裂了。」

「我可沒開玩笑。」

「您還是說您是在開玩笑吧。」

「有什麼問題嗎？」

微笑一時語塞，這段時間發生了很多事情，她竟然因此忘記了英俊的本色，她再三回味著，笑盈盈地給了他當頭一棒：

「很抱歉，這裡不是保育和教育機構嘛。這樣做不符合主旨。」

「怎麼不符合了？」

如此理直氣壯也實屬不易呢。微笑又不能如實回答「孩子們看著副會長的肖像畫能學到什麼呢」，於是在工作人員的引導下，連忙離開走廊，轉移了話題：

「我很好奇副會長您在幼稚園的時候是什麼樣子呢。」

「這有什麼好好奇的？生活嘛，大家還不都是一樣。」

「具體是哪些方面一樣呢？」

「千字文差不多全背完了……應該正在學習英語和法語語法吧？鋼琴和小提琴的課程已經有點厭倦了，偶爾會去高爾夫和騎馬俱樂部，有空的時候會和爸爸下圍棋……過得還挺忙的呢。」

「恕我失禮，您為什麼要上幼稚園呢？」

「一天到晚待在家裡多無聊啊。」

「啊啊，算是一種興趣愛好？」

「大家不都是這樣嗎？」

「哎呦，那是當然了。生活嘛，大家都是一樣呢。真的是這樣呢。」

微笑竭力隱藏起內心的不痛快，隨聲附和著，英俊一臉輕鬆地反問道：

「金祕書妳呢？」

「塗色塗得特別好，從來不會塗到黑線外面，剪刀也用得熟練，每天都會受到表揚呢。」這種情況下，微笑實在沒辦法這樣如實作答。

「應該也差不多吧。」

「我和微笑果然很合得來。」

英俊咧嘴一笑，露出一排整齊的牙齒，真是讓人討厭，卻又讓人覺得魅力十足。微笑的小心臟忽然猛地跳了起來。最近，在毫無防備的狀態下，只要看到他就會莫名心動的次數越來越頻繁了。

「二樓是托兒所。裝修材料和家具都選用了國內生產的無毒產品，依照副會長之前下達的指示，我們把孩子們的安全和健康放在了首位。」

在中心所長的介紹下，英俊細細地環顧著教室內部，補充道：

「我認為，在這個世界上，只有兩種錢，絕對不能心疼。一種是花在我身上的錢，另一種就是花在正在成長中的孩子們身上的錢。」

「啊，是……」

「所以，教具和餐食也都要視作對未來的投資，全部都要最高級的。」

「是，請您放心。」

英俊和工作人員在嚴肅談話的過程中，微笑暫時離開，隨意地在托兒所室內逛了起來。

窗子的採光很好，在陽光的照耀下，亮色的牆壁變得更加鮮亮，壁畫上綠色的草坪故意畫得鬆鬆垮垮，就像出自小孩子的手筆一樣，草坪裡還藏著各種可愛的昆蟲。

跟著蝴蝶、螞蟻、青蛙走在長長的走廊裡，音響裡流淌出歡快的童謠。

「蝴蝶呀，蝴蝶呀，飛到這裡來吧。」不知不覺跟著旋律哼起兒歌的微笑，在一個教室前突然停住了腳步。

壁畫被教室門隔斷了。壁畫斷開的地方，畫著一棵枝葉茂盛的古銅色樹木。像手臂一樣伸出的長長枝椏上，掛著什麼東西。是蜘蛛。

「呃！」

即使是幼兒壁畫，對微笑來說也並沒有什麼不同。「談蛛色變」的微笑嚇破了膽，不自覺地後退一步，扭開了頭。

這時，暫時靜止的音響裡再次響起了童謠。好巧不巧，活潑而輕快的節拍和旋律唱的還是「蜘蛛」。

——蜘蛛沿著絲線爬下來。蜘蛛沿著絲線爬下來……

聽到這熟悉的旋律，微笑的耳朵轟的一聲，感覺像是斷了電似的，眼前突然一片漆黑。

〔L'araignée gypsie Monte à la gouttière……〕

曾經忘卻的「吱呀」聲響和小時候英俊哼唱的歌聲重疊在了一起。那分明是同樣的旋律。

「金微笑！」

聽到英俊的聲音，微笑猛地回過神來，這才發現自己支撐不住身體，半倚在了他的身上。

「啊……」
「怎麼了？身體不舒服嗎？」
「沒，沒有。只是有點頭暈。」
「怎麼會突然這樣？臉都白了。」
「沒什麼。現在沒事了。」
「妳臉色可不太好啊，我們去醫院吧。」
「我都說了沒事。不用去醫院。」
「真的沒關係嗎？」
微笑用力撐起發抖雙腿，重新站好。她接過英俊遞過來的手絹，擦了擦冷冰冰又黏糊糊的冷汗，這才點點頭說：
「沒關係。沒事的，真的。」
微笑重新露出標誌性的笑容。英俊仍然一副擔心的表情看了她好久。
在結束兒童心中開館儀式，奔赴下一個行程的車上，微笑重新為英俊繫上了領帶。英俊懶洋洋地靠在椅背上，觀察著微笑的臉。
美麗而清晰的五官，每時每刻都保持著的笑容，還有一個富有魅力的酒窩。這是一張看了九年，卻怎麼都看不厭的臉。
英俊好像突然感受到了某種從靈魂深處迸發出來的渴望，以一種期待的眼神看著微笑的眼睛。

微笑瞟了一眼駕駛座，搖了搖頭，像是給了英俊使了個眼色。

英俊失望地歎了口氣，轉頭看向車窗外，喃喃自語：

「塞車了。」

為了準時參加晚宴秀，他們已經在以最快的速度趕路了，但是因為交通嚴重堵塞，車子一動都不能動。

「抱歉，副會長。」

司機尷尬地回過頭來道歉。英俊搖搖頭，回應道：

「本來就是尖鋒時間，沒辦法的事。」

「但是糟糕的是，再這樣下去的話就沒辦法準時到達了。」

微笑急得直跺腳。英俊看了一眼手錶，問了一個讓人意想不到的問題：

「坐地鐵怎麼樣？」

「地……鐵？您不是最討厭人多的地方嗎？」

「我更討厭遲到。」

雖然距離舉辦活動的綠源酒店只有三站距離，應該不成問題，但是不知為什麼，總覺得英俊和地鐵不太搭。其實，英俊也感覺到了周圍人看過來的眼神，還聽到了按下相機快門的聲音。社群軟體上可能馬上就會出現諸如「皇太子平民cosplay」「喂，該給副會長家安個地鐵了」之類的文字了吧。

儘管如此，英俊倒映在黑漆漆的進出口窗戶上的臉依然毫無表情。從某種意義上來說，這也是一種堅定的毅力。

微笑背對著英俊，看著出入口。當地鐵進站減緩速度的時候，她皺起了眉頭。混亂的車廂本來就像馬上要擠爆了一樣擁擠不堪，月台上又站滿了等待的人群。早已驚恐萬分的微笑剛想擠到角落裡去，又停下來抬起頭看向後方。她擔心一身名牌西裝打扮的英俊會發生什麼事情。

「副會長，您跟我換下位置吧。」

「為什麼？」

「衣服要是弄髒了該怎麼辦啊？快點。」

微笑催促英俊，但是英俊非但沒有躲到角落裡，反而故意用嚴肅的表情和聲音命令微笑：

「把包包給我。」

「什麼？」

「我要妳把手提包拿過來。」

微笑的包包向來很重，因為裡面裝滿了隨行時需要的各種物品。英俊幾乎以強搶的方式拿過手提包，掛在了自己的肩上。

地鐵停了下來，車門打開的瞬間，人潮和預想中的一樣洶湧而來。

英俊好像早有準備似的，把微笑推到角落裡，用一隻手臂圍住了她的腰。

「副會長……」

不停碰撞、來回推擠著擠進車廂的人流讓英俊處在即將爆發的邊緣，可即便如此，英俊還是非常出色地忍到了最後。

隨著車廂內到站廣播的響起，地鐵再次出發，擠到喘不過氣來的一眾乘客整齊地倒向一側，四面八方隨之傳來陣陣抱怨聲。英俊也沒能躲過被人群推擠的噩運，但他並沒有像往常那樣發火或是發脾氣，反倒哧哧地笑了起來。他貼近微笑耳邊竊竊私語：

「妳要摸到什麼時候啊？」

「啊？」

微笑一臉茫然地眨著眼睛往下一看，這才發現自己的手掌正緊緊地貼在英俊的胸口處。她猛地跳了起來：

「天啊，對不起。」

「真好笑，道什麼歉啊？」

英俊溫柔地笑著，把視線轉向窗外。微笑靜靜地抬頭看著英俊，無端地紅了臉。

雖然只有短短不到十分鐘的時間，終於到站的兩個人卻早已筋疲力盡。

「哇，今天可不是一般的擠啊。只坐了三站就暈車了呢。」

微笑倚靠在地下通道的柱子上調整呼吸。英俊一邊向下扶著她的後背，一邊數落道：

「這就叫苦連天啦。人生路上還要經歷比這更可怕的事情呢。我這麼討厭人多的地方都忍住了，妳就別叨唸了。」

在地獄一般的地鐵裡坐了三站，微笑一直都站在出入口一側的拐角處。英俊雖然嘴上這麼說，但他為了保護微笑分明使出了渾身力氣。微笑不可能不知道這一點。

「是，是。」

「不過多虧有妳，才避免了遲到不是嗎？」

「那倒是。」

英俊重新背上微笑的手提包，突然伸出了右手。

微笑笑盈盈地抓住英俊的手，為了溫暖英俊因為冷空氣而涼透的手，緊緊地與他十指相扣。

英俊被這突如其來的舉動驚訝得蜷縮了一下，又馬上開心地笑了起來，他握緊微笑的手，往前邁出了一大步：

「走吧。」

傍晚時分，地下通道的擁擠程度反而比地上還要嚴重。可能是到了年末的緣故，通道裡滿眼都是聖誕樹和聖誕裝飾品。

「今年耶誕節的禮物是什麼呢？」

九年來，微笑每年都會送英俊送聖誕禮物。雖然送的東西大部分都是可有可無的小東西，但是和微笑親手寫下的賀卡一起送出的禮物總是讓英俊非常期待。英俊也總是用昂貴的禮物回贈微笑。

其實微笑有幾次是為了得到貴重的禮物才送英俊禮物的。微笑尷尬地笑著反問道：

「哎呦，哪有人會提前問耶誕節禮物送什麼的？」

「這裡。」

「啊，好吧。」

微笑乾咳幾聲，問道：
「您有什麼想要的嗎？」
「如果有的話呢？」
「只要在我能力範圍之內，當然要送您啦。您想要什麼？」
英俊看著熙熙攘攘的人群，忽然停住了腳步轉過頭去。
微笑也跟著停住腳步，瞪圓了眼睛抬起頭看著他。英俊很快便拋出一句令人費解的話來：
「無條件 Yes。」
「啊？那是什麼……」
英俊瞥見附近的一家花店，他沒有回答微笑，轉而放開她的手徑直朝那個方向走去，繼而呼喚店主人：
「紅色玫瑰都在這裡了嗎？」
「是的，客人。」
「幫我做成花束。」
「您需要多少呢？」
「全部。」
「呵，全部都要嗎？」
「對。」
隨後跟過來的微笑插話道：

「天啊，您這是做什麼？」

「想送妳。」

「呵！啊，我很榮幸也很感謝，不過，能不能只接受您的心意呢？大致一看也知道不下一百朵了，這麼重，沒辦法帶到活動地點的。」

「沒關係，我幫妳拿。」

微笑惶恐地張著嘴，抬頭看著英俊。英俊直接無視微笑的反應，再次轉頭望向擁擠的地下通道，淡淡地說：

「偶爾來到這種人多的地方，我都會重新感歎一次，原來有這麼多人生活在這個世界上，同時……還有個疑問困擾著我。」

「什麼疑問？」

「緣分到底是什麼？」

微笑也跟著看向擁擠的地下通道，陷入了沉思。

這塊小小的地方都已經聚集了這麼多的人，如果世界上所有的人都聚集在一起，那得有多少啊。茫茫人海裡遇到一個有緣人的機率，大概用計算機也算不出答案吧。

儘管小時候只有那一天的緣分，但是轉了一圈又重新遇見了彼此，這同樣也是絕對無法用數字計算的。

「應該類似於……奇蹟吧。」

在他們二人的世界裡，時間彷彿停止了一樣。英俊和微笑緊緊握住彼此的手，一動不動地站在行色匆忙的人群中。

「剛才說到聖誕禮物，這次耶誕節我要先送妳禮物。不過很遺憾，我並不打算給妳選擇的權利。」

「您要送我什麼禮物啊？啊，您肯定不會告……。」

微笑還沒說完，英俊就立刻回答道：

「戒指。」

「戒……戒指？」

「那天我會為坐在別墅壁爐前的妳送上一枚戒指，上面嵌有糖球大小的鑽石，然後再來個驚喜提問，到時候妳要無條件地回答『Yes!』這就是我想要的禮物。」

聽了英俊的話，微笑只是呆呆地站著原地眨著眼睛，而後她忽然探頭至英俊的鼻前：

「副會長，您看得見這裡吧？這裡。」

微笑用手指指了指額頭上部，笑盈盈地放出狠話：

「請您用力敲打我的額葉。我想忘掉剛才聽到的話。」

英俊露出一副詫異的表情，微笑突然哭喪著臉抗議道：

「您知道世界上最惡劣的行為是什麼嗎？是劇透啊劇透！什麼驚喜提問！沒有驚喜，只有驚嚇！我可能會被嚇昏過去，要不要心肺復甦啊！」

看到微笑如此激烈的反應，英俊忍不住哧哧地笑了出來。

微笑惡狠狠地瞪著英俊，緊緊握起拳頭，瑟瑟發抖，而後又對著天空大喊道：

「啊啊！一開始就炫耀自己，說什麼『我跟妳結婚』，後來又對我說『我頭腦聰明，外貌出眾，還很多金，Anipang 也玩得好，嫁給我吧』，現在甚至還跟我劇透求婚情節？這算哪門子的求婚啊！快打我！讓我立刻忘掉吧！」

***

綠源酒店宴會廳內聚集了今天慈善晚宴秀主辦方 Centummotors 公司的相關人士以及政經界人士。

英俊進入會場，和 Centum 集團社長團打過招呼並合影留念後入座，活動隨即開始。社長團的代表權賢俊發表完祝辭後，演出正式開始。這時，英俊說要出去抽根菸，離開了座位。

獨自留下的微笑抬頭看著開始表演的魔術秀，胡思亂想起來。

不知過了多久，英俊的空位上傳來了一陣熟悉的聲音：

「妳說過……我把自己硬裝進了記憶裡，對吧？」

微笑轉過頭發現了成延，著實嚇了一大跳。

「成延哥哥……」

不覺間，坐到微笑鄰座的成延艱難地開了口，語氣痛苦地請求道：

「如果我對過去的事情有什麼地方搞錯了的話……妳可以告訴我嗎？」

微笑判別不出該做何回答。因為對於這件事，英俊昨天已經說得很明白了。

雖然微笑並不知道英俊這麼做究竟出於何種理由，但她知道，英俊想要隱瞞過去的事情。如果這是為了保護心靈脆弱的哥哥，那微笑現在將自己所知道的事實全部告訴成延就違背了英俊的意思。

「讓妳為難到無法回答嗎？意思就是我確實搞錯了，對嗎？」

成延將視線轉向舞台，悲痛地繼續說道：

「自從我懂事起，我就總覺得哪裡很奇怪……」

身著黑色衣服，頭戴白色面具的魔術師從空無一物的帽子裡掏出一隻鴿子來，周圍立刻爆發出陣陣歡呼和掌聲。

「至於什麼是什麼……我現在真的搞不懂了。」

魔術師用華麗的手法變了多種魔術後，走上一個巨大的檯子，準備下一個魔術。檯子的木梁上懸掛著一根繫有繩套的粗繩，讓人不由聯想起中世紀的絞刑架。

主持人用激動的聲音預告下一個魔術。

——下面為大家獻上刺激的絞刑魔術。

「和英俊不同，小學四年級的時候，我總是瞞著父母和朋友到處去玩。偶爾也和他們一起坐公車搭地鐵。英俊從入學開始就一直是孤零零，司機不送他的話，他連學校都去不了……可是這小子卻把我帶上公車，扔在了一個陌生的地方，這實在有些奇怪。」

魔術師把頭深深探進那個粗粗的繩套，再三確認繩子不會鬆開後，一塊黑色布幕降至絞刑架上方。

觀眾席上一陣騷動。緊接著，增添緊張感的音樂響起，身材纖細的美女助手們，咧開紅豔的嘴唇，微笑著轉動檯子。只見檯子的一側伸出一根長長的控制桿，在它的作用下，魔術師會墜落到檯面底下。

「昨天和妳聊過以後，我回去想了一夜。我既懷疑自己真的那樣做過，又覺得或許……或許是因為我無法承受自己闖下的禍事……」

轉動檯子的美女終於停下了腳步。

不覺間，音樂突然變得陰森恐怖起來，四周瞬間漆黑一片，就在這時，成延低聲歎了口氣，望向了微笑。

但是微笑的狀態似乎有些奇怪。

「微笑？」

「啊……啊啊……好，好可怕。我害怕。我害怕……」

「妳怎麼了，出什麼事了？」

「不要啊，好可怕……」

微笑嚇得臉色煞白，她瞪大了眼睛瑟瑟發抖。就在成延想要伸手安慰她的時候，一位美女助手毫不猶豫地拉下了控制桿。

哐！

布幕後面，脖子套在繩套上的魔術師的腳底隨即響起可怕的墜落聲。掛在繩上被拉長的人就像秋千一樣，無力地來回蕩著，令人毛骨悚然的摩擦聲響徹了整個大廳。

吱呀，吱呀……

「嘎啊啊！」

近旁一位中年女性突然發出一陣刺耳的驚叫聲，嚇得成延連忙收回望向那邊的視線，又重新看向微笑。

微笑捂著耳朵，深深地把頭埋在膝蓋之間，甚至無法支撐起自己的身體。

「微笑，妳沒事吧？金微笑！」

魔術師不知何時已經解開了繩子，走到布幕前向觀眾致謝，但仍不見微笑有好轉的跡象。成延十分恐慌，擔心再這樣下去，會出什麼事情。

「我好像……要吐了……不能再……」

微笑搖搖晃晃地從座位上站起身，一把推開了想要攙扶自己的成延，幾乎快要跌倒了似的踉踉蹌蹌逃出了會場。

＊＊＊

走在鋪著紅毯的走廊裡，微笑幾次撞上行人，差點摔倒，但她無法停住腳步，一心只想著要找到英俊。

﹝別過來，微笑！不要到這邊來！我說了不能看，傻瓜！﹞

〔微笑，聽說非洲有一種巨型蜘蛛，個頭差不多有成人那麼大，只在夜間活動。如果和牠對視的話，說不定會被咬。〕

〔L, araignée gypsie monte à la gouttière……〕

「啊啊啊，那不是蜘蛛！不是……蜘蛛。」

現在她終於知道，英俊一直以來極力隱瞞的到底是什麼了。還有，誰才是他想徹底保護的那個人！

所有的記憶在腦中猶如洪水般，傾瀉而下，激起陣陣漩渦。

微笑恐懼到難以呼吸，眼前一陣發黑。正當她覺得快要撐不下去的時候，一股溫暖柔軟的感覺包裹了她的全身，正是她一直徘徊尋找的那個人的體溫。

微笑艱難地睜開眼睛，確認了焦急呼喊著自己名字的那個人的臉後，當場昏了過去。

再次睜開眼睛，微笑正站在很久以前的那個房子裡。

似是空無一人的黑暗角落裡蜷縮著一個少年。

他的手腳被緊緊捆住，他抬起頭盯著微笑，皺起眉頭冷不防地說了句：

「咦，竟然還有個和我一樣的傻瓜……」

雖然已經過去了整整二十三年，卻清晰得恍如昨日。

23 緣分

那我們約好了。就算你忘了今天的事情……我們總有一天還會再相見的。

「媽媽……。」

從睡夢中醒來的微笑把眼睛揉了又揉，卻還是找不到夢裡緊緊抱著自己的媽媽。

「媽媽，妳在哪兒？」

必男抽泣著睡著了，末熙則打呼蹬著被子，年幼的微笑呆滯地看了她們一眼，爬了起來。

微笑用力地吸吮著手指走出了房門。

她坐在放在地板上的鴨子座便器上，痛痛快快地上了廁所完以後，鬆鬆垮垮地提上了褲子。窗簾沒有關，院子一下映入眼簾，雖是晚上卻像白天一樣明亮。

微笑突然想去外面看看，她輕輕地推了推門把手，玄關門便輕鬆地開了。

微笑媽媽得了重病後，便一直躺在醫院裡，從上週起病情開始惡化，現在一直在生死線上徘徊。微笑父親一直都是白天在家，晚上去醫院的，但他已經連著兩天沒能回家了。

爸爸不在家的這兩天裡，住在附近還沒搬離再開發地區的一個老奶奶，幫忙照看著彼此相差一歲的微笑三姐妹。今天晚上就連老奶奶也因為臨時有事暫時不在。老奶奶出門的時候，對正在上幼稚園的七歲的必男和六歲的末熙千叮嚀萬囑咐，讓她們一定要鎖好門，照顧好妹妹。但是必男和末熙臨睡前，卻因為「娜娜」玩偶互相抓著頭髮，大打出手，直接累得睡了過去，連玄關門都忘了鎖。

微笑站在巴掌大的院子裡看著天上的滿月，忽然瞥見大門外有人走了過去。

「哦……媽媽……」

微笑想著可能是媽媽來找她了，連忙打開大門跑了出去。

巷子的入口處，真的站著一個女人，她正出神地望著這邊。

「媽媽！」

微笑一溜煙跑了過去，但那個女人並不是她的媽媽。那個女人比媽媽漂亮得多。

「孩子，妳在找媽媽嗎？」

「嗯。」

「阿姨帶妳去找媽媽吧？」

「真的嗎？」

「真的。阿姨的家就在那邊，那裡有很多玩具，還有很多好吃的餅乾。去阿姨那睡一晚，明天一早阿姨就帶你去找媽媽。」

「現在就帶我去不行嗎？」

「現在大家都睡覺了呀。明天早上阿姨一定帶妳去。」

「哎。」

「阿姨家還有個帥哥哥呢。」

「哦，真的嗎？真的有哥哥嗎？」

「嗯。跟阿姨走吧。」

「嗯！」

一無所知的微笑猛地抓住那個女人的手，只感覺她的手像病重的媽媽的手一樣冰冷，但微笑卻始終緊緊抓著不放。因為微笑覺得，如果撒手的話，也許就不能去見媽媽了。

寒風肆意地鑽進窗子，窗外月光皎潔，明亮的猶如白晝。剛剛還籠罩在黑暗裡的地方，這會兒在月光的照耀下，連手錶的錶盤都清晰可見。

十一月二十九日二十三點整。

過了午夜，成賢就已經連續三天被監禁在這裡了。

成賢生日時，爸爸送給他的高級手錶真是又大又重。對一個不過九歲的孩子來說，有計時功能和日期功能的名牌手錶能有什麼用呢？可爸爸說「將成大器之人，一定要懂得時間的珍貴」。但是，神氣十足地說出這番話的爸爸，當天晚上在成賢生日派對上，卻遲到了整整一個半小時。說是好不容易和熟人喝一杯，一時玩得興起，忘了時間。

「啊啊，好討厭這個味道……」

刺鼻的黴味還有水泥的味道。生在富豪家，像溫室裡的花朵一樣長大的成賢，從來沒有聞過這種味道。

「好冷。好想回家。啊，肚子好餓……」

這段時間，那個女人好幾次把廉價的餅乾推到他面前，但他害怕萬一吃了再出什麼問題，所以只好餓著沒有吃。

成賢想起自己的褲子口袋裡還有剩餘的卡拉梅爾糖。那是離開家的那天早上司機叔叔送給他的，黃色的盒子裡本來裝著滿滿的糖塊，但是被關起來的這些天裡，每當覺得餓的時候，他就會掏出一顆來吃，雖然吃得很省，但現在也只剩下一顆了。

如果是以前，成賢才不會把區區一顆卡拉梅爾糖放在眼裡，但現在他卻糾結著到底要不要吃。

還不知道什麼時候才能從這裡出去，這一顆一定要留到最後才行。除非是真的快要餓死了，否則絕不能動它。

他咕嘟嚥了一口唾沫，最終緊緊地閉上了眼睛。

「事情怎麼會變成這樣呢……」

他長長地歎了口氣，白色的霧氣四散在漆黑的半空中，在那之上清晰地浮現出兩天前放學路上的情景。

﹁喂，李成賢。要不要和我一起去遊樂園？﹂

﹁遊樂園？﹂

﹁聽說爸爸的公司正在建遊樂園，我們一起去看看吧。﹂

﹁別胡說了，聽說現在還在購置土地呢。﹂

﹁購置土地是什麼呀？﹂

﹁買地。﹂

﹁啊啊。﹂

﹁真是無知。哥哥你怎麼連這個都不知道啊？﹂

﹁可惡的傢伙。你搞錯了。據說已經開始施工了，雲霄飛車都建好了呢。遠遠地都能看見呢。﹂

﹁誰說的？﹂

﹁俊表哥。﹂

﹁怎麼可能呢？就算是個遊樂園，也不可能剛開始施工就先建雲霄飛車啊？你動動腦子想一想。﹂

﹁俊表哥說他親眼看見了。我們去看看吧。﹂

﹁俊表哥說的話怎麼能相信呢？我不去。下午還有法語課外輔導呢。﹂

「臭小子，你害怕了吧？」

「什麼？」

「如果沒有司機叔叔，你連家門都出不了。真是個膽小鬼。鼻涕邋遢的膽小鬼！」

「那又怎樣？」

憤怒的成賢甩開司機叔叔，從狗洞裡離開學校，跟著成延走了。他打算在人跡罕至的荒山野嶺，把傻瓜一樣的哥哥痛扁一頓。

生平第一次坐公車，不知道坐了多久，終於在一個陌生的地方下了車。

果然看不見什麼所謂的遊樂園，一直在迷宮一樣又髒又窄的巷子裡打轉，只覺得口很渴。

成賢衝著走在前面的成延發起了牢騷：

「這算什麼啊！我要回家了。」

「再走一會兒就到了。」

「都說了根本就沒有遊樂園！」

「不，明明是有。你這個膽小鬼。來到陌生的地方很害怕吧？沒錯吧？」

「我不是說了我不害怕嘛。我渴了，給我點水。」

「出學校之前我都丟掉了。」

「啊啊，哥，真是討厭啊你。」

「那，要不你在這等我一會兒？我去買飲料來。」

「一起去吧。」

﹁不用，沒關係。我是哥哥，我去買。﹂

﹁絕對不能買碳酸飲料。對牙齒不好。﹂

﹁別裝什麼了不起了，隨便喝點吧，臭小子。﹂

﹁你快去快回。﹂

就那樣傻乎乎地站著等了三十多分鐘，成賢才後知後覺地反應過來。啊，被耍了啊。

雖然也要去找消失的哥哥，但當務之急是找水喝。管它什麼「健康的牙齒」呢，現在只想拿著碳酸飲料喝個痛快。乾燥的風一吹，嘴唇發燙，喉嚨好像早已經糊住了一樣。

錢包裡有錢，他打算邊走邊找商店，隨便買點什麼喝。但是好奇怪，在這附近繞了許久，連隻狗都沒有遇到，好像根本沒有人住似的。

成賢突然莫名地脊梁發麻打了個冷顫，這時有人開口叫他：

﹁小朋友。﹂

叫住他的是個年輕貌美的小姐，看起來就像天使一樣善良的班導師。她身著一襲黑色外套，腳蹬一雙細跟靴子。只見她一邊撩著長長的頭髮，一邊突然遞過一瓶插著吸管的優酪乳：

﹁喝優酪乳嗎？﹂

﹁不用了，謝謝。﹂

儘管成賢喉嚨渴得都要冒煙了，但他還是禮貌地拒絕，然後繼續往前走。

女人又叫住他：

﹁小朋友，真是對不起，我的腿實在太疼了……。﹂

成賢回頭一看，那女人正指著一個黑色的旅行箱，兩腿一拐一拐的，露出一副痛苦的表情。

〔你能幫我提一下這個箱子嗎？不是很重。〕

〔提到哪裡啊？〕

〔我家就在那邊，提到那裡就行。〕

〔可是我也急著回家。〕

〔我丈夫和女兒都在家裡等著我呢，我腿受傷了，走不快。這可麻煩了，我女兒從早上就開始發燒，我得早點回去才行……。〕

〔啊……〕

〔是不是難為你了啊？〕

〔沒有，我幫您提回家。〕

〔真是個善良的孩子啊，快喝點優酪乳吧。〕

〔不用了。〕

〔真是個懂禮貌的好孩子，別客氣了，阿姨是真的謝謝你才給你喝的。〕

〔那……謝謝您了。〕

成賢沒法再推讓下去，再說他也實在渴得要死。他喝了優酪乳解了解渴，提起那個女人的箱子跟著她不知道走了多久。突然間，睏意襲來，那個女人一拐一拐的背影也逐漸模糊起來。這時，他才意識到箱子其實非常輕，即便是受傷的人也可以輕鬆地拉走。

他這才察覺出了異常，想扔下箱子逃跑，可是身體已經不聽使喚了。

不知道什麼時候他已經失去了意識，當他再次睜開眼睛時，四周一片漆黑。那是一個狹窄黑暗的空間，只聽到哐噹哐噹的聲音和強烈的震動。當他意識到，自己是被關在那個行李箱裡時，他驚恐不已，但湧來的睏意讓他再也堅持不住又睡了過去。

當他完全恢復意識的時候，已是深夜時分。在一個又窄又破、黑暗陰冷的房間裡，成賢手腳都被捆住，躺在只鋪著一張髒兮兮的塑膠泡棉板的地面上。

那個長得很像班導師，面相善良的女人，手裡正拿著一把刀鋒很長的剪刀，低頭看著成賢。他立刻意識到，如果自己大聲呼叫或者惹是生非的話，肯定不會有好下場。

「啊……好痛。」

只要稍微活動一下，身子就不會這麼冷了，但是他身上疼痛難忍，一動也動不了。因為他的手腳被人用束線帶綁成了手銬一樣的8字形。手腕倒還鬆一點，但他露出的腳踝卻被綁得死死的，血液完全無法流通。

別說逃跑了，就連動一下都痛苦萬分，他哀求那個女人給他稍微鬆開一下，但無濟於事。從昨天下午開始，他只能以這個姿勢躺著，或者蜷縮著坐在那裡。

「呃啊……笨蛋，笨蛋，笨蛋，世上還有像我一樣的笨蛋嗎？」

是不是有句話叫：人類是喜歡後悔的動物？

如果放學路上不跟著哥哥走的話，如果他性格冷酷，完全無視尋求幫助的人而直接走掉的話，如果他沒有渴到不行的話……就不會發生這種事情了。

爸爸的好友，一個知名電影導演曾跟成賢說過關於「機械降神」（Deus ex machina）的故事。

哦，名字聽起來還挺酷的，好像超新星閃光人改造實驗帝國 BOSS 的名字。

雖然聰明，但年齡尚小的成賢因為這無厘頭的原因，記住了這個拉丁語。他突然想起這句拉丁語，嘴裡嘟囔著：

「機械降神……」

那是為了扭轉緊迫的局面而引入一股超自然力量的一種表演藝術。簡單來說，就好像遇到難題怎麼也解不出答案時，輔導老師一下子跳出來將問題解開一樣。

照現在的狀況來看，只靠自己一個人的力量，實在想不出逃跑的辦法。對成賢來說，他迫切希望能有「機械降神」的到來。

「各位神仙快快顯靈吧。如果你們太忙沒法直接來的話，那就派個人將我帶回家吧。哪怕是我想揍到鼻血直流的哥哥也行，不管是誰都行，請派個人來吧。拜託了，拜託各位了……」

都說心誠則靈，沒過多久，真的有人來到了成賢的眼前。

「阿姨，我在這裡住一晚上，妳就真的會帶我去找媽媽，是吧？」

他滿心期待的神仙或是使者並沒有出現。離開了十分鐘左右的女人帶來了一個看起來只有四、五歲的女孩子。

那個孩子就像剛睡醒一樣，一頭短髮亂糟糟的，眼睛使勁地眨著。和成賢四目相對時，她嘻嘻地笑了起來。

哎呀……

「阿姨，阿姨！妳也給我做一個和那個哥哥一樣的手鏈吧！」

那個孩子的手腳被一模一樣地捆好後，被扔在了成賢身邊，看到她天真地傻笑著，成賢禁不住想：我的神啊，祈求您「隨便派個人」，但這也太「隨便」了吧。我沒祈求您給我派一個這樣的傻瓜來啊。

「妳叫什麼？」

「金微笑。」

「幾歲了？」

「五歲。」

「正是好時候啊。」

「哥哥呢？」

「我已經九歲了。」

「哇，你是大人了呢。」

「嗯哼。」

「比必男姐還大，真是太好了。你叫什麼呀？」

「成賢，李成賢。」

「成延。」

「成，賢。」

「啊，成，延。」

「你……真是個笨蛋。跟我哥一模一樣。」
「哇！哥哥，你還有哥哥？」
「是啊。一個非常糟糕的傢伙。」
「你說糟糕？」
「沒錯，糟糕透頂。」
「哇哦。」
「我說他糟糕，妳『哇哦』什麼？」
「好羨慕哦！我特別喜歡吃糕呢。」
「我現在應該笑還是應該哭呢？」
「微笑沒有哥哥，只有姐姐。她們天天打我還搶我東西，每次玩娃娃的時候都只給我醜娃娃。我要是也有一個糟糕透頂的哥哥就好了。」
「妳是女孩子，當然不可能有哥哥啦。想都別想。你要是有了哥哥，就會落得和我一樣的下場。等我從這裡出去之後，最先要做的事情就是給那傢伙來一記上勾拳。」
「上勾拳是什麼？是吃的東西嗎？」
「小孩子不用知道這個。」
「啊，對了！那讓成延哥哥當微笑的哥哥不就好了嘛！」
「我都說了我叫成！賢！再說了，此哥非彼哥，妳這個笨蛋！」
「微笑不是笨蛋！微笑才五歲，已經比上幼稚園的姐姐們會認字了。」

「開什麼玩笑？我像妳這麼大的時候都開始摳千字文了。」

「哼！微笑也很會摳貼紙呢。可以完好無損地摳下來。」

「哇！煩死了！」

看著笑嘻嘻的微笑，他不知為何心裡安穩了許多。雖然她傻乎乎的，但有她在身邊總好過什麼都沒有。不過，當看到微笑抬起緊緊綁住的手，神情自然地摳著鼻孔，一副寒酸不堪的模樣時，成賢不禁歎了口氣。

「看來妳完全不瞭解我們現在的處境啊。」

「處境是什麼？是吃的東西嗎？」

「算了。妳是怎麼到這裡來的？」

「我睡著覺醒來之後，走到大門外面，就看見那個阿姨出現在那裡。」

「妳不睡覺，去外面幹什麼？」

「媽媽……」

「什麼？」

「我想找媽媽。那個阿姨說明天帶我去找媽媽。」

「妳媽媽去哪了？」

「醫院。」

「身體欠安嗎？」

「欠安是什麼？是吃的嗎？」

「不是，就是問妳她是不是不舒服。」
「嗯，我媽媽很不舒服，聽說可能會死。」
「誰說的？」
「我爸說的，必男姐昨晚上傷心地哭了很久。但是末熙姐一下子就把必男姐的玩偶『娜娜』的腦袋拔掉，在那轉來轉去的，然後她們倆就打起來了。因為她們太好笑了，我就在那哈哈大笑，然後末熙姐就打了我的頭。」
可能因為這孩子只有五歲，所以說的話完全讓人摸不著頭緒。
「可是，哥哥。」
「嗯。」
「死是什麼啊？」
「啊……呃。」
一時不知該怎麼回答的成賢閉上了嘴，微笑繼續問道：
「媽媽死了會怎麼樣？」
雖然成賢也不能完全理解死亡的概念，但他從書裡讀到過，他完全可以照唸那些話，但他卻不想這麼做。當他一想到可能再也見不到媽媽了，突然鼻尖一酸，內心深處湧上來一股情緒。如果告訴微笑這一切不是假的，而都是真的，那她得多傷心啊。他只好選擇避而不答。
「我也……不知道。」
每次問到很難的問題，爸爸總是轉移話題說：「這個啊。我們成賢作業都做完了嗎？」每當這時候，他就會覺得，雖然爸爸是大集團的社長，但不懂的事情可真多。這時，他才明白，原來不是爸爸不知道才避而不答的。看來，人們都是這樣長大的。

「哥哥是笨蛋嗎？」

「什麼？」

「必男姐說，要是媽媽死了就再也見不到她了。哥哥你都是大人了，連這個都不知道嗎？真是笨蛋，笨蛋。」

「妳這小不點說誰是笨蛋呢？死了當然就見不到了，笨蛋！」

從出生起就常被人誇讚「聰明」的成賢，聽到她一直叫自己「笨蛋」，一下子火冒三丈。微笑聽了，突然睜大了眼睛，眼淚在眼圈裡打轉，抽泣起來：

「那……嗚嗚，微笑是再也見不到媽媽了嗎？」

「啊，不是！目前還不會。」

「嗚嗚！哇哇！」

微笑突然嚎啕大哭，成賢這才驚慌失措地搖頭道：

「噓，噓！停！別哭了。妳安靜一點。」

果不其然，一直坐在簷廊上自言自語的女人打開門走了進來，惡狠狠地瞪著他們兩個：

「小孩子真是讓人沒辦法。安靜一點，你們的爸爸不是馬上就要回來了嘛。我們得高高興興地迎接他才行。等等，這是什麼聲音啊？」

雖然什麼聲音也沒有，但女人眉頭緊蹙，側耳聽著外面的聲音：

「啊，是院子裡的瑪麗在叫啊。」
看到那個女人滿臉的笑意，成賢的後背脊梁一陣發涼。
「爸爸過了下班點還沒回來，我們瑪麗也擔心爸爸了呢。哈哈哈。」
從被帶到這裡開始，成賢就知道這個女人精神有些異常。從他目前為止聽到的話裡可以推測出，女人被之前交往過的有婦之夫拋棄後變得精神失常，而隨著時間的推移，情況也變得越來越糟，現在的她好像已經把自己當成了那個有婦之夫的妻子。那個有婦之夫是爸爸，成賢是兒子，微笑是女兒，甚至還有不存在的院子裡的狗。在那個女人的腦海裡，已經不知不覺構建出了一個完美的家庭。
「哦？我爸爸現在和媽媽在醫院裡呢？」
聽到一無所知的微笑天真爛漫的回答，女人用冷冰冰的眼神俯視著她，尖叫道：
「妳胡說什麼呢？爸爸去公司了！他說今天會晚點回來！你們就不能安靜地等著嗎？為什麼讓媽媽這麼累呢？我得教訓你們一下才行！看來我得去拿棍子啦！」
「阿，阿姨……哥哥，這個阿姨好奇怪，嗚嗚！」
微笑被這氣勢洶洶的話嚇了一跳，又開始抽噎起來。成賢馬上接過女人的話說：
「媽媽！小孩子懂什麼啊？微笑沒睡醒，還沒打起精神來呢。對不起，我會好好哄她的，媽媽您先出去吧。我們會安安靜靜的，就像不存在一樣。」
女人一臉不滿地看著成賢，什麼也沒說，而後像個幽靈一樣幽幽地走了出去。
破舊的房門發出吱吱嘎嘎的聲響，最後啪的一聲被關上了。微笑再次嚎啕大哭起來。

「哇哇！怎麼辦！我害怕，哥哥！我要回家！嗚嗚！」

「停！安靜一點，微笑呀，安靜。要是那個阿姨聽到妳哭又進來了該怎麼辦？」

成賢故意嚇唬她，微笑幼小心靈似乎也覺察到了什麼，連忙用手捂住嘴巴，強忍著把哭聲嚥了回去。

成賢看到她可憐的模樣，將捆住的手放進褲子口袋，掏出來一個東西遞給了她：

「妳要是不哭的話，我就給妳這塊卡拉梅爾糖。」

「嗚，真的？」

「嗯，真的。」

只見微笑像犀牛一樣從鼻子裡深呼出一口氣，神奇地止住了眼淚。她一把抓過成賢手裡放著的最後一塊卡拉梅爾糖，剝掉糖衣，一下子塞進了自己的嘴巴裡。

「啊！我最後的急救糖就這麼沒了……」

坐在一旁的微笑完全沒注意到成賢一臉失去全世界的表情，用手背擦乾了眼淚和鼻涕，津津有味地吃起了早已化掉一半的黏糊糊的卡拉梅爾糖。

「喂，妳笑起來好看多了。」

「嘿嘿嘿。」

看著微笑那張可愛的臉蛋，成賢也不知不覺露出了笑容。

自他一個人被囚禁的這段時間以來，身心都承受著難以言喻的痛苦，獨自被孤獨和恐懼折磨著，甚至擔心自己也會像那個女人一樣瘋掉。而現在，他已經不是一個人了，這讓他從心理上得到了一定程度的安慰，雖然從另一個層面上來看，眼下的情況也不容樂觀。

不過等他冷靜下來，仔細思考了一番後發現，當前的情況倒也不至於悲觀，或許因為微笑的到來，可以讓他們盡快從這裡逃出去也說不定。

成賢喝完優酪乳暈過去的時候，時間大約是在下午，等他再睜開眼睛已經到了晚上，但是他根本無法確定自己被帶到了多遠的地方。想必父親早已動員了一切人力和資源，可是目前為止，他們還是沒有找到自己，這就說明他被帶到了一個非常遙遠的地方。

但是微笑的情況就不同了。

那女人離開不過十幾分鐘，就能將剛剛睡醒走到家門口的微笑帶到這裡來，也就說明微笑的家離這裡並不遠。等到微笑的姐姐們睡醒後發現妹妹不見了，一定會把這件事告訴長輩們，那麼員警肯定會從她家附近開始搜查。

如今還剩下一個問題，那就是他們究竟能否平安活到那個時候。

假如那個女人還殘留有一絲理智，不可能沒有考慮到這種連九歲孩子都能想到的狀況。如果這場綁架的目的並不是衝著錢，而是從一開始就是想要傷害兒童呢？

假如這些假設成真了會怎樣？他該怎麼做？

成賢陷入沉思，同時用複雜的心情轉頭看向微笑。

微笑傻傻地盯著成賢看了一會兒，突然開口說道：

「哥哥，你長得好帥啊，人長得帥，聲音又好聽，就像王子一樣。」

這一番話瞬間把成賢心中的烏雲驅散，就連他的肩膀也得意地向上聳了聳。

「嗯，我也知道。」

「哥哥你很有錢嗎？」

成賢思索片刻回答道：

「嗯，嚴格來講不是我有錢，是我爸爸有錢，他說等我長大了會讓我繼承財產，所以說我有錢也沒錯。」

「那你有多少錢啊？比兩百塊還要多嗎？可以買一套『娜娜的甜蜜小屋』嗎？」

「『娜娜』？你說的是『娜娜』玩偶嗎？是Y實業製作的那個玩具嗎？」

大概是讓他猜中了，昏暗的環境下，微笑的眼睛竟然格外明亮。

成賢若有所思地繼續答道：

「Y實業的話……不就是唯一集團的子公司嗎？」

「什麼是子公司啊？能吃嗎？」

「不能吃，Y實業是我爸公司中的一個。」

「你在說什麼呢？我在問你有沒有錢買娜娜的甜蜜小屋套裝。」

在微笑的再三追問之下，成賢頓時有些生氣：

「問題不在於有沒有錢買娜娜的甜蜜小屋套裝，我的意思是整個玩具廠都是我家的！」

「哇！」

微笑不禁睜大了眼睛盯著成賢，露出一臉難以置信的表情，隨後小心翼翼地開口說道：

「那，那只要去了那家玩具廠……就會有很多娜娜甜蜜小屋套裝嗎？有五個以上嗎？」

「五個？雖然我不是很清楚，但是用機器製作的話，一天怎麼也能超過一百個吧？」

「一百個比五個多吧？」

「妳不是已經識字了嗎？怎麼連一百都數不明白？」

「那是多於五個嗎？」

「對啊，多太多了，不過妳突然問這個做什麼？」

微笑一臉堅定的表情，彷彿暗自下了什麼決心，她篤定地對著成賢宣布：

「我要跟哥哥結婚。」

「噗哈哈！妳說什麼？」

成賢大笑出聲，臉上滿是驚慌失措的表情。但微笑卻一臉認真地一字一句清晰地說道：

「我爸爸跟我說一定要跟有錢人結婚。」

「啊……嗯。是，是嗎？」

「微笑吃飯的時候都是細嚼慢嚥的，而且很愛吃菠菜和胡蘿蔔，還有豆子也是，玩過的娜娜玩偶也會放回原地，真的是個乖孩子哦。而且微笑特別擅長跑腿呢，所以你現在就跟我結婚好不好？」

「那可不行。」

「為什麼啦？」

「我們還太小了，只有大人才能結婚。」

「現在不行嗎？」

「不行。」

「那等我們長大了就結婚吧。」

「那也不行。」

「哎呀，為什麼啊？」

「只有相愛的人才能結婚，如果將來不是相愛的關係，就不能結婚。」

「那等到那時候我們變成相愛的關係不就行了嗎？」

微笑瞪大了眼睛緊緊盯著他，成賢無奈地歎了一口氣，苦笑著回答：

「好吧，好吧，那就結吧，結。」

「那我們勾勾手哦。」

「知道了，勾勾手。」

「嘿嘿嘿。」

「喂，妳……」

微笑喜笑顏開，左臉上露出一個深深的小酒窩，成賢看到之後忍不住笑著嘟囔：

「妳長得還挺可愛的。」

「嗯，我經常聽別人這樣誇我。」

「這種話我也聽膩了。真是的。而且我唸書也特別好，和我的同齡的朋友才唸二年級，但是我已經上四年級了。」

「是嗎？我特別會拼拼圖，姐姐們拼不上的都是我幫忙拼好的呢。」

「啊，對了，我還特別擅長運動呢，騎馬課的老師說第一次見到像我這麼會騎馬的孩子。」
「哇，我也很會騎馬，爸爸看到我騎馬的樣子還說如果都像我那樣騎馬，輪子都要著火了，所以不讓我騎。」
「輪子……馬怎麼會有輪子啊？」
「嗯？哥哥你家的馬沒有輪子嗎？是不是壞了啊？」
兩個人完全不在一個頻道上。這時，窗外的月亮正朝著西邊緩緩落下。
成賢只要輕輕一動，腳踝上就會傳來陣陣刺痛，他朝下看了看，不由得長歎了一口氣。
「好痛……」
再過一段時間，微笑的腳踝也會像他一樣腫起來，他很擔心她也會這樣痛。現在只希望他們能夠這樣平安無事，直到早上，到那時候就會有大人趕來救他們。成賢在內心殷切地祈禱著。
「哥哥，我們什麼時候回家啊……」
「再等一下，明早就能回去了。」
「真……的……」
「嗯，真的。」
「我好想……快點……回……呼呼……」
微笑頭一墜一墜地打著瞌睡，最終靠在成賢的身上打呼睡著了。
「真是無憂無慮啊，羨慕妳。」

他生怕自己睡著之後會發生什麼事，所以一直提醒自己打起精神，可是，或許是因為現在身邊有了微笑，又或許是他自己太過疲憊，他感受著她溫熱的體溫緩緩合上了眼睛，無論他怎麼努力睜眼都無濟於事，最終還是睡了過去。

成賢猛地垂下頭，瞬間睡意全無睜開了眼睛，他用力睜大了眼睛再次打起精神，下一刻卻突然感覺莫名有些不對勁，明明剛才微笑枕在自己的左邊，而此刻身上已經感受不到那份重量了。

他轉過頭才發現微笑躺在地上，而那個女人此時正在她身側目不轉睛地盯著她，手裡還拿著尼龍繩，成賢不禁一驚。

「阿……阿姨！不是，媽媽！您這是……」

「噓，妹妹在睡覺呢，你小點聲。」

「您先放下手裡的東西，媽媽，要是微笑醒了肯定又會大哭大鬧，在爸爸回來之前我們會安安靜靜的，媽媽您去外面等著吧，好不好？」

「爸爸不會回來了。」

「不，媽媽，爸爸一定會回來的，他只是晚一點回來而已，等到天亮了……」

「不，爸爸不會回來的，絕對不會，因為……」

成賢一口一個媽媽地喊著，試圖去安撫她。然而當那個女人篤定地說出接下來的這番話時，他不禁頭皮發麻，頓感一陣惡寒。

「他絕對不會回來的，因為……我不是你們的媽媽。」

他擔心的事情最終還是發生了，哪怕再多等一會兒，只要再過幾個小時天就亮了，顯然上帝並沒有施捨給他們這幾個小時的時間。

成賢的臉已經被嚇得鐵青，而對面的女人倒是淡淡地繼續說道：

「我本以為只要相愛就可以解決所有問題，其實並非如此。我把自己的一切都給了那個人，但是他卻什麼都沒給我，我現在一無所有，而他此時此刻怕是正在跟妻兒一起安心入眠了吧。我太委屈了，太心痛了，憑什麼只有我一個人必須承受這份痛苦呢？與其一直痛苦下去，倒不如選擇離開。跟我一起走吧，我不想孤零零一個人，你們跟我一起走吧。」

女人勒緊了尼龍繩，試圖去綁微笑的脖子，成賢見狀急急忙忙地喊道：

「微笑媽媽臥病在床，我在學校也是個被孤立的學生，雖然處境各有不同，但我們都一樣很辛苦。」

女人用清澈的眼神回頭看向成賢，手裡的尼龍繩稍稍放鬆了一些，精神似乎也不像剛才那般緊張。

成賢抓住她出神的機會，堅定地說道：

「一無所有，您怎麼會一無所有呢？要是現在放棄一切，才會真的一無所有，乾脆忘記那個卑鄙無恥的叔叔，現在重新開始吧。」

女人愣愣地望著成賢，半晌呢喃道：

「你這是……在安慰我嗎？」

成賢的眼神透著戒備，他一面觀察著女人的神色，一面遲遲不肯說話，只見女人微微一笑：

「你這孩子還真是親切啊，沒錯，他一開始也像你一樣親切，我也非常喜歡他這一點。現在回想起來也覺得很幸福。跟他交往的那段時間，我感覺自己擁有了全世界，雖然我們的愛情不會有結果，但是至少有回憶，所以不至於一無所有呢。」

成賢看著女人露出溫柔的笑容，心中泛起一陣噁心。

雖然自己的父親並沒有跟哪個年輕女人出軌，但他稍加幻想一下都覺得噁心至極。出軌的人總是打著「沒有結果的愛情」的旗號，創造著「美好的回憶」，但卻不知那個男人的妻子流過多少眼淚，他的子女度過了多少個不安的夜晚。傷害不僅如此，這個女人現在還把與這些事情毫無關聯的小孩帶到身邊折磨，她眼裡只能看到自己的痛苦。

真是太懦弱了，他可不想成為一個懦弱又自私的成年人。

成賢緊咬著牙關轉過頭去，硬著頭皮附和她：

「沒錯，現在也可以重新開始。」

「現在重新開始……」

成賢緩緩點頭，用哀求的目光緊盯著那個女人：

「拜託您把這個解開吧。只要您現在放了我和微笑，我們絕對不會報警的，絕對不報警。這件事直到死都不會向別人透露半句，求求您了。」

女人靜靜地盯著成賢看了很久，最後深深歎了一口氣，似乎放棄了什麼：

「已經太遲了，我現在已經無法回頭了。」

看著女人再次拿起尼龍繩。成賢陷入了無限絕望，顫抖著閉上了嘴。

她慢慢走到成賢的面前，緩緩探下身去，成賢此刻只覺得之前的努力全都付諸流水，最終的結局竟然如此虛無。

之前成賢還很好奇走馬燈是什麼，此時的他卻有些懂了，他之前走過的人生，雖然對許多人而言不過是短短幾年，可是對他而言卻是漫長且充滿意義的歲月。直到身處這種情況他才突然醒悟，自己之前的生活有多溫暖美好。

成賢嚇得面色蒼白，緊閉著雙眼，沒想到耳畔卻傳來意想不到的一番話：

「你的名字……算了，也沒必要知道了，總之謝謝你啊，小朋友，還有……對不起。」

等到他再度睜開眼睛的時候，只看到了那個女人離去的背影，他不禁有些驚訝。

女人把那扇舊門半敞著，隨後便走到了外面準備著什麼。

門外傳來剪斷繩子的唦嚓聲響，天花板上有什麼舊物吱呀吱呀地來回晃著，椅子劃過地板發出刺耳的聲音。

雖然他之前從未經歷過這些，但光憑這些聲音和氛圍，他立刻就能察覺出這個女人此刻的意圖。

「不要啊！」

只可惜無論他怎麼喊都沒有人應聲，成賢情急之下扯著嗓子喊道：

「不要啊，阿姨！別那樣！我都說了不會報警啊！我絕對不會報警的，我回去會告訴我爸，讓他幫幫您……所以求求您！」

成賢十分迫切的叫喊聲吵醒了睡夢中的微笑：

「哥哥……」

嘎吱。
女人似乎踩著椅子站了上去，耳邊響起女人的聲音。成賢嚇得顧不上腳踝的疼痛，一扭一扭地艱難地向門前爬去，嘴裡還不停地喊著：
「不要這樣！阿姨！不要啊！不要！」
「對不起。還沒來得及還你人情就走了啊。你看著我。你替他看著我吧。看著我最後的時刻。」
被捆了手腳的成賢爬著爬著，突然失去重心，在地上翻滾起來，他激烈地扭動著身體拚命掙扎：
「不要！來人啊！誰來幫幫忙啊！幫幫忙吧！拜託！」
「再見，這所有的一切。」
「不要啊！啊啊啊！」
哐噹！吱呀，吱呀！
年幼的成賢什麼也做不了。但他也無法直視這樣的場面，只能緊緊地閉上眼睛，扭開頭，止不住地發抖。就像緊緊地閉起眼睛一樣，成賢好想把耳朵也緊緊地捂住啊，但是手被捆著，他沒有辦法。
女人的身體因臨死前的痛苦而不停地掙扎著，那女人的聲音未經任何過濾，直擊著年幼的少年尚未發育完全的大腦，在腦海深處紮了根。
「啊啊……嗚嗚，不要……不要。為什麼……為什麼……為什麼會發生這種事！」

聽著不斷傳來的可怕聲音，成賢失魂落魄地蜷縮成一團，不停地抽噎著。

直到這時，被完全遺忘的問題才浮出水面。

「哥哥？你怎麼了？什麼不要啊？外面的阿姨說什麼了？」

醒來的微笑不斷地向著半掩著的門口靠近。成賢發現一扭一扭用力爬過來的微笑，連忙半抬起身子，焦急地喊道：

「別過來！微笑，不要到這邊來！別過來！不能看！」

女人的聲音漸漸削弱。成賢明白那意味著什麼，他努力迴避那個方向，攔住微笑：

「不能看！去那邊！我要妳去那邊！」

「哥哥你怎麼了？怎麼了……」

微笑偷偷地望了一眼敞開著的門縫，表情一下子變得僵硬起來。

「哦？阿姨為什麼那樣……」

「笨蛋！我說了不能看！」

「阿姨變得好奇怪……哇哇哇！好可怕！我害怕，哥哥！」

其實，成賢也一樣怕得要死，但至少他比微笑大，是哥哥。突然有個想法浮上他的心頭，即使這裡沒有人可以幫忙，他自己也要照顧好年幼的妹妹。

嚇壞了的微笑大哭起來，成賢開始臨機應變地安慰她：

「不，不是的，微笑！妳看錯了！那不是阿姨……是蜘蛛。大蜘蛛！」

「蜘蛛？有那麼大的蜘蛛嗎？」

「嗯！當然有！」

「啊啊，太嚇人了！」

「嚇人吧？所以妳絕對不要看那邊。知道了嗎？」

成賢強壓著顫抖的聲音，鎮定自若地說完，微笑不停地點了點頭。趁著這個空檔，成賢伸出捆著的手，把半掩的門關上。

成賢抬頭看了看蜷縮著身體不停抽泣的微笑，用盡全力想要整理自己混亂的思緒和心情。

怎麼辦好呢？現在該怎麼辦才好呢？

處於恐慌狀態的微笑呆呆地躺在一邊，沒過多久，她的抽泣聲變得越來越大。

「哥哥，嗚嗚！」

「哭什麼？不要哭。現在蜘蛛不會來了。沒關係的，別哭了。」

「不是，我的腳，我的腳好疼……哇哇！」

微笑的腳腕被束線帶緊緊捆著，也慢慢開始腫了起來。時間拖得越久，就會越疼。

「好痛，嗚嗚。我想解開這個回家。我害怕。嗚嗚，嗚嗚！」

成賢苦惱了好一會，撐著地面，艱難地抬起身子。

「別哭，哥哥給妳解開。」

「哥哥你可以解開嗎？」

「嗯。用剪刀剪開就行。」

「可是沒有剪刀啊。」

不，有剪刀。那個女人之前一直拿著的剪刀。

「外面可能有……」

聽到「外面」這個詞，微笑警惕起來，不停地搖頭。

「我不要！我害怕！外面有好大的蜘蛛！」

「沒關係，妳就待在這裡，我去拿。」

「不！我不要！哥哥！你不能丟下我就走！哇哇！」

微笑急切地纏著成賢大哭起來，成賢一字一句斬釘截鐵地說道：

「我不會丟下妳就走的！哥哥絕對不會丟下妳一個人離開的！所以妳別哭了。」

「勾勾手？」

「好，勾勾手。」

成賢彎起小拇指認真地勾勾手，打起精神再次低頭看了看微笑的臉，然後小心翼翼地打開門，爬了出去。

「哥哥，我害怕……」

成賢聽到背後傳來微笑的聲音，輕輕地歎了口氣，思索了一會兒說道：

「我唱歌給妳聽好嗎？」

「嗯。」

成賢一點點地匍匐前進，努力地轉動著遲鈍的腦袋，開始唱起法語課上學過的歌曲〈吉普賽蜘蛛〉：

「L'araignée Gypsie Monte à la gouttière .Poom！Voilà la pluie gipsy tombe par terre……」

著急的時候沒覺得，一扭一扭往前爬時，才覺得腳踝特別疼。只要稍微一動，火辣辣的疼痛就像是爬上了雙腿和脊柱，擴展至四肢和全身。

「啊……好疼……呃。」

成賢爬著爬著停下來蜷縮起身子，不知何時，浮腫的皮膚被磨破，火辣辣的腳踝已經流血了。

「哥哥……你沒走吧？快回來……我害怕……」

雖然疼得要死，但聽到微笑嗚嗚的哭聲，他無法停歇片刻。

再次用力地在地上往前爬，不知爬了多久，成賢的眼前出現了什麼東西。原來是尼龍繩和椅子腿。

看到這些的瞬間，比疼痛更令人毛骨悚然的恐怖席捲而來。

就在這兒。那個女人，已經死了的女人就在這上面。

「啊……嗚，嗚嗚嗚……」

突然有種從頭到腳像是被人緊緊抓著不放的感覺。恐怖是如此真切鮮明，全身彷彿僵若銅像，絲毫動彈不得。

「啊啊，好可怕……好可怕……嗚嗚。」

成賢實在是太害怕了，不停地抽噎著，卻沒有流出一滴眼淚。成賢發抖地四處摸索，終於發現了落在不遠處的剪刀。他使出吃奶的力氣，朝那邊爬去。

「嗚嗚，快點……快點離開這裡……」

撿起剪刀的剎那一瞬間，不知從哪裡吹來一陣寒風。平息了好一會兒的吱呀聲又響了起來，成賢嚇了一大跳，下意識地抬頭望向上面。

「呃……啊啊，啊啊啊……」

死去的女人大睜著眼睛，黑眼球空洞洞的。成賢看了個正著，他瞬間大聲喊出的，既不是「媽媽」，也不是「爸爸」或是「哥哥」。

「哥哥！」

「微笑！微笑！微笑啊……妳在吧？你在吧……嗚嗚嗚！拜託對我說妳在吧！」

「妳在那兒吧……在吧……微笑啊，妳哪兒都不要去！千萬別走……！不要丟下我一個人！不要走，不要！嗚嗚！」

此時此刻，附近有一個活人對他來說是莫大的安慰。有人能夠告訴他這裡不是地獄，還有地方可以回去，真是萬幸。

「哥哥，你哭了嗎？怎麼了?!被蜘蛛咬了嗎？怎麼辦！這下可糟了！」

成賢扭頭嗚咽著，好不容易振作起精神，本來想在那兒剪開束線帶走回去的，但他改變了主意。因為他不想在那兒多停留片刻。所以他又拚盡全力爬向微笑所在的房間。雖然血流個不停，但腳腕踝的疼痛和那種觸目驚心的恐怖相比，根本不值一提。

「哥哥！」

微笑乖乖地等在門口，一看到成賢回來，就面露喜色，但馬上又要開始哭起來。

「哥哥，都流血了！」

「沒關係。沒關係。啊……」

成賢大口喘著氣，焦急地給微笑的手腳鬆了綁，然後將尖刀刀刃劃下，開始剪掉捆著自己腳腕的束線帶。

「啊啊……呃！」

刀刃一碰上腳踝，傷口處便感受到一陣可怕的灼熱感。

成賢痛得渾身發抖，微笑抬起頭看著他，十分擔心地問道：

「很痛嗎，哥哥？」

「不會，一點也……不痛。」

「看起來好像很疼的樣子……怎麼辦，怎麼辦……」

「笨蛋！不痛！我說不痛！都說了不痛！哼哼……」

一直咬著牙逞強的成賢終於放聲大哭起來。

「哇哇！好痛……好痛……微笑，真的太痛了……嗚嗚嗚！」

「微笑不要哥哥痛，嗚嗚！」

哇哇大哭的微笑一把鼻涕一把淚地俯下身子，努力往成賢的腳踝上「呼呼」地吹氣。

看到微笑為自己打氣，成賢止住哭泣，艱難地剪開了束縛著腳踝的一對束線帶。

「哥哥，把剪刀給我。綁在手上的，我幫你剪掉。」

微笑柔軟的小手不熟練地擺弄起剪刀，成賢鬆了口氣，伸直了雙腿坐在地上，一直深呼吸平復自己的心情。

成賢身心俱疲，早已是滿身瘡痍。現在手腳自由了，他歸心似箭，只想不顧一切地逃跑。

但是，還有一個問題需要解決。

「微笑。」

「怎麼了，哥哥。」

「我們現在回家吧。」

「嗯。但是……但是外面……」

成賢呆呆地凝視著半空，似是自言自語地說道：

「微笑，聽說非洲有一種巨型蜘蛛，個頭差不多有人那麼大。牠只在夜間活動，非常兇猛，如果和牠對視的話，說不定會被咬。」

「呵！」

「嚇人吧？」

「嗯。嚇人。」

「外面的大蜘蛛……也許就是那種蜘蛛。所以，妳絕對不要看牠。不能和牠對視。」

這種可怕的衝擊，自己一個人經歷就夠了。微笑連什麼是死亡都不知道，絕不能讓她有那種體驗。也許她的媽媽馬上就會去世，就更不能那樣了。

「知道了嗎？」

「嗯。知道了。」

成賢的手腕終於自由了，他振作精神站起來。

腳踝雖然刺痛得厲害，但還沒到不能走路的地步。他忍著疼痛，想帶著微笑盡快離開這裡。

「閉上眼睛。我沒讓妳睜開之前，絕對不能睜開。絕對不行。知道了嗎？跟哥哥勾勾手。」

「嗯，勾勾手。」

「來，牽著哥哥的手。」

「這樣嗎？」

「嗯，我們現在出去吧。」

微笑抓著成賢的手，在他的引導下，摸摸索索地邁開步子。

越過門檻，來到簷廊，成賢的手立刻變得冰冷，渾身發抖起來。

「哥哥……你怎麼了？」

「啊，沒什麼。」

不知從哪兒傳來了吱呀的聲音。

「你沒聽到什麼聲音嗎，哥哥？」

「沒聽到。妳不用在意。」

「明明有聲音啊？你沒聽到吱吱聲嗎？」

「什麼聲音都沒有，妳繼續閉好眼睛！這一切都只是個夢，一個能讓妳長高的噩夢，夢醒了就什麼都不記得了！」

「真的嗎？」

「真的。離開這裡就會忘掉所有的一切。」

「那會忘記哥哥嗎?我討厭那樣。我下次還想再見到哥哥。」

「那我們約好了。就算你忘了今天的事情……我們總有一天還會再相見的。」

「嗯。以後長大了,哥哥一定要和我結婚。」

「好。」

「勾勾手。」

「好,勾勾手。」

成賢的手被微笑緊緊握住,瞬間又感覺充滿了力量。冰涼的肌膚下,溫暖的血液又流動起來。

微笑抓著成賢的手安全地逃了出來,她沿著熟悉的小巷向前飛奔。

前面那戶人家就是微笑的家。她現在只想趕緊鑽進暖和的被窩,大睡一覺。

然而,她什麼也沒想地跑了這麼久,突然覺得有點空虛。

「哥哥……」

她回頭一看,發現成賢茫然地杵在大門外,看著微笑的家。

「哥哥,怎麼了?快來啊!」

「哦,好。」

成賢拖著沉重的腳步,一拐一拐地挪著步子,向微笑走去。

「這裡是妳家嗎?」

在微笑站著的房子前,成賢往大門裡面瞟了一眼,看到院子裡放著一個可以騎著玩的小馬玩具，忍不住笑了出來：
「啊，妳說的馬就是這個啊。」
「嗯，很好玩，哥哥要騎一下嗎？」
「不了，下次吧。」
「真的很……好玩……呼啊。」
神采飛揚的微笑打了個長長的哈欠。
成賢似乎有點遺憾，伸出手摸了摸微笑的頭。他們又說了幾句再見，就此分別了。
「妳好好的，微笑。」
「嗯，哥哥，再見。」
微笑一下跳到大門裡，橫穿過院子，還未打開玄關門，突然停下了腳步。
「啊！對了！」
微笑又跑回大門口，把頭伸到外面。成賢雖然一拐一拐行動不便，但不知不覺已經走出去了很遠。
「還有話要說呢，怎麼給忘了呢。」
微笑噘著嘴，聳了聳肩，又回到屋裡。
微笑打開玄關門，穿過簷廊，來到姐姐們睡覺的裡屋。她拉開剛好能裝下自己的被子，鑽了進去。這時，旁邊躺著的末熙不知道是不是醒了，模糊不清地問道：
「金微笑，妳去尿尿了？」

「沒。」

「那去幹什麼了？」

「我被魔女抓走了，但是王子擊退了可惡的蜘蛛。以後我長大了要和他結婚。」

「胡說八道什麼呢。」

必男「噗」地放了個屁，翻了個身：

「快睡吧，妳們兩個小屁孩。我明天還得去幼稚園呢。」

微笑舒舒服服舒地躺好，閉上眼睛，自言自語道：

「下次再見到哥哥，一定要跟他說。不能忘了，一定……」

一晚上都沒怎麼睡的微笑，沒過一會，就呼呼地進入了甜甜的夢鄉。

遮住月亮的雲朵飄過，皎潔的月光透過窗戶傾瀉進來。

窗外呼嘯而過的風聲漸漸平靜下來，這個世界宛如什麼都沒有發生過一樣，依舊安寧平和。

24 解開多年心結

對不起，英俊啊……對不起。原諒我吧。

這世上，沒有比作為開發業務去參加別人的宴會更加無聊的事情了。

活動中途，英俊抽完菸準備返回會場。在他經過華麗而又古色古香的走廊時，好像發現了什麼，瞬間瞪大了眼睛。

只見遠處有個身穿黑色連衣裙的女人，腳下歪歪扭扭，踉踉蹌蹌地走了過來。是微笑。白天她就有些眩暈症的跡象，現在肯定是出了什麼問題。

「怎麼了？又覺得頭暈嗎？」

英俊趕緊邁開大步跑過去，接住四肢無力暈倒的微笑，將她抱在懷裡。

「金微笑！妳這是怎麼了？快醒醒！」

她的臉色很糟糕，臉頰蒼白，沒有一絲血色，就像冰塊一樣冰冷。

英俊讓失去意識、身體癱軟的微笑半躺在地上，走廊裡的人們開始喧鬧起來。英俊回頭看向急忙跑過來的隨行人員和酒店負責人，指示道：

「叫救護車，聯繫金祕書的家人。」

「是，醫院要聯繫江南唯一醫院嗎？」

「無條件配備最好的首席醫療專家。」

「什麼？如果會長知道的話……」

「這個我會處理，按我的吩咐去做！」

英俊趕緊解開微笑襯衫領口上的釦子，為她按摩冰涼的四肢，冷靜地觀察她的狀態。

一名隨微笑同行而來的職員稍晚一些跑了過來。為了得知微笑暈倒的原因，英俊回頭看著他，用犀利的語調問道：

「發生了什麼？本來好好的，怎麼突然？」

「我也不太清楚……。」

「剛才你們不是都在裡面嗎，沒看到嗎？」

「她突然站起來，一搖一晃地走出去了。我也不知道是因為什麼。」

這時那位職員好像想起了什麼，艱難地開口繼續說道：

「這麼看來，當時是副會長的哥哥坐在副會長的座位上……」

「什麼？」

就在英俊聽到這話抬起頭的時候，果然從人群中看到了從遠處急匆匆跑過來的成延。

就在和成延四目相對的瞬間，原本非常冷靜的英俊，瞳孔開始變化起來。放大的瞳孔裡，燃燒起咄咄逼人的氣焰。

我早該阻止的。

即便沒有發生今天這樣的事情，也該阻止那傢伙再次接近最近一直不大安穩的微笑才對。不該讓他見到微笑，應該把她藏得緊密才對。那傢伙剛回國的時候，就應該把微笑派到國外出差，讓他們見不到面才對。早該進一步把他們分開，阻止他們拿著彼此不同的拼圖拼湊在一起，打開原本不該打開的封印。

英俊站起身，徑直朝成延的方向走去，完全失去控制。

這到底要怪誰呢。

我的錯嗎？不，是那傢伙的錯。最初，這一切就都是那傢伙的錯。哥哥從一開始就很可惡！

英俊的腳步越來越快，步幅也變得越來越大。

他瞬間就來到了成延的面前，使出渾身的力氣揮了一拳。

砰！

不知道英俊用了多大的力氣，這一拳結結實實地打在成延的臉上，成延後幾步，一屁股坐在了地上。

「啊，呃……」

成延發出痛苦的呻吟，鼻血噼哩啪啦地滴落到地上。

成延伸開雙腿癱坐在地上，英俊那雙發亮的皮鞋出現在他的眼前。

「你跟微笑說了什麼？」

「我什麼都沒說。只是……」

「你又跟她提起以前的事情了吧？」

「英俊，當時那個女人是不是……是不是上吊……」

英俊粗暴地一把抓住成延的領口，兩隻虎口猛地用力，將他拽到自己面前，低吼道：

「我們今天一次解決，哥。」

成延只是抬起頭默默地看著英俊。英俊死死盯著他那失去焦距的眼睛，壓低了聲音，惡狠狠說道：

「你還想繼續折磨我到什麼時候？」

「英俊啊，我……」

「你還要折磨我到什麼時候才能滿意？」

他憤怒的吼聲吸引了周圍的目光，但英俊毫不在意，又繼續提高了分貝。事態嚴峻，情況不妙。

「你說啊！你到底還想折磨我到什麼時候啊！可惡！適可而止吧！夠了！我也得喘口氣不是嗎?!求求你收手吧，求你了！」

李英俊在公共場合從來都是鎮定自若的，今天卻大不相同。他眼珠通紅，粗魯地搖晃著哥哥的領口，還惡語相向。

「我真是受夠了！如果再有一個像哥哥這樣的人，我真的會氣竭而死！」

一直以來壓抑的憤怒、痛苦、悔恨等等各種情緒，一股腦兒全都爆發了出來。英俊那可怕的吼聲在走廊裡嗡嗡地迴蕩著。

那聲音碰撞到大理石牆面，回音縈繞，漸行漸遠。周圍的氣氛也如同被澆了一盆冷水，一下子冷清下來。

沉默中，英俊的肩膀劇烈地聳動著。

不知道時間過去了多久，英俊放開成延的衣角，直起身來，往後退了一步。急救隊員發出嘈雜聲響，從遠處跑了過來。

「作為弟弟，我第一次也是最後一次拜託你。哥，求你現在就出國吧。我們不要再互相傷害彼此了，到此為止吧。」

「對不起。」

成延低頭道歉，但英俊什麼也沒說，只是掏出手絹扔了過來。

「對不起，對不起，哥哥真的……真的對不起你……」

「夠了。」

就在英俊說完這話正要轉向微笑的時候，成延的一句話讓他瞬間僵住。

「對不起，成賢。」

英俊怔怔地站在那裡，慌忙看了看成延那噙滿淚水的雙眼，又轉過身來。

英俊再沒說一句話，跟著急救隊員走了出去，直到最後也沒有再看成延一眼。

＊＊＊

「走開！走開！別過來！」

沒有盡頭的黑暗之中，微笑漫無目的地狂奔著，就像在一條傳送帶上奔跑一樣，怎麼跑都像是在原地踏步。她回頭一看，可怕的鬼魂在不知不覺間已經快要追上自己了。

不管她怎麼大聲呼喊救命，喉嚨就像被堵住了一樣，一點風也透不出來。

她停下腳步不再往前奔跑，蹲坐在地上蜷縮著身子，緊閉雙眼，只覺吱呀吱呀的可怕聲響彷彿離自己越來越近了。

啊，好可怕，好可怕，好可怕！

就在她疲憊至極，再也撐不下去，想要放棄的時候，不知道是哪裡出現了一束明亮的光線，包裹住了她的身體。柔軟，溫暖，舒服到眼淚都要流出來了，就跟英俊第一次從後面抱住她時的感覺一樣。

﹁這都是夢，醒來就會忘得乾乾淨淨的夢，沒事的。﹂

從指尖到手指的每個關節、手背、手腕、手臂，慢慢地，全身上下的感覺開始甦醒。

〔回來吧，金祕書。〕

微笑睜開眼，周圍和夢境裡一樣漆黑一片。嘈雜的汽車引擎聲，劇烈的晃動，焦急地說著讓人聽不懂的對話的陌生人，還有警笛和嘀嘀作響的儀器聲，一切都讓這個混亂的空間變得更加地陰森恐怖。而讓微笑瞬間鎮定下來的，只有那隻緊緊抓住她左手的手。那隻手大而堅毅，還很溫暖。

「副會長……」

英俊用力握緊微笑的手，彷彿絕對不會放開一樣。

他一直不停地跟她說著話，但因為救護車嘈雜的警笛聲，微笑根本聽不清他說什麼。她強忍著要閉合的眼皮，好不容易才讀懂了他的唇語。

「現在沒事了。」

沒事了？真的沒事了嗎？

回首過往，好像每次都是這樣。

過去的九年裡，儘管她嘴上說著討厭，討厭，但每次他說沒事了的時候，事情還真的不偏不倚剛好就沒事了。只要是他說可以相信的事情，不管怎樣就都是可以相信的。他如果那樣說了，就不用再去多想，事情就會是那樣的。

他現在說沒事了，那應該就是沒事了吧。沒錯，沒事了。

再次閉上眼睛的時候，微笑不再寒冷，也不再害怕。當然，那個令人恐懼的鬼魂也消失不見了。

微笑從睡夢中醒來，最先恢復的是聽覺。她隱約感覺自己淹沒在水中，雖然聽著有些朦朧，但依稀能夠聽到英俊打電話給別人下達命令的聲音。

「從現在起到明天下午的工作安排全都取消，上午的研討會交給朴侑植社長負責，不允許出現任何差錯。我的緊急內線電話會二十四小時待命，如果有緊急情況可以隨時報告。」

在微笑跟隨他的這些年裡，除了私人安排之外，他從未耽擱過任何工作安排，而他現在卻單方面取消了所有工作。

英俊掛掉電話走到床邊，發現微笑已經睜開了眼睛。

「妳醒了。」

他的語氣中透著淡定，剛才的事情似乎並沒有影響到他一樣。

「現在感覺怎麼樣？」

微笑仍舊一言不發，躺在床上出神地盯著他。英俊見狀坐到床邊，將上半身微微向前探去，對上了她的眼睛。他的眼神帶著一絲炙熱的急切，似乎想確認微笑的記憶恢復了多少。

「您就是用這種眼神……」

她費力地張開有些乾燥的嘴唇繼續說道：

「您就是用這種眼神，盯著我看了這麼久嗎？」

英俊沒有回答她，仍舊目不轉睛地盯著她看，目光中帶著些許詢問的意味。

她的視線被淚水模糊，已然看不清眼前人的臉龐，兩行清淚從她的臉頰劃過。

「您是不是怕我想起當年的事，所以才……才……一直小心翼翼的，用不安的眼神看著我？看了我這麼久……」

微笑忍不住抽泣著。看著她像個孩子一樣泣不成聲，英俊聳聳肩，隨即歎了口氣嘟囔道：

「徹底失敗了啊，我本來想瞞到最後呢。」

微笑突然起身，伸手抓住他用力搖晃起來。

「笨蛋，笨蛋！嗚嗚嗚！為什麼要這樣做？您以為獨自承擔一切，擺出一副『全天下我最了不起』的樣子就會有人喜歡嗎？一個人藏著這麼辛苦的心事，怪不得心裡會難過，整夜整夜地失眠，您怎麼這麼殘忍啊？無論您有多了不起，您也不該……為什麼！為什麼！為什麼一個字都沒跟我提過，獨自承受這麼久……」

微笑哭得一把鼻涕一把眼淚，伸手抱住了英俊的頭。

「早點告訴我多好……嗚嗚，我比任何人都瞭解，所以能給您更多安慰，為什麼沒說……」

英俊乖乖地任由她抱著，直到她的抽泣聲小了一些才開口。

「妳去過伐木場嗎？」

平息了哭聲的微笑不明所以地望著他搖搖頭，英俊溫和地笑笑繼續說道：

「我曾經見過一棵雄偉的大樹被砍伐之後倒在地上，我發現它的年輪上有一道奇怪的痕跡，於是就問別人這是什麼，人家告訴我說，這是在它小時候樹皮受到嚴重損傷後留下的痕跡，但是從外觀上看它仍舊是一棵雄偉的大樹。」

微笑收緊了環著他的雙臂。

「無論是人還是樹，世上一切生靈都一樣，大家都懷抱著各自的傷痛活著，這樣想來……還是能得到一絲慰藉。」

字字句句彷彿戳得他鮮血直流，迫使他連講話都有些困難。

「每一天，不，應該說我每一秒都無法忘記。那天的那件事，那個人的樣子，就連味道和聲音我都記得清清楚楚，一閉上眼睛那可怕的畫面……就會栩栩如生地浮現在我眼前……」

英俊說到一半，長歎了一口氣繼續說道：

「反正妳都已經忘了，所以我不希望妳再想起來，至少不要因為我而想起來。」

「副會長。」

「正如妳所說的那樣，紙是包不住火的，我也明白早晚有一天會被發現，可是……晚一天也好，一小時也好，哪怕只能晚一分一秒，我也想要盡量拖延，我不希望妳來分擔這份痛苦。」

微笑聞言早已泣不成聲，英俊輕輕撫摸著她的後背淡淡地說道：

「我在過去的九年裡隱瞞這件事或許會讓妳感到失落，但我沒關係。」

「怎麼會沒關係！嗚嗚，笨蛋，笨蛋……」

英俊掙脫微笑的懷抱，用手指輕輕拭去她眼角的淚，輕輕吻了她一下。

「我絕不後悔。」

微笑強忍住淚水。

「就算恢復了記憶……當初年紀還太小，所以記得不那麼清楚，最多只記得『我把死人錯當成了可怕的蜘蛛』，僅此而已，不會像副會長那樣痛苦的。」

「那就好。」

「好什麼好！」

微笑看到英俊驚訝的表情，忍不住再次落淚。

「既然我們一起看到了那一幕，倒不如兩個人一起痛苦……嗚，如果是這樣，我現在也不至於這麼內疚……」

英俊輕輕安撫著微笑因抽泣而起伏的肩膀，後來乾脆把她圈進懷裡打斷了她的話。

「別這麼說。」

「一點都不像您的作風。副會長不是唯我獨尊，自私自利的形象嗎？像您這樣的人……不應該這樣啊，這是犯規。」

英俊聞言眉毛微微一動。

「怎麼了？就像妳說的，正因為我唯我獨尊，自私自利，所以才能這樣做。」

「您這是什麼意思啊？」

「除了我還有誰能這樣做？這件事只有李英俊能做到。」

微笑心想這個人還真是自大！怎麼能自大成這個樣子！可偏偏她還不討厭，這種感覺到底是怎麼回事？

轉念一想這種感覺不難解釋，只有面對李英俊的人才能感受得到。微笑看著英俊面無表情的樣子，接過他遞過來的手帕擦了擦眼淚，動情地說道：

「其實……我那天有句話沒跟您說完，一直都很想對您說。」

「說什麼？」

「謝謝您……」

微笑熱淚盈眶地凝視著英俊的雙眼，隨即露出了明媚的笑容。

「那天您肯定也很辛苦……謝謝您保護我，真的很感謝您。」

話沒說完，英俊的嘴角已經微微揚起，此時此刻，滿面笑容的他比任何時候都要平靜，都要俊秀。

「不，反而是我該謝謝妳。」

掛在她睫毛上的淚珠，最終還是順著她的臉頰緩緩落下。

當英俊正欲抬手替她擦淚的時候，微笑不禁睜大了眼睛，伸手抓住了他的手腕問道：

「您的手……！您的手怎麼了？在哪裡傷到的？」

剛才他一時氣不過揮拳打了成延，沒想到留下了痕跡，剛才忙著擔心微笑，這才後知後覺有些擔心哥哥，心裡不禁一沉。

「沒什麼。」

「是不是……跟哥哥打架了？」

微笑一語道破，英俊只能點點頭承認。

「其實不算打架，是我揍了他。」

如果成延恢復了記憶，無論如何都應該了結這件事。但假如英俊還像當年那樣，控制不住對哥哥的怨恨，就一定還會重蹈覆轍。

「其實……」

正當英俊嚴肅地準備說些什麼的時候，只聽門外傳來一陣急促的敲門聲，隨行人員探頭進來說道：

「現在剛到大廳。」

「好，我這就下去。」

英俊倏地起身欲離開，微笑驚訝地仰頭望著他，英俊有些緊張地告訴她：

「我去把伯父帶上來。」

「伯父？誰的伯父？」

英俊整理了一番衣著，隨後深吸了一口氣，說道：

「嗯，更正一下，我去把岳父大人請上來。」

直到英俊離開病房，微笑還愣了半晌，下一刻就紅透了臉。

「岳父……大人？」

或許是微笑的父親出場自帶ＢＧＭ，英俊彷彿聽到了八〇年代的重金屬搖滾樂環繞在耳畔。只見一名中年男子穿著布滿鉚釘的黑色夾克，正站在大廳裡左顧右盼。

該男子身形極高，四肢頎長，除了骷髏腰帶上方微微凸出的啤酒肚之外，外形上堪稱完美，說他是電影演員也不為過。當英俊站在這位外表帥氣的中年男子面前時，腦海中不禁浮現出微笑的模樣。看照片的時候覺得微笑的兩位姐姐長相平凡，還以為父親也一樣，今日一見發現是那兩位姐姐遺傳自媽媽。

英俊急忙走上前鄭重地向他行禮。微笑的父親見狀心裡一驚，顫抖著雙手摸了一包菸出來。英俊不好拒絕，只能將他帶到大廳外的吸菸區。英俊面對微笑父親盛情難卻，只好乖乖接過菸。

這下子英俊反倒成了沒有互通姓名就跟未來岳父抽菸的沒教養的小子。

微笑的父親輕吐了一口菸，尷尬地顫抖著雙手小心翼翼地問道：

「微笑……我家微笑到底哪裡不舒服？怎麼會暈倒呢？」

英俊聞言也小心謹慎地答道：

「醫生說是過度疲勞，都怪我沒有照顧好她，才會發生這種事。」

「啊，沒有。都怪我這個當爸爸的沒能力，讓孩子吃了不少苦，實在沒臉見她。副會長，還請您多關照我女兒。」

「您跟我不必這麼客氣。」

「但您畢竟是我女兒的上司……」

看到微笑的父親一時不知所措的樣子，英俊心裡一橫，當著他的面宣布了一個爆炸性的消息。

「其實我跟您女兒正在以結婚為前提交往，原本打算過一陣子就去拜訪您的，沒想到在這裡先見了面，實在是抱歉。」

「什麼……您在說什麼……」

「岳父大人。」

英俊這聲「岳父大人」嚇得微笑父親連著翻了兩個白眼，他猛吸了兩口菸反問：

「你們倆正在交往？您剛才說的交往是我理解的那種交往嗎？」
「沒錯，都說了您不必這樣客氣。」
「那個，你們是從什麼時候開始交往的？」
「呃……」
英俊一時語塞，表情也變得微妙起來。
等等，從什麼時候開始交往？第一次見面是二十三年前，但是當時並沒有交往，難道要說是九年前嗎？也不對，九年前只是重逢之後共事而已，那之後並不能算是交往。那應該說是什麼時候呢？一個月以前？上週？等等？話說回來，訂做戒指花費的時間太長，導致他還沒能正式向微笑求婚。
英俊一反常態地陷入了恐慌，微笑的父親見狀反倒是贊許似的點了點頭。
「已經久到不記得是什麼時候了嗎？微笑的魅力果然不同凡響啊。」
看著英俊一臉尷尬的笑容，微笑的父親還是覺得不可思議，他半信半疑地繼續說道：
「沒想到我家微笑能跟唯一集團的繼承人在一起……。」
「我跟您女兒還沒正式求婚呢。」
「我家老么從小失去母親，但她從沒讓我操過心，沒上過補習班也常常拿第一……嗚嗚，我家微笑因為家裡人受了不少苦，她肯定很埋怨我們，那丫頭連一個不字都沒說過，隱忍了這麼多年……我才是最該死的那個，是我該死，嗚嗚嗚……」
微笑的父親一口咬住帶著骷髏戒指的拳頭，拚命忍住淚水。

英俊靜靜地看著那根來不及抽一口的香菸，淡淡地說道：

「她肯定受了不少苦，但是微笑從未埋怨過，或者恨過您。畢竟你們是一家人。」

英俊的話聽起來並不像是毫無靈魂的安慰，微笑的父親感受到他的誠意，抬起頭，目不轉睛地看著他。

「就算她恨過……如果家裡有人受苦，其他人心裡肯定也不好過。我認為劃分誰吃的苦多，誰該死，其實都沒什麼意義。」

英俊一面說著，一面想明白了一些事。

雖然表面上裝作若無其事的樣子，但其實自己在內心深處也一直埋怨著哥哥和父母。然而事到如今並不是要指責誰對誰錯。為了減輕所有人的痛苦，他一直虛張聲勢要獨自承擔，事實上，沒有人可以逃離痛苦，過舒適的日子。

如果事情已經過去，無法改變，而現在所有的一切也都回到正軌，與其歇斯底里地大加指責，倒不如選擇坦然接受。這樣不也是一種人生嗎？就像一直以來所經歷過的一樣。

「你……」

微笑的父親把咬住的拳頭從嘴裡拿出來，觀察英俊的臉，良久突然說道：

「以前我做樂器生意的時候學過看相，會那麼一點，你是名副其實的帝王相啊。我特別想有一個像你一樣的兒子呢。如果我老婆還活著，就算是現在也想再生一個呢。」

「我會把您當作自己的父親一樣。請您也把我當作兒子一樣對待吧！」「哎呦，這孩子可真懂事，哈哈！」這種時候本應上演如此溫馨的場面才對，然而並沒有。

英俊威風凜凜地笑著，沒大沒小地回應道：
「天底下容不下兩個王。」
什麼情況？好討厭，但是又讓人無法討厭。這是怎麼回事？這到底是怎麼一回事呢？
微笑父親的臉皺成一團，英俊卻毫不理會。他叫來隨行人員，拜託他帶微笑父親去病房。
「你不一起上去嗎？」
「對不起，我還有一件事情需要解決。等等再來。」
在對話的過程中，英俊好像緩解了心中的苦惱，溫和地笑著，比初見他時輕鬆了許多。

李會長夫婦從身邊人的口中聽說了兩小時前微笑在工作過程中暈倒被送進醫院的消息，正在追問微笑暈倒的原因。這才得以瞭解到成延當時也在場，甚至還得知了英俊向成延揮了拳頭的事實。
兄弟之間大打出手很有可能跟過去的事情沒有任何關係，但夫婦二人心裡卻有種揮之不去的不安情緒，也許是因為微笑介入的原因吧。
崔女士心煩意亂地坐在客廳的沙發上，正要跟李會長說話，客廳的門突然無聲地開了。成延從外面走了進來。
「成延！你，你的臉……」
李會長夫婦聽說英俊打了成延的消息後，早就料到成延那精緻的臉已經面目全非。果不其然，只見成延的鼻子腫得鼓鼓的，嘴唇也裂開了，流得一塌糊塗的鼻血風乾後留下斑斑血跡，西裝上衣和襯衫上也全是血漬。

「這是怎麼了？嗯？」

崔女士驚慌地把成延拉過來，讓他坐在沙發上，用濕巾擦去他身上的血漬。李會長默默無語地望了成延一會兒，嚴肅地命令道：

「你解釋一下這究竟是怎麼一回事。」

成延抓著正在幫他擦拭血漬的崔女士的手往下推，一動不動地坐了許久。突然，他淚水奪眶而出，跪在原地。

「對不起。對不起。因為我……所有的一切都是因我而起，這些年來我卻……嗚嗚嗚。」

崔女士和李會長不明所以，焦急地看著成延，聽了成延接下來的話，臉色瞬間變得煞白。

「爸，媽！成賢……成賢他什麼都知道，這麼長時間以來卻裝作不知道，一直隱忍著！因為我，因為害怕我會出什麼差錯，所以才自己一個人忍了這麼久……嗚嗚！但是我！我到底！我到底是有多混蛋啊……嗚嗚嗚。」

崔女士腿一軟，癱坐在地。李會長因為確認了心中的疑慮而備受打擊，一句話都說不出來。一時間，客廳裡只聽得見成延低聲哭泣的聲音。

「別哭了。不是你一個人的錯。」

李會長無力地說道。成延停止哭泣，抬起頭看著他。

「爸……」

李會長從一開始就覺得很奇怪。兄弟倆一直就誘拐受害者的問題爭吵不止。但是突然有一天早上睡醒之後，一方的記憶完全被抹去了，這不是太巧合了嗎？而且，比一般的大人還要成熟的小兒子還若無其事地說自己只忘記了那天的事情，這實在讓人懷疑。

但是，李會長迴避了這個可疑之處。不對，是索性把所有的事情都隱藏了起來。他想著以後再糾正也無妨，總有一天會糾正的，就這樣放任了二十三年。

他本以為會沒事的，因為英俊是個成熟、優秀的孩子，因為只是稍微調換了位置，就得以完美契合的狀況還算平穩，就這樣下去也不會有什麼問題。

說不定這麼久以來，他將所有一切都推給了英俊，自己卻退到一邊袖手旁觀。

「我太害怕了。我不想失去你們其中任何一個。當初決定把你送進醫院的時候，不管你媽哭鬧得多凶，我都應該狠下心讓所有的一切回到原位的，可我卻沒有那麼做。是爸爸太卑怯了。是我害得你們和成賢忍受了這麼久的痛苦。」

崔女士雙手掩面癱在地上。

「老公……不是的，嗚嗚嗚！是我……都是我的錯！」

從哪裡開始出錯的呢？

成延無法平復自己混亂的內心，站起身，搖搖晃晃地走出了客廳。

他走上似乎無窮無盡的樓梯後，沒有打開自己的房門，而是轉過頭看向了英俊的房間。

英俊在離開家獨立生活之前一直使用的房間其實是成延的房間，而這個房間才是英俊的房間。

成延安靜地打開門走進去，環視了一周寬敞、乾淨的房間，視線停留在一側的牆面上。

他踉踉蹌蹌地走向放有單側抽屜式書桌的牆邊，拿出筆筒裡的美工刀，推出一點點刀刃，在牆的正中間劃了一道。不一會兒，他將手指伸進劃開的地方，毫不猶豫地撕下了牆上的壁紙。

成延呆呆地看著壁紙後面隱藏著的過去，垂下雙臂，低下了頭。

他嚥下噴湧而出的眼淚，走到窗邊，看著窗外陷入了思考。

就這樣死了吧？

懦弱也該有個限度吧，這麼久以來讓所有人陷於困境和悲歎之中，還不知羞恥地責怪英俊。現在明白了一切，還有什麼臉活著呢。

沒錯，就這樣死吧。

就在成延下定決心的瞬間，突然看到英俊正從大門處徑直朝自己走來。

英俊大步穿過庭院，突然停住腳步，盯著寬闊草地上的某一處看了起來，好像快要把它看穿了似的。那是死去的嗨皮曾經填埋磨牙棒的地方。

或許英俊的記憶也是這麼被埋葬的。為了成延，為了所有的家人。

剛才成延叫他「成賢」的時候，他頭也不回地走掉了。成延到現在都無法忘記英俊離開時的背影。

很久之前的那一天，當成延把英俊扔在那個又冷又荒涼的地方的時候，英俊應該也是用這種眼神看著他的背影吧。

該怎麼道歉呢？時光過去了太久太久，事到如今該怎麼道歉呢？

沉浸在深思中的成延把臉埋在雙手中，因為痛苦而瑟瑟發抖起來。就在這時，房門開了。

「英俊啊……」

成延抬不起頭來，蜷縮著站在那裡。英俊靜靜地看了一眼成延，視線在房間裡掃了一圈。

只見成延房間一側的牆上到處都是被撕掉的牆紙。好像是明白了一切的成延為了確認而撕開的樣子。

撕開的牆紙下還留有很久之前的痕跡。這個房間原來的主人英俊小時候畫的畫和不知從什麼地方得來的獎狀，直到現在還密密麻麻地貼在那裡。

這些都是媽媽留下的。如果要掩埋就徹底地掩埋，這算怎麼回事嘛。

英俊輕歎一聲，走了進去，和成延並肩而站，看著窗外。

「英俊啊，如果我能更仔細地想一想我的記憶為什麼那麼不自然的話……」

英俊從金製菸盒裡拿出一根菸叼在嘴裡，又突然把菸盒遞到成延面前勸道：

「抽嗎？」

不抽菸的成延猶豫了一下，也拿出一根菸叼在了嘴裡。

英俊用打火機點著菸，周圍突然亮起來，又再次陷入黑暗。

成延吸入一口菸後突然開始咳嗽起來。

「嗚呃！咳咳咳咳！咳咳！」

英俊饒有興致地看著一邊跳腳一邊咳個不停的成延。

「嗚呃！你小子故意……」

成延瞪大眼睛怒視英俊，英俊哧哧笑道：

「我還以為你正淚流滿面地鬧自殺呢。」

成延一怔，肩膀一顫。

「沒想到你還好端端地待在這裡。果然了不起啊。也對，厚顏無恥到這種程度才是你李成延的作風嘛。」

成延好像被堵住了嘴，一句話都沒說，再次低下了頭。

「我不是來責怪你的，而是來跟你道歉的。」

「什……什麼？」

令人費解的一番話讓成延吃了一驚，英俊雲淡風輕地繼續說道：

「朴博士說過這樣一句話。如果漫畫主角會慣性地說出『我來守護你們！』這樣的台詞，那部漫畫一定會爛尾。」

「什麼意思？」

「我不是犧牲者。反而有可能是我斷送了大家找回自己的機會。因為我以為自己可以守護所有人，是我掩蓋了一切。」

「不是那樣的……英俊啊。」

英俊咬著熄滅了的菸頭，不停反覆打著手裡的打火機，淡然地繼續說道：

「無論是無意對我犯下過錯的哥，還是被你搶走治療機會的我，亦或是無可奈何地配合我們守護我們、為我們操心的爸媽……我們所有人都很辛苦不是嗎。現在大家都找到了自己的位置，該道歉就道歉，留下的傷口就好好接受治療，過去的事情就全都忘了吧。」

成延怔怔地看著靜靜燃燒、彷彿見證了時間流逝的香菸，不由紅了眼眶。

「臭小子。你……總是那樣。好人都讓你當了，所有事情都處裡得乾淨俐落……還裝作不是自己做的，最後包攬了各種帥氣的角色……」

「當然啦。畢竟只有我最了不起，我才是主角啊。」

英俊得意洋洋地聳了聳肩。淚如雨下的成延哭喊道：

「你不要這麼草草了事！嗚嗚！我就這麼容易被你原諒嗎？你能這麼容易就原諒一個折磨你這麼久的我嗎?!」

「如果你問我過去的日子痛苦嗎，我沒辦法說不痛苦。但是，說實話，也正是因為你，我才沒有痛苦。」

成延聽得一頭霧水，英俊接下來的話讓他又一次受到了衝擊。

「哥怨恨我折磨我的曾經，跟那次經歷帶給我的精神打擊相比，簡直是小巫見大巫。」

沒有人能夠在小時候經歷過那麼大的事情後依然活得安然無恙。成延在並未遭遇那樣不幸的經歷，卻一直在表演，只能算是裝模作樣的痛苦。他看著這樣的自己，回想著英俊過往的心情，心裡無比的淒涼。

「嗚嗚嗚！對不起，英俊啊……對不起。原諒我吧。」

「一開始就不是因為你才痛苦的。沒什麼好原諒的。」

這句話似乎讓英俊放下了所有，他吁了口氣，暢快地伸了伸腰。

「啊，事先警告你啊，以後再自以為是為我擔心，在微笑身邊轉來轉去的話，就不是雙鼻流血這麼簡單了。我之前說過吧？就算你是哥哥。」

英俊馬上又從口袋裡拿出菸盒和打火機，結結實實地塞進了成延手裡，補充道：

「以後和它們好好相處吧。我現在已經不需要了。」

成延呆呆地站在那裡，一副泫然欲泣的表情。英俊撇下他揚長而去。他猛地拉開門，往門前緊緊牽著手的父母笑了笑便離開了。

＊＊＊

微笑抓著點滴架，站在沉浸在黑暗中的窗前，看著外面。聽到一陣細微的敲門聲，回頭看去。

原來是英俊。

「妳可以站了嗎？」

「沒關係。」

「不行。快躺下。」

「我也想一直躺著，但是實在躺不住了。反正也沒什麼狀況。」

「伯父已經走了嗎？」

「是的。說是午夜在水原的什麼成人夜總會有場公演……您這是從哪過來的啊？」

「家裡。」

「是因為您哥哥嗎？」

「嗯，差不多吧。」

見英俊含糊其辭，微笑抬起頭，用懷疑的目光看著他問道：

「解決好了嗎？」
「大概吧。」
對全家人來說，那都是長久以來不得不埋葬的傷痛。明知道事情不會在一夜之間變得像從未發生過一樣，卻還問出這麼愚蠢的問題，想到這兒，微笑輕輕地抓住英俊的袖子，接著說道：
「會好起來的。別擔心。」
「嗯。」
很長一段時間裡，兩個人都只是緊緊相擁，站在窗前，默默無言地望著窗外，突然微笑眨著眼睛喊道：
「啊！雪！」
「哪兒呢？我怎麼沒看到？」
「剛剛有一片雪花飄了下來……哦，又有了！」
微笑一心只看著雪，站得恨不得能貼在窗子上。英俊靜靜地看著她，突然拿出藏在身後的盒子，忽地拿給了她。
「這是……什麼？」
「在我最艱難的那段期間，Y實業被整頓清理了，所以我只找到了這個。」
微笑接過已經褪色了的玩具盒子，瞪大了眼睛。
「天啊！是『娜娜的甜蜜小屋』玩具套裝！真是很久沒見過了！」
「車裡還有兩個。這個程度，夠當你的新郎了吧？」

微笑的臉頰染上紅暈，她一副搞不清楚狀況的樣子，回頭反問道：

「我當時讓您給我買這個了嗎？」

啊，不記得了嗎？自己小時候急得捶胸頓足，四處打探，好不容易才搜集到，一直珍藏到現在，真是可惜了那份誠意。

但是那又怎樣，沒關係。

是的，因為都是過去的事情了。

微笑看著「娜娜的甜蜜小屋」玩具套裝，盈盈地笑著說道：

「我小的時候，真的非常喜歡。姐姐們玩膩了丟掉不要的娃娃，頭髮都亂糟糟的，衣服也有好幾處撕壞了，但是我都很珍惜。那時候在我的眼裡，她的眼睛漂亮，鼻子也非常漂亮，還有那鑲滿蕾絲花邊的禮服，簡直太美了……但是現在看來，有點……」

微笑細細打量著這個玩具娃娃，看到那用粗劣油漆印染的大眼睛、大小尷尬的鼻子，完全不符合比例的身材，還有那掛滿了蕾絲花邊、凌亂的禮服，她的臉上流露出憐憫的表情。

「很土吧？」

「嗯，是有點。」

「反正人生都是這樣。」

「也許這就像您曾經說過的『記憶的風化』吧。」

微笑把盒子放在窗台上，一下子纏上英俊的手臂，冷不防地說道：

「對了，您知道嗎？據說普通的磨牙棒是用牛皮做的。」

「是嗎？」

英俊一副「所以那又怎樣」的表情低頭看著微笑，在聽到微笑接下來的話後，他不禁哈哈大笑起來。

「那種東西埋到地裡，過不了多久應該很容易腐爛吧？也許現在已經消失得找不到一點痕跡了呢。我說的是 Bigbang Andromeda Supernovasonic 的磨牙棒。」

「是嗎？」

「那當然。」

這麼看來，那像磨牙棒一樣的記憶，原本以為自己把它埋在哪兒了，也許反倒是自己一直沒有釋懷吧。

英俊的腦中，埋在某處的磨牙棒終於消失了，長久以來黑暗中緊閉著的大門，豁然敞開，耀眼的陽光傾瀉而下。

光影之中出現了一個纖巧的身影。忽地出現在眼前的，還有一隻白皙纖細的手。

他抓著那隻手起身，走出關著自己的屋子，發現眼前站著一個人。

那就是唯一一個只是不停地盈盈笑著，就讓唯我獨尊的李英俊坐立不安的女人——金微笑。

「我愛你。」

「果然……看來對我來說，非妳不可。」

英俊淺淺地笑著，愛惜地捧起微笑的兩頰，輕聲說道：

「我也是，愛妳。」

不知何時窗外輕輕飄舞起雪花，兩個人的影子疊在了一起。

夜漸漸深了，雪也下得越來越大。

雪在紛紛揚揚地下著，在皚皚白雪的覆蓋之下，整個世界變得一片雪白。猶如天長地久的因緣，讓兩個人合二為一。

25 為愛瘋狂

如果可以，他恨不得能把微笑放進小口袋裡隨身攜帶，他越來越不能忍受兩人分開。

「啊啊，不知不覺就到了十二月的中旬。就這樣又老了一歲啊。現在都不敢照鏡子了。」

都說被愛的女人會變美呢，看來那話不假。

雖然微笑一直在「哎喲哎喲」地唉聲歎氣，但她的臉卻是神采奕奕，不像她哀歎的樣子。本來就很亮眼的美貌，根本不需要再打怪升級，索性直接通關了。

半個月前，在辦公室目睹了風流韻事備受刺激的祕書們，怎麼想都覺得金微笑部長是被副會長玩弄了，全都在背後紛紛替她擔心。

但是副會長為了照料住院的微笑，破例取消了所有的正式訪問行程。消息一傳開，兩人之間的事情轉瞬就變成了本世紀絕無僅有的佳話。

「那個，金祕書。」

「嗯？」

「您和副會長最近怎麼樣了？」

這個問題問得突然，微笑臉上露出一絲慌張，智雅儼然一副「什麼都知道」的樣子，頑皮地說道：

「您真好啊，金祕書。還有什麼好擔憂的呢？」

看到智雅滿眼的羨慕，微笑的臉上泛起紅暈，似是很害羞的樣子，在心裡喃喃自語。

嗯，那當然，當然好了。和那樣的男人交往，還有什麼好擔憂的呢……

不，但是仔細想想，就發現確實有些不是擔憂的擔憂。

微笑排隊，等著點單的時候，陷入了沉思。

最初是什麼時候呢？好像是從住院的時候才開始的。

「哇啊，這裡就是傳說中的唯一醫院VVIP病房啊。」

「真厲害。真好啊。」

聽到微笑突然暈倒住院的消息，第二天，姐姐們連忙從其他地方趕來，她們環顧著病房不停地讚歎。

「我們大學醫院的特等病房也超級好的，但是嘛，比不上這裡。」

「設備真是先進啊。」

必男和末熙之後一直聊了很長時間，夾雜著很多難懂的話語，微笑完全聽不懂。因為體檢的關係，微笑除了水，其他的什麼都不能吃。所以她只能眼睜睜地看著姐姐們，一邊討人嫌地不停剝開別人送給她的熱帶水果吃著，其中還有自己最喜歡的山竹，一邊展開了專業領域的討論。

「天，天啊，看我這腦子。抱歉，微笑。我們聊別的，妳覺得無聊了吧？」

必男十分愧疚地撓著後腦勺，微笑笑著搖了搖頭。

「沒有，沒有。很久沒和姐姐們這麼悠閒地坐在一起了，我很開心。」

「本來是來探病的，我們卻自顧自地聊了起來。」

「唉，別這麼說。妳們繼續隨意聊就好。再多拿點水果吃。」

「謝謝。微……嗯……」

必男和末熙的臉色一下子變得很難看。不知道是不是錯覺，看起來像是還有些冒冷汗。

「怎麼了，姐姐們？」

「啊，沒什麼。是，是吧，末熙？」

「嗯，姐姐。」

要不怎麼說感覺有一種毒辣又不祥的目光呢，原來是英俊不知何時走了進來，跨坐在寬敞的病房一角的轉角沙發上，裝作沒在看的樣子盯著三姐妹。不對，準確地說，是無緣無故地怒視著必男和末熙。

滿臉不自在地扭捏了好一會兒的末熙開口說道：

「爸爸說什麼時候來？」

「爸爸要表演到凌晨，肯定很累，我特意告訴他不要來了。」

「是嗎？那麼，必男姐應該也累了，就先回去吧。今天我來守夜……」

「咳咳」，話還沒說完，就響起一陣十分尷尬的乾咳聲。聲音果然是來自英俊。

未來的大姨子們涔涔冒著冷汗，偷偷地打量著英俊的臉色。英俊擠出一個刺眼的笑容連忙道歉：

「我嗓子有點啞，失禮了。請不要在意，繼續聊。」

「啊，好……好。」

必男尷尬地笑著，用眼神向英俊打了個招呼，聲音壓得比剛剛末熙的還要低：

「不用。我也坐明天最早的一班車走就行。今天晚上，姐姐們會輪流照顧，微笑妳什麼都不用擔心，就安心地好好休……」

「咳咳！嗯嗯嗯！咳咳！咳咳咳咳！」

英俊公然地激烈地乾咳起來，感覺再這樣咳下去，他的喉嚨裡都要硬生生地咳出血了。必男和末熙面色蒼白地閉上嘴巴，和微笑交換了個眼神。

現在這個，就是「那個」吧？是使眼色想讓我們走吧？是吧？沒錯吧？

看到姐姐們不知所措的樣子，微笑盈盈地笑著皺起眉頭站了起來。

「姐姐們，請稍等。副會長，我想和您談一談。」

微笑徑直走進病房裡附設的小會議室，關緊門之後，猛地轉過身。
推著點滴架跟在後面的英俊愁眉苦臉的，也許是因為剛才硬生生的乾咳，喉嚨有些疼吧。
「副會長。」
「怎麼了？」
「您這麼擔心我，我真是十分感激又感激，這真是我們家世世代代的榮耀。」
這並非一句虛假的話。
微笑只是受了刺激一時昏了過去，身體又沒什麼大礙，英俊卻強行把她帶到醫院，還下了指示，讓她從頭到腳做個全面的精密檢查。還有，他不僅自己取消了所有的正式訪問行程，更是徹夜不眠不休地坐在微笑床邊的沙發裡守著，哪怕她翻個身，他都會霍地起身確認她的狀態。
「幹嘛，又不是別人，是妳的事情，這是最基本的。」
他對她如此體貼，真的是一件讓人十分高興且十分感動的事情。但是，另一方面也令她覺得十分不便。
今天上午的高層會議，原本是定在英俊私宅的會議室召開的，卻臨時改到了微笑病房附設的簡易會議室。也就是說，今天參加會議的高層多少都瞭解微笑和英俊的關係，這下徹底地公開了。
不知道英俊如何，但是從微笑的立場上，真覺得羞愧難當，壓力巨大。
「不。我不是那個意思，我現在真的沒關係了，還是請您回去工作吧。」
「現在連檢查都還沒做完，怎麼會沒關係。」
英俊拿起放在圓桌會議桌上的純淨水瓶，擰開蓋子放在嘴邊，咕咚咕咚地喝了起來，接著若無其事地說道：

「我會陪妳到明天上午，妳讓姐姐們先回去吧。」

「什麼？今天您還打算睡在這嗎？」

微笑難以置信地看著英俊，英俊一副無語的樣子，面對面地看著她回答道：

「那當然。」

「為什麼？」

英俊像是確認有沒有人似的，悄悄地掃了一眼關著的門，然後向前邁了一大步，伸開雙臂，緊緊地把微笑摟進懷裡。

「妳這不是明知故問嗎？」

啊啊，他反問的聲音像蜜糖一樣甜膩膩的，就像剛煮好的咖啡，又暖又香。

哎呀，不管了。

姐姐們好不容易調整了行程，大老遠跑來探病，雖然很感謝，但是管不了那麼多了。微笑只覺得一分一秒也不想和這個男人分開，她緊緊地抓著他的領子，把臉貼在他的胸膛上，來回蹭了好幾次。

那晚，直到睡前，兩個人一直在病房裡竊竊私語。那時那刻，一切還都是很不錯的。

突然意識到有什麼相當微妙時，也許是出院後，回歸到日常生活沒多久的時候。

體檢結果出來了，讓人覺得太對不起那「天文數字」的超高檢查價格了。只是輕微貧血。

對於幾乎天天節食、工作繁重的微笑來說，區區貧血早就習以為常了，但英俊卻待她像身患重病的病人一樣，態度突然變得十分嚴肅。工作量已經減得不能再減了，只能讓她吃得更好一點，似是鐵了心的英俊，特地給她配備了專職的營養師和廚師，全天候地確認她的膳食，幾乎像把她圈養起來一樣，強制她進食。

儘管英俊年底就要去海外出差，堆積的事務讓他的身體有點吃不消，但英俊還是會嚴格地卡著時間點，給微笑帶便當過來，這讓人害怕極了。讓我長這麼多肉，到底是要幹什麼，一想到這些就覺得真的挺可怕的。

她一再保證以後再也不減肥了，英俊才勉強答應不讓營養師和料理師再來了。

事實上，若是只到這個程度時，她尚且覺得「這個人原來這麼在乎我啊」，心情還是不錯的。而讓她感覺不太舒服，則是從英俊要去出差那時開始的。

英俊乘專機去歐洲出差一週，微笑沒有同去。那是因為英俊聽從了崔女士的建議。她原本身體就不好，帶她去萬一身體更糟糕了怎麼辦。聽到母親這麼說，英俊一直糾結到出國之前，才讓朴代理代替微笑隨行。就這樣，他們踏上了出差的旅程。

出國後，他只要一有時間，就不分時候地跟微笑視頻通話。凌晨兩點、三點、四點、五點……他才不管現在時間是幾點，接二連三地打電話過來。而且，每次打電話，他都要反覆確認是不是有人在她身邊。

剛開始感覺還是挺好的，但微笑怎麼禁得起這麼折騰來折騰去。微笑感覺他好像在盯梢，這讓她有點傷心。於是，在英俊出差的第三天，她便坦誠地指責英俊不要再這樣了。

他回答說知道了，從第二天起就嚴格地遵守了約定，再也不會在凌晨給她打來視訊電話，也不會在打電話的時候確認身邊是不是有人了。

但是，與此同時，英俊的住宅管家負責人——尹室長出現了。

尹室長是位五十來歲的女性，就像女高宿舍的舍監老師一樣嚴謹細緻。她接到了副會長的命令之後，在接下來的四天裡，她都在微笑的單身公寓裡吃住。微笑去上班到下班回來的時間裡，她在那個連電視都沒有的單身公寓裡無所事事，一天到晚玩著智慧手機裡的小遊戲。她原本就因為老花眼而備受折磨，這幾天視力更加惡化了。在英俊回國那天，她從微笑的單身公寓出來之後，就徑直去了眼科醫院。

除了前面這些事情，還有很多像芝麻大小一樣的鬧劇，不，應該算是荒誕的行徑，如果要一一列舉的話，數也數不盡。

經歷了這一系列的事情，微笑算是切身感受到了英俊對她的深情，但另一方面，不知為什麼，她有種透不過氣來的感覺。儘管她也不知道到底是因為什麼。

就在微笑深思時，她點的飯菜已經被盛到餐盤上端了出來。

「天氣這麼冷，看來大家都不願意出去了，就跟溫室裡的豆芽菜一樣。」

「是啊。」

午飯時間，公司內部食堂裡簡直是人滿為患。微笑和智雅端著盛好飯的餐盤，從擁擠攢動的人群裡擠出來，好不容易找到了座位。

放下餐盤坐下後，智雅說道：

「最近我的皮膚太差了。」
「因為最近天太又乾，皮膚自然也就容易失去彈性。」
「金祕書，您沒事吧？」
「我也是一樣。我冰箱裡有過期的優酪乳，看來我要補充揉一下了。」
「啊，對了。我上週末去了趟商場，把基礎護膚品都換成改善皺紋系列的了。精華液和晚霜的效果都不錯，需要我給您一些送的樣品嗎？」
「全部都換成抗皺系列的了？」
「嗯，花了三萬多呢。我用了六個月的分期付款，上個月開始我也不去做臉了，但光這費用我也快負擔不起了。哎呀。金祕書您用什麼化妝品啊？」
「我什麼都用，基礎護膚我只用爽膚水和水嫩霜，偶爾敷一次面膜，就這些吧。」
智雅直勾勾地看著微笑那絲毫沒有斑點和皺紋的臉龐，繼續問道：
「基礎護膚真的只擦這些嗎？騙人，您皮膚這麼好？」
微笑臉上依舊笑嘻嘻的，輕輕彈了彈自己那煥彩光滑的臉蛋，說道：
「妳也減少一點化妝品的數量吧，反正也都是一些化學成分。這樣也能省點錢，光護膚就花三萬多，多可惜啊。這些錢能買多少袋大米啊。」
「啊……」
「也是，就像我這樣的，生來皮膚就跟豬皮一樣，什麼都不擦也沒關係的。」
「您說的什麼話啊，您的皮膚就跟嬰兒皮膚一樣。」

「天啊，智雅妳真是，什麼嬰兒皮膚啊，嘻嘻嘻，哎呀，要是別人聽到了還以為是真的呢。不過我經常聽人這麼說。」

呃。這是怎麼了？這到底是什麼意思啊？剛剛還很謙虛，現在怎麼又完全一點也不謙虛了。智雅面對微笑時，經常有這種不是滋味的感覺，這讓她時不時地會想到一個人。

「快吃吧，副會長馬上就要回來了。」

「啊，好的，您也多吃一點。」

「智雅，妳也要去參加總務部的聚餐吧？真是太讓人期待了，好多年沒有聚餐了。」

微笑不知道有多高興，她像孩子一樣臉紅紅的，笑得像一朵花一樣。然後，她開始用筷子認真地將拌飯上面的肉挑揀出來。

「天啊，部長，您只吃素嗎？」

「不是，等下不是要喝酒嗎？」

「對啊，不過這和肉有什麼……難道您又要減肥？這讓副會長知道了怎麼辦啊？」

「今天如果就著下酒菜喝酒的話，肯定要胖的。從上週就約好了要聚餐，所以現在我得少吃點肉。」

「啊。」

「多吃點，智雅。智雅妳得長點肉，這樣才能有力氣工作啊。啊，剛剛妳看到的這些一定要對副會長保密啊。」

智雅看了看自己的肥膩流油的炸豬排套餐，又看了看自己塑形衣也掩蓋不住的小腹贅肉，再上下仔細打量一下微笑那苗條勻稱的身材，智雅一下子沒了胃口，把眼淚嚥進了肚子裡。這人怎麼能這麼讓人討厭呢。

「您真的是很自律啊。」

「我有嗎？」

「是啊，難道是因為副會長的原因嗎？」

將肉挑出後，微笑挖了半勺拌飯放進嘴裡，就像嚼口香糖一樣，咀嚼了很久。聽到智雅這樣問，她回答道：

「不是，我就是這樣的性格。」

智雅聽她這麼回答，又產生了疑問，小心地問道：

「那個，這個問題可能會有些冒昧……您跟副會長交往，難道不會覺得有壓力嗎？」

「壓力？」

正歪著頭想事情的微笑開心地回答道：

「不會啊。」

「真的嗎？」

「嗯，為什麼會感覺有壓力啊？因為副會長是有錢人？我之前曾經因為錢而大哭過，但是我瞭解，錢夠吃夠喝就可以了。最重要的事情，是活著的時候要活得很幸福很滿足才行。」

智雅的眼睛睜得圓圓的。

李英俊，男神級的外表，難以超越的才華，唯一集團最高領導人，自五年前起從未跌出國內年輕富豪榜前十名。除了他超級自戀的缺點之外，這樣的精英人物一般人都難以望其項背。和這麼完美的李英俊交往，完全沒有壓力，這肯定是假的，但微笑的話讓人聽起來卻完全不像是謊言。

不過也是。

副會長從歐洲出差回來後，忙於應付外面各種繁瑣的活動行程，大家都很難見到他。工作又繁忙，再加上他最近在戒菸，所以他的狀態非常敏感。

他對職員們比之前更加嚴格了。在追求完美的折磨下，剛升職不久的幾個主管已經逐漸臉色發黑了。這些大家都看在眼裡。那作為祕書，這種折磨還能少得了嗎？大家都因為工作勞累，想乾脆辭職了。

然而，在這些人裡有個人與眾不同，那就是微笑。從職位來說，她受的壓力最大，但她反而看起來非常平靜。他們兩個人在一起時，反倒是副會長看起來更加焦躁不安。

這麼看來，最厲害的應該不是副會長。智雅看著表情無比愉悅、臉上笑嘻嘻的微笑，不自覺地顫抖了一下。

再厲害的角色又能怎樣，如果一個女人笑嘻嘻地就能將其擺平，那這個女人不是更可怕嗎？

智雅想，自己的戀愛還搞不定呢，又怎麼能試著去理解別人的戀愛呢？不過，有件事她可以確定。

那就是，在這個戀愛關係裡面，一直握著刀把的微笑絕對處於強勢的有利位置。

＊＊＊

英俊結束了外面的午餐活動，回到公司，他趁著千載難逢的午後閒暇時間，在辦公室與侑植談天說地，享受著休息時光。

「聖基怎麼樣了？」

「啊，聖基啊，不知道是沒做好手術，還是沒好好護理，聽說得重新手術。」

「哎呀。」

「這幾天我想去一趟醫院，你要一起去嗎？」

「那可是聖基啊，當然得去了。看來得讓微笑去掉一些活動行程了。什麼時候去啊？」

「越快越好吧？」

天啊，怎麼回事。智雅瞄了一眼在閒談的主管們，戰戰兢兢地準備了些茶點。

「哦？這個不是鯽魚餅嗎？」

侑植看到搭配著兩杯原豆咖啡的鯽魚餅，從沙發裡一下子跳起來，表現出很感興趣的樣子。

「哇！這個真是很久沒見了，現在還賣嗎？這是哪來的？」

聽到侑植的問話，智雅將托盤放到一邊，回答道：

「這個是金微笑部長從企劃組高科長那收……」

話沒說完，性急地掰下鯽魚頭放進嘴裡的英俊，「噗」地一聲吐出來問道：

「企劃組高科長，是不是高貴男？」

「是的。」

智雅快速地回答道，臉上露出了「他是怎麼知道」的表情。聞此，表情冷峻的英俊將鯽魚餅扔在托盤裡，冷冷地說：

「去把金微笑祕書叫來。」

侑植和智雅一時難以理解英俊為何如此敏感，怔怔地看著他。

「發什麼楞？我要妳馬上去把她叫來！」

其實也不用非得去叫她來，因為一聽到英俊的聲音越來越大，微笑就「吱嘎」一聲打開門跑了進來。

「什麼事？」

微笑瞪著圓圓的眼睛倉皇跑來，看了看散落在托盤裡模樣淒慘的鯽魚餅，又看了看用猛禽般的眼睛怒視著她的英俊，擔心地問道：

「難道是鯽魚餅沒熟嗎？」

「噗！哈哈。」

聽到這荒唐的問話，侑植不自覺笑出了聲。看到英俊那彷彿要吃掉自己的眼神，他趕緊閉上嘴，把頭轉向別處。

「聽說這個是妳從高貴男那裡收到的，是真的嗎？」

英俊指著鯽魚餅，像在指著一個令人厭惡的東西。他嘴裡還嚼著東西，那應該是消失的鯽魚頭吧。這麼看來，這前後矛盾的行為到底是什麼意思？

「是的。」
「得寸進尺。」
「什麼？」
「高貴男要求什麼了？」
「要求？誰跟誰要求什麼啊？」
「現在是我在問妳，那個傢伙給妳這個鯽魚餅，跟微笑妳要求什麼了。」
看來沒錯。忍了這麼長時間，現在他又開始要折磨人了。行動的意義是哪個吃飽撐的傢伙提出來的，有些行動什麼意義都沒有。原本笑嘻嘻的微笑，眉宇之間如被揉皺的紙團一樣皺了起來。
「哎呀，副會長，看來是到了您要換尼古丁貼片的時候了。您給我吧，我來給您貼，為您獻上我所有的熱情和真誠。」
「別轉移話題，快回答。」
對此無語的微笑又嘻嘻地笑起來，詳細地跟他解釋道：
「我真的不知道您到底想要什麼樣的答案。高貴男科長中午有約會出去了一趟，回來時買了一些鯽魚餅，要和組員們一起吃。他路過食堂時看到我，高興地給了我一些。就這八十元的鯽魚餅，需要什麼代價啊？反正他年初就要去印尼分公司了。」
「我能相信嗎？」
「不是，您這是說什麼呢？您是覺得我和高科長之間因為這鯽魚餅就有了什麼關係，您是這個意思嗎？您覺得我是一個因為這八十元的鯽魚餅就會完全被人騙去的女人嗎？您可能是忘了，但我不是那樣廉價的女人。」

「別在這一句句地解釋了，把妳的手機給我。」

「什麼？」

「金智雅，去把微笑祕書的手機拿來。」

「天啊，哪有！什麼都沒有！給您！這是我的電話！您隨便看吧！」

「呵呵，沒錯！妳看這個，這裡有電話！高貴男科長！你們之間都交換了電話號碼了，是嗎？」

「公司內部舉行運動會時，我只是存了他的號碼，一次也沒打過電話！需要給您看通話紀錄嗎？」

「現在我關注的不是你們有沒有通過電話，而是你不應該有他的電話號碼！金智雅祕書！」

「在！」

「金智雅的手機裡存著高科長的號碼嗎？」

「啊……為什麼問我……」

「有還是沒有？說清楚！」

「呃，沒有！」

「你看，這種情況妳要怎麼解釋？嗯？金微笑，妳回答我！」

「天啊？副會長您是不是搞笑節目看多了？我應該從哪裡開始笑啊？嗯？」

本以為也就是雞毛蒜皮的事，沒想到氣氛的走向越來越不受控制。

一臉笑容卻咄咄逼人的微笑，還有面露刻薄的英俊，這二人之間彌漫著山雨欲來風滿樓的緊張感，一觸即發。

不對，仔細回想一下，最可怕的是這件事竟然是因價值八十元的鯽魚餅而起，從某個角度上看，這卻又是非常嚴峻的問題。

侑植越想越心慌，趕緊對智雅使了個眼色示意她迴避，直到智雅後退著溜出了辦公室，兩人也絲毫沒有停戰的意思。

「那副會長您呢？您的手機裡不還存著各地區名媛小姐的聯繫方式嗎？您不是也有定期見面的女孩子嗎？這您要作何解釋？」

「那都是不得已而為之，為了跟生意場上的人打交道，擴充自己的人脈我只能這樣做！況且我把一切都跟妳公開了！我跟那些女人什麼關係都沒有，甚至連她們的衣角都沒碰過，妳應該比任何人都清楚啊！」

「哦，是哦。我也知道你們沒什麼關係，也知道你們是為了生意才打交道，畢竟我對副會長是深信不疑的。可是現在到底是什麼情況？您為什麼總是拿一些不像話的事懷疑我？」

「我最討厭不清不楚了！所以妳現在就跟我說明白！妳跟高貴男是什麼關係！」

「哇！真是要瘋了，還能有什麼關係啊？什麼關係也沒有！」

「既然沒什麼關係，為什麼要互留電話，還送零食？」

「啊啊啊啊啊！我感覺內心有某種陰暗的……」

「妳快點回答我！」

她現在才終於明白，之前英俊給她的那種微妙的感覺其實就是「偏執」。

「從前陣子開始到底是怎麼了？為什麼總是逼得人喘不過氣來！沒完沒了地懷疑別人，一直試圖束縛我！風平浪靜了一陣子而已，怎麼又開始了？」

「我怎麼了！」

微笑面露難色，先是捶胸頓足了一番，隨後轉頭看著侑植，向他求助。

「社長！您別隔岸觀火，趕緊說兩句啊。」

「呃，我站在贏的那一方哦。」

聽到侑植開玩笑，微笑再也忍不住憤怒，她狠狠地揪住自己的頭髮，大聲喘著粗氣，向英俊大吼：

「好！好！我也管不了那麼多了，要不要誤會你都看著辦吧！該下班的時候我就自己下班了，今天我要敞開了喝，死了都不要聯繫我！」

微笑突然收起了平時的笑臉，看起來格外淡漠，從未在辦公室裡提高過嗓門的她這一次竟然震得室內裝飾玻璃都在顫抖。

「喂，李英俊，你……」

「吵死了。」

英俊在原地僵了半天，隨後突然癱倒在沙發上長歎了一口氣。

「你也覺得我像瘋子嗎？」

「不，你像個徹頭徹尾的瘋子。」

英俊一面將頭髮撩上去，一面整理著自己的思緒，只可惜收效甚微。

最近他變得越來越奇怪，導致他有些懷疑自己之前的歲月是怎麼忍耐過來的。最開始還以為是戒菸的後遺症，現在想來恐怕並不是。

自從他們整理過去，確認了彼此的心意之後，英俊渴望每分每秒每個小時都能夠完全擁有微笑，搞得自己的精神都有些混亂。每當工作繁忙導致他們聚少離多，他的這種狀態就會越發嚴重，如果可以，他恨不得能把微笑放進小口袋裡隨身攜帶，他越來越不能忍受兩人分開。

不知道是不是他多心了，但自從那天之後，微笑好像就一直躲著自己，前幾天甚至在她家門口被拒絕了，他可是李英俊啊。

英俊越想越上火，口乾舌燥，躁動不安，如今的他迷茫得不知所措，這種感情他還是第一次感受到。

「又不是別人，你竟然也會坐立不安，真是驚人啊，是不是因為你從來沒談過戀愛的關係，怎麼連欲擒故縱的基本方法都不懂。」

英俊聞言，額頭三點鐘方向的青筋突然暴起。

「李英俊，你先別這麼激動，你聽好了。你別看我離婚之後一直拚命努力想跟前妻重新開始，但無論如何，我在戀愛方面都是你的前輩。」

稍稍平復了心情之後，英俊便靜靜地看著侑植，等待他的下文。

「你知道吧？上週末我跟前妻見了一面，許久未見，還一起小酌了一杯。兩人面對面把過去我對她的疏忽，還有她惹我傷心的事統統都說了一遍，說完以後我們倆都輕鬆多了。可是自那之後就變得急躁起來了，心裡就想著要結束這孤獨的生活，趕緊重新結婚，過上以前那種和睦幸福又溫暖的生活。有了這種想法之後就再按捺不住了。」

「所以呢？」

「恰好我倆那天都喝多了，索性就纏著她去了酒店，而且她當時也沒有拒絕，然後我一進房間就一鼓作氣把妻子推到牆上，非常激烈地……」

英俊突然露出極度疲憊的神情，一手將前額的劉海撩到後面，順便打斷了侑植的話。

「我還要繼續聽你說嗎？」

「嗯，繼續聽。」

「哈啊……。」

「本來想整夜都過得激烈一點……結果還是失敗了，你猜是為什麼？」

「體力不行？」

「就算我體質再差，根本都沒開始呢，體力怎麼會不行？」

「這我怎麼知道。」

「裙子，不對，我沒能把她的褲子脫下來。」

英俊聞言不禁微微蹙眉，內心不禁嘀咕：「果然不出我所料，真是浪費時間，我還能盼著你有點出息嗎？」

侑植從他眼中看出了無奈，繼續用悲壯的語氣說道：

「不是，其實我到現在都分不清那究竟是裙子還是褲子。」

說完，侑植臉上更是浮現出哀傷的神色。

當他撩起她的裙襬，正欲將手放進去，結果卻發現裙子和踩腳褲竟然是連在一起的，根本無法把手放進去。平素自稱聰明的侑植瞬間陷入了無知的恐慌當中，他上一次慌成這樣還是不久前看到連身褲的時候，正所謂精神崩潰說的就是這種情況吧。正當他納悶：「這件衣服到底是怎麼回事？為什麼長成這樣？我在哪兒？這人是誰？」的時候，他的前妻只丟下一句：「你還是老樣子，還是一點都不懂女人。」隨後她揚長而去。

「真是遺憾啊，更令我遺憾的是我不清楚你要說什麼。」

聽到英俊頗為不滿的一句，侑植不禁搖搖頭接著說道：

「鴨嘴獸到底是鴨子還是貉，鯨鯊到底是鯨魚還是鯊魚，打底褲裙到底算打底褲還是絲襪，這些問題根本沒必要去糾結。反正只要從上往下脫就可以了，然而這個道理我也是很久以後才明白。臭小子，所以說重點在於操之過急會讓你的視野變窄，什麼都看不到。」

他這話說得倒是有道理。

朴博士的優點就是能在日常生活中總結出哲學性的結論，而他的缺點則是總結得太晚，典型的「馬後炮」說的就是他。

「女人比男人細膩多了，你步步相逼不代表能讓你們的愛情堅如磐石，像你這樣糾纏根本沒用，適當一點就好，你對待感情要放鬆一點，明白了嗎？」

「適當，放輕鬆……」

道理誰都懂，問題是辦不到啊。

英俊仍舊一副悶悶不樂的表情靠在了沙發椅背上，隨後長長地歎了口氣。

＊＊＊

十二月十四日晚九點。

在某幢能夠俯瞰南山全景的高樓頂層的男性專用ＶＩＰ社交俱樂部裡，商界青年才俊聚在一起談笑風生。

談話主要關於公司的運營，不過其中也不乏一些低俗玩笑。

換做平時，英俊都會睜一隻眼閉一隻眼，但他今天心情格外煩躁，根本按捺不住。再加上剛才錯過了換戒菸貼的時間，導致他血液中的尼古丁濃度急劇下降，但讓他生氣的最根本原因顯而易見。

「李英俊，你的表情怎麼回事？」

英俊瞥了一眼映在窗子中的影子，皺眉說道：

「我的表情怎麼了？我看著挺帥的。」

「簡直愁容滿面啊，你是欲求不滿嗎？」

英俊聞言不禁怒目而視，嚇得某富三代趕緊夾緊了尾巴跟別人搭話。

英俊微微歎息，從口袋裡拿出手機按下 home 鍵。

沒有未接來電。

不僅如此，整個下午他都在出外勤，但他發給她的私人簡訊，以及他的電話全數被她無視掉，這分明就是微笑在向他示威。

〔妳在哪兒？〕

英俊猶豫了片刻給她發了條簡訊，但仍舊沒有答覆，猶如一潭死水。

「李英俊，聽說你最近在跟祕書交往啊？」

「嗯。」

「你敢承認在交往，足以證明你們的關係非同一般啊，你打算跟她結婚嗎？」

「大概明年初結婚吧。」

「之前看到她的時候就覺得她長相不輸明星，你可要把人看住了。」

「你這是什麼意思？」

「並不是自己表現好了，對方就一定不出軌。無論男女，但凡自身優秀的人，不免招蜂引蝶的，所以人們常說人不可貌相啊。」

英俊突然回想起之前的種種疑惑，怎麼每次他要做點什麼的時候，周圍的人都要多說一句呢，他本以為只有朴博士這樣，萬萬沒想到是四面楚歌啊。

「這話倒是沒錯，尤其要小心酒局。」

在場的某人隨意一說，英俊卻豎起了耳朵，微笑剛才說過的那番話環繞在他耳邊。

〔我今天要痛快喝，死都不要找我！〕

「恰逢年末，正是酒局堆積的時段，很多人都會趁著女生醉酒上去搭訕，噁心得很。」

英俊的眼睛彷彿成了暴風雨中搖曳的小船，搖搖欲墜。

〔金「偉」笑！妳「再」哪裡，跟誰在「儀器」？到底是不是真的在「拒賄」？〕

打字的雙手都在顫抖，害他打了好多錯別字，不過他已經無暇顧及這些。

「我以前的隨行祕書就是這樣失去女友的，他們從高中開始戀愛，談了十年左右。後來他忙於工作，他女友寂寞難耐就找了其他人玩一夜情，誰知道老天開了個巨大的玩笑，一夜情之後他女友就懷孕了，無奈之下就乾脆嫁給了那個一夜情男，那位祕書整日酗酒，最終因為急性肝炎住了院，後來工作也辭掉了，真是可惜了。」

話未沒說完，英俊的眼神已然空洞無比，他驀地站起身暗自嘀咕道：

「適當？放鬆？開什麼玩笑！」

他匆匆撥通了電話，隨即大聲吼道：

「朴博士！三十秒之內把總務部聚餐的地點發給我！」

26 The last 甲

他環視著那些在緊張之餘不約而同站起來的職員們，說道：
「我要帶我的女人走，誰有異議嗎？」

慕尼克皇家啤酒屋裡裝飾著令人印象深刻的巨型聖誕樹。此時，這裡擠滿了年末聚餐的公司員工。其中，唯一集團總務部員工所在的區域，比其他位子要熱鬧得多，幾乎要把屋內播放的歡快的聖誕頌湮沒了。

「乾杯！」

本以為周常務第一場結束就會離開了，誰想得到他還跟到第二場繼續嘮叨呢。先是沒完沒了地說起工作的事情，接著又愛管閒事地絮叨起「女人要盡早嫁人」，就連本來沒事人似的微笑，都開始覺得眩暈了。

直到周常務說完「非常可惜，我還要參加其他年末聚會」起身離席以後，聚餐才正式有了應有的氣氛。

「哈啊，我們的常務真是白目啊。上次聚會的時候，都跟到ＫＴＶ撒酒瘋了。就像個令人討厭的叔叔，一天裡說了幾十遍『不結婚嗎』『英熙，你要快點嫁人啊』『英熙啊，如果錯過了時機，只能賣個白菜價了』。自從他女兒的婚期定了以後，聽這話聽得我的耳朵都要長繭了。呃！真不願聽啊！偶爾有客人在的時候，他也那樣呢。真是煩死了。」

周常務的祕書剛才一杯酒都沒喝，一直強顏歡笑，為了不讓人聽見，此時她輕聲地發洩著憤怒，拿起啤酒猛灌。

「哎呀，怎麼辦啊？應該很辛苦吧。」

看著同齡的微笑笑著安慰自己，英熙托著腮幫子，漫不經心地嘟囔道：

「也是。我在您面前這麼說就不合適了。您伺候副會長，承受的壓力之大，可不是鬧著玩的吧？」

「啊喲，怎麼會有壓力呢，沒那回事。」

說什麼呢？人怎麼能一味地冷漠接受呢？如果承受了什麼的話，就應該抓住機會，竭盡自己的「熱情」和「誠意」，好好地回敬，直到讓對方流眼淚啊。

微笑擺擺手，確認了一下手機，差點忍不住說出心裡話。

電話和簡訊一概沒理睬。哎呀，這個人好像是著急了啊。最後一條簡訊錯字連篇，根本看不懂是在說什麼。毫無瑕疵的人真是徹底崩壞啊。但還真有趣。

「您看什麼呢，從剛剛就那麼專心？玩遊戲嗎？」

微笑連忙把手機放進包裡，搖了搖頭。

「啊，沒什麼。」

自從微笑出院以後，英俊總是做些奇怪的舉動，一直束縛和壓迫著微笑。微笑一開始只當是戒菸的關係，所以打算無論如何都包容，不追究。但是今天下午竟然被無理取鬧地懷疑，實在是沒法忍了。

其實，剛剛她還打算直接跟他鬧情緒，再讓他擔心個夠。但是看到這個一直把整個世界踩在腳下、發號施令的人，急得捶胸頓足，她也覺得有些愧疚。所以，用這場聚會當妥協點再恰當不過了。

她打算先不聯繫他，等聚會結束後，再與他見面安安靜靜地談一談。反正英俊現在也在離這兒不遠的社交俱樂部。她非常清楚那兒的行程結束以後，英俊沒有其他安排，到時只要聯繫上，肯定立刻能見到面的。

等等。

這麼看來，雖然微笑對英俊的行程瞭若指掌，但英俊對微笑並不是。從他的立場上來看，應該會十分鬱悶吧。

「我男朋友只要一喝酒就聯繫不上。我都不知道他在哪裡幹什麼，特別不安心。一直打電話吧，事後他只會大發脾氣，質問我是不是跟蹤狂之類的。那麼一開始就別讓人家不安心啊。」

附近有人沉重地吐露心聲，大家便你一言我一語地說了起來。

「總之，祕密很多的人是最差勁的。」

「對了，上個月辭職的企劃三組的王純珍代理知道吧，聽說她打算和交往九年的男朋友結婚，相見禮都辦完了，那人卻得了性病。醫院說，正常的關係絕對不會發生這樣的事的。」

「啊啊！好噁心！」

「那個男人工作過於繁忙，頻繁國外出差，經常聯繫不上。後來才知道那不是去國外出差，而是在腳踏多隻船。聽說其中還有一個是公司應酬時認識的酒店小姐。」

「哎喲，幸好婚前發現了，真是老天有眼啊。」

「反正男人嘛，嘖嘖。」

看著女同事們瞥著這邊，嘰嘰喳喳，男同事們憤怒地反駁說女人也是一樣。隨即兩隊人馬之間展開了相當嚴重的爭論。微笑愣愣地看著，陷入了沉思。

〔看來對我來說，非妳不可。〕

英俊的這句話裡蘊含著多重含義。其中有一種，也許是作為「男人」對「女人」說的吧。微笑作為祕書協助英俊的歲月裡，他極其忌諱和年輕女性的肢體接觸。甚至，男人間為了炫耀自己的勢力，像飾品一樣帶在身邊的那些女人們也是，只有約定好不會觸碰他的身體，才能隨他一起參加聚會。

實際上，就連和微笑第一次接吻的時候，他不也表現出極度不安的樣子嘛。

在知道實情之前，她以為那也許是潔癖症的一部分，但現在好像依稀明白了。也許是從那件事以後，他下意識地把年輕女人和死亡混為一談了。也許他並不是討厭女人，而是本能地抗拒，也可能更甚，是恐懼。

如果真的是這樣的話，那麼現在他那樣焦急也能理解了。

雖然很清楚自己是不可能見其他女人的，但是微笑並非如此，英俊是因為這個才不安的嗎？所以才那麼懷疑她，才那麼費盡心機地想要束縛她嗎？

雖然因若即若離很焦急，但借此機會該說清楚的要明明白白說清楚。

微笑陷入沉思時，男女之間展開的小小爭論，不知不覺已經畫上了句號。英熙突然提了一個問題：

「啊，對了！我好像聽說副會長年底請了幾天假啊？」

「嗯，是的。二十四、二十五日兩天。」

「再加上星期天就是三天呢。到底因為什麼事呢？副會長竟然請假。」

聽到「因為什麼事」這句話，微笑回想起過去的九年，忍不住對他的狠毒咬牙切齒。那麼漫長的歲月裡，那個人，除了只是得重感冒住院時請過一次假，除此之外，一次都沒有。

「大家聽說以後都震驚了，聽說這事都上新聞了呢。說『李英俊副會長九年來首次年底休假，或許是要構想年初新項目』，是真的嗎？」

嗯。雖然項目是項目，但不是那方面的項目吧，也許。

微笑笑盈盈地反問道：

「這個嘛，我怎麼知道呢。反正副會長也是需要休息一下，才能提高工作效率，不是嗎？」

「您到時候也會休假吧？」

「是的。」

「那您平安夜要不要和我們一起去酒吧？說不定在那裡就遇見自己的真命天子了。」

聽到這些，智雅用微妙的目光望著微笑，笑了起來。

只有為數不多的幾個人知道，英俊和微笑的關係，已經從工作夥伴升級為人生伴侶了，智雅就是為數不多的幾個人之一。雖然英俊煽動大家大張旗鼓地散播出去，但接到消息的宣傳室長，傳喚了當天目睹接吻的所有人，在消息正式公布之前要保持絕對沉默。

「智雅也說會去的。是吧？已經超過五個人要去了，我把您也算進去吧。」

「啊……我有些難辦呢……」

啊，當然難辦了。那請的是什麼假啊。那請的不是一直等待的，一生中最重要的求婚的假嘛。

雖然內心就像懷著「都說了瘸子是犯人，還有什麼好看的。」★的心情，喝著剛打開瓶蓋就跑了氣的啤酒，但是，唉，沒關係。不，不是沒關係，該死。

微笑再一次想起新奇的事實，唇齒間流露出的不知是笑容，還是嗚咽。

「部長，您笑什麼？有什麼有趣的事嗎？」

★懸疑電影《非常嫌疑犯》的劇透。

「沒什麼。總之，那天我有點事……」

「單身的人平安夜能有什麼事？同為單身，同是天涯淪落人，怎麼能這樣背信棄義呢？不行。金祕書您一定要來。結束以後我們一起去吃炸雞喝啤酒。好嗎？」

「對不起。我真的去不了。」

微笑好像很為難似的尷尬地笑了，一直調皮地看著她的智雅，借著酒勁兒，闖了大禍。

「對。金祕書絕對去不了。因為她已經變身了，和我們不是一類人啦。」

「什麼？」

「我們的金祕書不再是單身啦。」

「欸？這話是什麼意思？」

半徑一百公分以內的視線都集中到微笑身上。

「啊，天啊，智雅，看來妳是真的醉了。怎麼都開始胡言亂語了。啊哈哈。」

微笑驚慌地瞪圓了眼睛，想著無論如何也要補救回來，連忙衝著智雅使眼色。但是智雅卻更大聲地宣揚：

「我們部長其實有男朋友！是個很有名的人，只要說出名字，大家都認識！」

聽到智雅這樣說，男同事們全都驚呼「啊啊啊」，傳出「嗚嗚」的哭聲，女員工們則無一例外地海狗式鼓掌的同時，兩眼直放光。

「到底是誰啊！」

「什麼時候開始的？」

「在哪兒，怎麼回事，為什麼！」

時間、地點、人物、起因、經過等等，各種問題從四面八方撲面而來，微笑大驚失色，不知該如何是好。

正在她費盡心思想要說些什麼的時候，已經又乾了一杯啤酒的智雅，就像大喊「國王長了驢耳朵！」的理髮師一樣，神色十分緊張地開了口：

「大家都很好奇部長的男朋友是誰吧？來來，是誰呢……噔噔噔噔，敬請期待吧！」

臉上一直笑盈盈的微笑，冷冰冰地開口說道：

「金智雅，看來妳忘了宣傳部長的命令啊。妳再多說一句，下個月妳會發現，自己會來回看著自己的信用卡帳單和勸退通知的。」

「啊……唔唔。」

智雅嚇得連忙閉緊嘴巴，在座的各位一下鬧翻天了。就像渾身抹上肥皂，卻發現洗澡水停了一樣，紛紛放下酒杯爆發了。

「為什麼！為什麼！到底是誰呀！話怎麼能說到一半呢！」

「真是好奇死了。竟然是大家都認識的人，拜託，哪怕是告訴我們他名字的縮寫字母呢！」

「啊！我今晚要睡不著了！」

微笑環視著這難以消停的氣氛，變得沉重起來。

雖然遲早會公開，但不是現在，也不應該是在這裡，以這種方式傳出去。更重要的是，她更不希望這件事帶上緋聞的色彩，讓英俊淪為酒桌上下酒的話題。

「雖然我不知道為什麼需要給大家解釋，但我還是解釋一下。我確實是有男朋友了。但是，是很久以前就認識的人，並不像各位想像的那樣驚天動地。」

「啊，夠了！所以說，對方到底是誰啊！」

一個新入職的男員工大聲喊道，微笑盈盈地笑著反駁道：

「哎喲，新員工真是霸氣十足啊。那霸氣可不是讓你用在這種事情上的。很抱歉破壞了大家聚餐的氣氛，但我們又不是在玩真心話大冒險，這樣逼問也太不禮貌了吧？我覺得，不僅僅是今天這種場合，不管是在哪裡，如果對方為難的話，退一步體諒一下對方，也是職場生活中必備的一種技巧。」

噢，果然，待在李英俊身邊九年，身經百戰的祕書就是不一樣。燦爛的笑臉，再加上輕聲細語直擊要害的語氣，那令人發瘋的說服力，讓大家覺得就算是好奇得要死，也要咬緊牙關忍著。大家像是著了魔似的，只能閉上了嘴巴。

微笑沉著地掌控住局面，又露出媽媽般的笑容，從容地接著說道：

「反正發喜帖的時候，大家就知道了，幹嘛那麼著急呢？這段時間，我們就暫時把它當作我們之間的祕密吧。這樣不是更有趣嗎？唉，都知道了就沒意思了嘛。」

如果是平時，男員工們肯定會惡作劇似的繼續死命追問，但他們點頭接受了。

「聽您這麼一說，確實是呢。」

哈哈，呵呵，其樂融融的氣氛之中，微笑生怕曝光，心如鼓擂。她平復著自己的小心臟，高高地舉起酒杯，努力地帶動氣氛。

「來，借此機會，我們來個『波浪舞』吧！噢噢！乾杯！」

但是，微笑想要把大家對自己的關注，送到滾滾波浪的另一邊的計畫，徹底成了泡影。因為，波浪還沒召喚起來，滔天的海嘯就鋪天蓋地席捲而來。

轉瞬間，椅子拖地的嘈雜聲便響了起來，只見三十餘名圍桌而坐的唯一集團的員工們，全部騰地起立，朝著一個方向，畢恭畢敬地行了個九十度的鞠躬禮。

能讓喝醉之後趴在桌子上的某科長都像吃了章魚的牛一樣立馬站起來的人，不用回頭看也知道是誰。

「那個，您光臨這簡陋的地方有何貴幹呢？副會長。」

「我來找人。」

「找人？」

「我有話要馬上和金祕書說。」

坐在這裡的很多員工，只是在電視或者雜誌上見過他的照片，也有很多人是第一次見到副會長本人。

他環視著那些在緊張之餘不約而同站起來的職員們，語調平穩地說道：

「我要帶我的女人走，誰有異議嗎？」

聽到「我的女人」這話，整個餐桌上的氛圍如被冷水澆過一樣，鴉雀無聲。店裡其他客人聽到這突如其來的騷動，也紛紛轉過頭來看發生了什麼事，聽到這話大家也都紋絲不動。寬敞的空間裡，響起了雄壯的頌歌。千萬不要響，不要響。

咚！咚！咚！

在音樂聲裡，好像從哪裡傳來了搗臼的聲音。原來，李英俊口中的「我的女人」正隨著音樂的節奏歎著氣，用額頭磕著桌子。

「您這人怎麼這樣啊？」

「我還想說妳呢。」

「為了不讓大家知道我們的事情，您知道我有多辛苦嗎？可是，副會長您讓我的努力一下子變成了泡影。而且，您這是給宣傳組職員們增加了多少的負擔啊！」

「我希望他們知道，我為了找到微笑有多麼的努力。」

從聚餐的地方到微笑所在的地方，道路非常擁擠，英俊隨便找了個停車場將車放下，沿著路跑了十五分鐘才到了那裡。寒冷的天氣裡，一個身著晚禮服，戴著領結的男人，連外套都沒穿，就這樣在人潮擁擠的路上奔跑著。光是想像一下這個畫面，就讓人匪夷所思。

「而且，這事傳出去，至少在公司裡再也沒有人敢覬覦妳了。」

「到底誰會覬覦我啊？根本就沒有這樣的人！」

聽到自己尖尖的聲音在單身公寓的走廊裡迴蕩，微笑降低了分貝，邊上樓梯，邊嘟囔道：

「您怎麼改頭換面變成這種莽莽撞撞的角色了？這一點也不像您。」

「現在要討論的不是我的角色問題，而是妳的態度問題。妳沒覺得妳現在變了很多嗎？」

「我嗎？」

「這裡除了妳，還會有誰啊？」

從停車場找到車，開車回家的路上，英俊和微笑在車裡一句話都沒說。到了這會兒，兩個人打開了話匣子，從單身公寓入口直到爬上三層樓梯，他們之前沒說的話像開了閘的水一樣說個沒完。

微笑看到英俊瞪著她，沒有繼續回答，而是歎了口氣，向他道歉道：

「啊，是，是，我錯了。我那樣突然跟您斷了聯繫，實在抱歉。又不是什麼小孩子，真沒想到您會二話不說地追過去發表那些『爆炸性言論』。」

「妳是在道歉，還是挑釁啊？調整一下妳的態度。」

微笑一下子挺起肩膀，明快地回答道：

「我在跟您道歉。」

英俊沒再說話。

微笑打開門走進去，然後靜靜地抬起頭來看了看他，並沒有讓他進來的意思。

「可能是好久沒喝過酒的緣故，我有點累了。我想要睡覺了，副會長您也早回去休息吧。」

「既然說到這了，我倆好好談談吧。」

「不行。我現在有非常著急的事情。」

「什麼事情這麼急啊？」

「這都怪副會長您。呃。」

微笑回來的路上想了一下，雖然這事突然公布出來是件需要苦惱的事，但是還有一件更為迫切需要解決的事情。

剛剛英俊很自然地摟著微笑的腰從聚餐場合出來，看到人們紛紛拿出手機拍照錄影時，他光明正大地擺了個 V 字手勢。一想到有人用不了多久就會把他們人肉搜索出來，曝光他們各方面的資訊，微笑心裡就焦急萬分。

「一下下就行。」

英俊為了不讓門關上，將皮鞋一下子伸了進來。

微笑想起了很久之前自己用過但尚未註銷的 Yworld 迷你網站。之前，她為了將從英俊那裡收到的名牌禮物換成現金，在二手產品網站上上傳了很多網拍的文字。還有就是在入口網站的知識搜索服務一欄裡，她曾經提過一些荒誕的問題——「歌詞是，叮咚咚咚叮噹！叮咚咚咚叮噹！請問誰知道這首歌的名字。」她趕緊回想了一下，這些內容自己到底是刪了還是沒刪。

出大事了。微笑現在的記憶有些模糊。她需要盡快地將這些痕跡抹掉，將所有的「.com」和「.net」的註冊資訊登出掉，可這人今天偏偏這麼沒完沒了的。

微笑低頭看看英俊光滑的皮鞋，它已經侵佔了門的一半位置。她歎了口氣，一下子打開門，將他迎進來。

「真的就一會兒。」

素雅的空間裡，彌漫著微笑香水的味道。

隔著一張雙人用餐桌，他坐在了她的對面，抿了一口咖啡，重新考慮了一下侑植的建議後，開口說道：

「我提前跟妳說一聲，我現在心情很放鬆，也控制得很好。」

「啊？」

微笑一臉驚慌，英俊乾咳了一下，轉移了話題。

「我突然跑過去說那些，妳肯定很吃驚吧。對於這一點，我感到很抱歉。」

「您現在是在道歉嗎？」

「是的。」

「那我就大人有大量接受您的道歉。」

微笑悄悄瞟了一眼英俊，她心平氣和地將在聚餐時她思考了很久的問題向英俊問道：

「您是不是覺得不公平啊？」

微笑用手指按了按溫暖的馬克杯把手，用平靜的語氣繼續說道：

「因為我沒有明確說以後會只愛副會長您……所以您內心不安對吧？所以您想緊緊地把我抓在手裡對嗎？」

聽到微笑的話，英俊像被重擊了一下，好長一段時間裡他都一副茫然的表情。然後他露出整齊的牙齒，嘻嘻地笑了。英俊就像是看到這尷尬的氣氛怔了一下之後，現在才醒過來一樣。

「啊，看來微笑沒有上當啊。」

連自己都無法理解自己，為此一直暗暗搖頭的英俊，最終還是恢復到了平常的樣子，直勾勾地看著微笑的眼睛，問道：

「現在微笑妳這麼問我，是讓我確定妳的心意嗎？」

「您這是什麼話啊？事實上，一想到您認為我不是那種能讓您安心的人，我就感到很傷心。」

英俊稍微苦惱猶豫了一下，艱難地回答道：

「不是那樣的。不管怎麼說，我……可能是做得不夠好。」

「哦……哇啊，哇啊啊啊……」

這可不是別人，是李英俊啊，他竟然從自己嘴裡說出自己做得不夠好。看到這令人難以置信的場面，微笑像傻瓜一樣張大嘴。

英俊一下子臉紅了，臉上表情有些苦澀，但始終沒有收回剛剛這句話。反而，他開始講一些其他的事情，不知道這段時間裡他是不是一直將這件事情藏在心裡。

「這些事看起來就像詛咒一樣。」

「什麼啊？」

「那天，就是那個害怕得讓人發瘋的時候，當時我就想不是只有我一個人，所以沒事的……微笑啊，微笑啊，我就這樣一直叫。不知道妳的名字是不是在那時就已經深深地刻進了我的心裡。所以我拒絕了其他所有的女人，覺得只有微笑是可以陪在我身邊的人。」

英俊像是回到了過去，他抬頭放空，淡淡地一笑。

微笑看著英俊，眼神裡滿是憐惜，她伸出手放在他的手背上。

「您不怨恨那個女人嗎？」

「這個啊，不知道這樣說會不會很奇怪，但那天我和微笑一起從那個屋裡出來，再回頭往裡看的時候，比起怨恨……我在想，如果我能再長大一點，也許就能阻止那個女人死去的。所以，我就是覺得很惋惜，一點也不怨恨。再說，她已經死了。」

「那您不會怨恨命運嗎，為什麼會讓您經歷這樣的事情？」

「嗯，如果說一點也不怨恨肯定是假的，不過……」

英俊稍微停頓了一下，低聲言語道：

「我覺得，男人和女人見個面談個戀愛並不是很難的事情。不過，命運卻完全不同。如果經歷那件事是為了讓我遇到微笑，如果有人問我是否願意重新回到過去，再經歷一次那樣的事情，從而遇到微笑的話……」

英俊將手抽出來，緊緊地抓住微笑那握著他手背的手，決然地說道：

「我肯定會那樣做的。為了見到妳，不管是經歷一次，一百次，一千次，即便是瘋掉了，我也絕不會後悔。」

「副會長……」

「我一直想跟妳說這些話。」

感受著手背傳來的溫度，微笑含著熱淚，笑嘻嘻地說道：

「副會長是我見過的最聰明的傻瓜。有哪個女人會對您這樣的男人不理不睬，反而去看別的男人呢？」

「是嗎？」

「我也是只愛副會長一個人的女人。所以，請您不要再扮演這種緊迫盯人的角色了。這真的和您一點也不搭。」

兩個人凝望著對方，彼此嘿嘿地笑著，不約而同地從座位上起身，隔著兩杯涼掉的咖啡，深深地吻上了對方的唇。

不知道是不是光抬起手臂摟著脖頸不夠盡興，兩個人繞過小桌子緊摟著對方的身體，瞬間如膠似漆地糾纏在一起。

英俊火熱的嘴唇和舌頭離開微笑的嘴唇，慢慢向下而去。微笑突然渾身如麻痹一般，一動也動不了。

「嗯。」

「就像你剛才說的。」

英俊不再說話，深深地舔吻著微笑的脖頸，一把摟過她的纖腰，讓她緊緊地貼在自己身上，低下頭，深情忘我地吻著她鎖骨間的頸窩。

「我現在控制得很好，心情也很放鬆。妳要知道，我絕對不會性急地去逼妳做什麼。」

「啊……啊？」

感覺全身都要飄起來的微笑雙眼迷離地睜開眼，轉過頭來看著英俊。

不過，並不是因為她感覺良好而飄起來，而是她真的飄起來了。不知怎麼地，他兩個手臂抱起她，就像抱著一個行李一樣，正朝著窄窄的單人床走去。

「啊？等一下！您現在可不是控制得很好吧？您太性急了。心急是吃不了熱豆腐的……」

「人家都喜歡這樣，妳還猶豫什麼啊。妳就是個老古板。」

「啊，一點意思也沒有。別跟我開玩笑！不行！我還沒有做好心理準備……啊！」

微笑被扔到床上，就像咬了一口後被隨便扔到餐盤的鯽魚餅那樣，滿臉邪笑的英俊解開領結，向她襲來。

「這段時間，妳不斷消磨我對妳的心思，從現在開始，我要把這些折磨都埋藏在妳的身體裡。」

最終手握刀柄的人，永遠都是人生強勢的一方。

27 戀人

微笑雙眼迷離仰視著他，跟他告白。這時的她比任何時候都要美麗。

李英俊對含糊不清的狀態、混沌、混亂等不甚明朗的事物都深惡痛絕。由於他這樣的性格，他的周邊需要時刻保持整潔，他本人是每時每刻都保持著完美的狀態。

不過，現在這一刻除外。

「啊，不……行，不……行啊……那裡……求你了……呃嗯。」

「我聽不懂。」

「我說……不行……哈啊啊！」

「行，還是不行，妳說清楚。」

「不行……」

「那到此為止吧？」

「啊，不行！那也不行……」

「到底要怎樣啊。」

漆黑的夜裡，在沒脫之前曾是一絲褶皺也沒有、光滑筆挺的高級男性羊絨晚禮服，和黑色的女性兩件式套裝混在一起，雜亂無章地散放在地上。單人床和牆壁的空隙裡，潔白的襯衣和領結與粉紅色女性內衣組亂糟糟地堆在一起。這場景，和「乾淨俐落」這個詞可是差了十萬八千里。

「別這樣，求您別這樣，拜託了……」

「妳嘴上說不要，但身體卻很誠實嘛。把手放開。」

「不行！一放手您不是會做出更過分的事嘛！」

「微笑，妳這麼聰明，有時候還怪可怕的呢。」

「我知道了，您現在……」

「那這個怎麼樣？」

「哈啊！我的媽呀！」

「這種情況下就別喊『媽』了，喊我的名字吧。」

英俊輕輕傾著上身，悠然地端詳著微笑的臉龐，完全沒有了素日裡端正的模樣。他那敏睿的目光不知怎麼地，像喝醉了一樣漸漸迷離起來，明朗的眼眉也逐漸模糊，嘴裡時不時蹦出幾句充滿魅力的話語。他的嘴唇浸染著的唾液散發著性感的光芒。這模樣和「完美」可是相差甚遠。

微笑靜靜地凝視著英俊的眼睛，如歎氣般嘟囔道：

「這太……奇怪了。」

「什麼。」

「就現在這樣。」

英俊嘻嘻一笑，輕輕吻上微笑的嘴巴。他熟練地輕咬著她的下嘴唇，傾起身子嘟囔道：

「是啊，在這九年裡，我們天天都在一起，妳什麼都不穿的樣子，我還是第一次見呢。」

「您別這麼光明正大地看啊。」

她似乎有些害羞，捂著臉轉過去背對著他。他的眼睛貪婪地上下打量著微笑的背影，繼續說道：

「我覺得，幸虧有『衣服』這個東西。」

聽到這話，微笑有些惱怒，她放開捂著臉的手，「嗖」地一下轉過身來看著他。

「您說什麼？」

「我說，幸虧有衣服的存在，才能遮住微笑的身材，這真是太幸運了。」

「哦，天啊！您這說什麼呢？您知道我為了保持這個身材，付出了多少心血嗎？」

微笑乾脆一下子坐起來強烈抗議，她那豐滿堅挺的雙峰在黑暗中輕輕地蕩漾。

「沒錯。如果沒有衣服，那這麼漂亮的東西不就被別的傢伙看到了嗎？」

「哦……」

微笑驚慌失色，臉龐一下子變得通紅，兩個胳膊交叉抱在胸前，將身體再次扭轉過去，數落他說：

「天，天啊，真是太肉麻了。」

英俊從後面緊緊地抱住微笑的身體，將嘴唇輕輕地貼在她的耳廓邊，低語道：

「如我所願啊。」

「不光讓妳肉麻，我還想讓妳從頭到腳都起雞皮疙瘩。」

他們之間沒有隔任何東西，緊緊地貼在一起。她後背和他胸部的體溫不約而同地火熱起來。

英俊沿著微笑的耳廓親吻著，就像在勾勒圖畫一樣。他輕聲低語道：

「妳希望我怎麼做？」

「啊……不行！那裡不行！」

大驚失色的微笑扭動著身體，想從他的懷抱裡逃出來。但英俊用兩條手臂和自己的膝蓋將她捆在自己身上，深深地吻著她的脖頸。

隨著他的嘴唇和舌頭的遊走，碰觸到的部位傳來濕潤柔和的感覺，讓微笑漸漸地沉淪。

「妳和我一起走過這麼多年，你應該知道的。不管什麼事情，我最討厭的，就是毫無章法，左顧右盼，最後把事情給搞砸。現在，我們這輩子裡這麼重要的初體驗更是如此。」

微笑不知道英俊在說什麼，一句話也沒說，只是深深地喘著氣。很長一段時間後，英俊艱難地繼續說道：

「幫幫我。」

「啊……」

「我要怎樣做，微笑妳才能喜歡。我們兩個人之間，只有微笑妳才能知道這些。所以，我希望妳的反應能誠實一些，不要因為太害羞而只知道閃躲。」

微笑一時不知怎麼回答，似是而非地低語呢喃道：

「還是……很奇怪。」

「又怎麼了。」

「我說副會長您這樣很奇怪。您不是一直天下之大唯我獨尊的嗎？但是，您突然這樣……」

微笑驀地又想起了什麼，連忙閉上了嘴。其實這麼看來，副會長也並不是突然才這樣，也並不是很奇怪。

從九年前到現在，一直以來默默忍讓又關心她的人不正是李英俊嗎？

微笑不再說話，輕輕地撫摸著英俊的手臂，撫摸著這個獨自一人默默地守護著身邊人火熱結實的手臂。

「即便是奇怪，也要忍一下。要不這樣，在床上的時候，妳就把自己當作是我的上司。」

聽到英俊低沉的話，微笑鼻頭一酸，眼圈發熱，熱情迸發開來，再也抑制不住了。

「我愛你。」

微笑雙眼迷離仰視著他，跟他告白。這時的她比任何時候都要美麗。她的模樣，讓他胸中的烈火燃燒得更加猛烈。

「我也愛妳。」

＊＊＊

英俊從黑暗中睜開眼，撐起那像被人打散架一樣的到處痠痛的身體，環視著周圍。

「呃。」

這是哪裡啊？

他還以為，這裡是因為書房要擴建施工而暫時住著的酒店房間，他感覺有些陌生。但事實並不是這樣。

在桌上的小夜燈照耀下，標有「唯一集團夏季研修會」的座鐘指向了凌晨五點。

一張比英俊小時候用過的還要狹窄的床，粉紅色的被子，被踩扁的大熊玩偶。英俊環視了一周，才想到了這是什麼地方。他也想起了昨晚是怎麼度過的。

微笑身上隱隱散發出的身體乳霜的香味，包裹著英俊的身體。

昨晚，兩個人在進行了充分的「預習」，又經過酣暢淋漓的「正式上課」，還有扎實充分的「複習」之後，時間不知不覺已經過了半夜，到了凌晨。

微笑已經起床，正在洗漱，浴室的木質門後隱約傳來細微的水聲。

「果然還是那麼勤勞啊。」

他費力地抬起像吸了水的海綿一樣鬆軟的身體，伸了一個大大的懶腰。他那渾身的骨頭關節恢復到原來的位置，發出吱嘎吱嘎的聲響。

從床上起來後，英俊將微笑撿起來放在椅子上的晚禮服褲子胡亂穿在身上，打開燈，徑直走向房間一角的冰箱，打開門。他餓得快撐不住了。映入他眼簾的，是一杯優酪乳。

就在他津津有味地喝完整杯優酪乳時，浴室門開了，穿著舒適的微笑用毛巾擦著頭髮走了出來。

「哦！那個！」

跨過門檻，她看了看英俊，又看了看他手裡拿著的優酪乳，目瞪口呆地結巴道：

「抱歉，就只有這一個了，我太餓了，就全吃掉了。」

「不是，不是因為這個，這個優酪乳是我留著做面膜的……」

優酪乳已經過期三天了。微笑沒有這樣說，而是笑嘻嘻地擺擺手說：

「沒事，沒事，哈哈哈。」

沒事的。我的皮膚就算了，這優酪乳倒是會讓副會長的腸胃變得更堅強吧，或許吧。

「睡得好嗎？」

英俊大步地走過來，輕輕地親了一下微笑的臉頰，徑直走向書桌，坐在椅子上，打開了筆記型電腦的電源。每天早上開始工作之前，先喝杯茶，看一下新聞，這是他多年來的習慣。

「要給您泡喝杯茶嗎？」

「不用了，沒事。沒時間了，妳先收拾一下準備上班吧。」

「需要現在給您彙報一下今天的行程嗎？」

「妳先把頭髮吹乾吧，別感冒了。」

「那我一會化妝的時候給您彙報。」

「可以。」

「啊，對了。昨天我收到一個電話，因為您下班了，所以我沒有事先跟您講。大湖集團的姜會長那邊突然間變更了行程，所以不能參加下週的聚會了。」

「啊，這個大叔又爽約真讓人為難，這已經是第幾次了。」

「要把行程延期一下嗎？要不就乾脆取消……」

兩個人隨意地聊著業務工作，突然，微笑吞吞吐吐，倏地大笑起來。

「怎麼了？」

「沒事，噗哈哈，就是突然間覺得太好笑了。」

他回頭看了看捧腹大笑的微笑，然後慢半拍似的也大笑起來。

「雖然是發生了很大的事情，」

「但什麼也沒有變化啊。」

兩個人你一言我一語，接著不約而同地伸手摟住對方的脖子，深深地吻住對方。

「妳以後還會繼續工作吧？」

「除了我，又有誰能做這些事情啊？」

「那倒是。」

英俊笑了笑，重新將頭轉向筆記型電腦的畫面。就在這時，用於工作的手機在桌上開始震動起來。

「需要我來接嗎？」

「不用，電話我來接，妳去幫我熨燙一下衣服吧。」

因為英俊需要到處跑，而且不知道什麼時候就會有什麼事，因此他的辦公室和車裡都時常備著衣服。微笑用手輕輕地按住英俊裸露的肩膀，和藹親切地說道：

「您就穿成這樣去找車嗎？把頭髮吹乾後，我會去拿衣服，然後把您衣服熨燙得整整齊齊的，您就別擔心了，安心做您的事情吧。」

「謝謝。」

英俊溫柔地笑了笑，打開網站的主頁面，接起了電話。

「您是哪位？」

「洪常務啊，你可真是正好趕著起床時間打來電話啊。」

「啊……那麼說來……」

微笑一聽到「洪常務」的名字，突然想起一件被忘得乾乾淨淨的事情。她手裡的動作一下子頓住了，直直地凝視著電腦的主頁面。

——副會長！這麼早給您打電話真是抱歉！出大事了！

「我知道。」

——啊，啊！您為什麼要這樣做啊！啊！

「啊，啊！就是說呢，副會長，您為什麼這麼做啊！」

現在這個時候，想哭的並不只是宣傳室長。微笑將英俊手裡的滑鼠奪過來，焦急憂慮地點擊著頁面。

﹁唯一集團副會長李英俊令人震驚的『一夜情』，這其中的內幕是？﹂

加粗黑體的醒目的新聞標題下面，赫然在目的是李英俊的照片，在Brauhaus那巨大的聖誕樹背景下，李英俊摟著滿臉緋紅的微笑的肩膀，自信滿滿地擺著V字手勢。

果不其然，圖片下面的帖子可謂洋洋灑灑，蔚為大觀。

﹁真的嗎？真是中了大樂透了。﹂

﹁金微笑畢業於正尚女子高中，在李英俊手下作為專屬祕書工作了九年，身世全被曝光。﹂

﹁這是我高中同學，我說的絕對不是假話，她真的很漂亮，而且上學的時候每次都得全校第一。高考排在前幾名，但家裡一下子敗落了，真是太悲慘了。﹂

﹁雙眼皮百分百是拉出來的，鼻梁、下巴削了，胸也是隆的。﹂

﹁長得這麼狐媚，肯定有不少男人追吧。不過，這個男人可是唯一集團的繼承人。樂透不是誰都能中的，這也太棒了吧。﹂

﹁真讓人大吃一驚，不過這也太恐怖了。李英俊可是我的人！﹂

﹁大家快去Yworld迷你網站看看吧，真是太誇張了。我也是剛剛從她的Yworld『觀光勝地』回來。﹂

「呃啊啊啊！」

微笑哭號著粗魯地將英俊從椅子上推開，發瘋般登錄 Yworld 網站，但由於很長時間沒有登錄了，她連用戶名也想不起來了。

「啊啊！怎麼辦？我要怎麼做才好！您別光在這看，快幫我想想怎麼辦啊！」

看到微笑大為惱火，英俊哧哧地笑了笑，拿起電話，用平靜的語氣命令道：

「跟媒體聯繫，讓他們不要進行報導。另外，馬上將金祕書的 Yworld 迷你網站的帳戶進行匿名處理。我馬上就到公司。」

英俊掛掉電話，拍了拍趴在筆記型電腦鍵盤上正絕望不已的微笑的肩膀，說了一句話。這話讓微笑火冒三丈。

「哦，怪不得妳的胸這麼好看啊，什麼時候動的手術啊？」

「我從高中畢業起，每天累得像狗一樣工作，連休假都沒有，我哪來的時間去做手術啊？」

微笑將各種火氣一股腦兒發洩出來。可能是吵醒了隔壁鄰居熟睡的女人，只聽到她在咚咚地敲著牆發著火。

微笑的心情很糟糕，哭喪著臉，猛地坐到椅子上，用兩隻手捂住了臉。這時，英俊的電話又響了起來。那是一個收到簡訊的提示音。

見英俊確認完簡訊一言不發，微笑頭也沒抬，長歎道：

「誰啊？」

「我爸。」

「會長說什麼了？」
「讓我順道去趟微笑家，把網路剪斷。」
天啊，會長也太暖心了吧。不過已經是潑出去的水，難收回嘍。
「然後呢？」
「讓我立刻帶回家來。」
「帶誰？」
「還能是誰啊。明知故問嗎？」
「那個，副會長。」
「嗯。」
「以副會長您的性格來看，昨天在大家面前那麼做，一定已經想好了退路吧？事先計畫好了怎麼收殘局才那麼做的吧？對吧？」
「抱歉，我沒那時間。」
微笑怔怔地看著地板，良久笑盈盈地抬起頭認真地問道：
「我怎麼想都覺得不太對。我，不如就乾脆寫份辭職信吧？」
英俊也和微笑一樣盈盈地笑著，斬釘截鐵地說：
「妳乾脆寫寫看。我會讓妳見識到什麼是這世上最糟糕的出洋相。」

＊＊＊

英俊和父親李會長一起在書房談話，討論對策。微笑和崔女士則在客廳喝茶。

「夫人。我……」

喝完茶已經過去了十分鐘了，崔女士還是緊緊抓著微笑的手不肯放開。

「又來了，什麼夫人，現在應該叫媽媽了。」

崔女士一臉嚴肅地指出問題，馬上又一臉悲壯地補充道：

「我再說一遍，微笑妳什麼都不用擔心。會長和英俊會看著處理的，妳只要安安靜靜地待著就行，什麼都不用做。知道了嗎？哎呦，可嚇壞我們心軟的微笑了。英俊怎麼會做出這種事來呀。」

微笑看著像哄小孩子一樣安慰自己的崔女士，尷尬地笑了笑。

其實，微笑的確因為那些惡意評論而感到不開心，但也沒什麼好擔心的，因為她堅定地相信，英俊無論如何都會收拾好殘局，就算是為了他自己。

她唯一擔心的是家庭條件太過懸殊，會讓英俊父母為難。但是他們好像自始至終都完全不在意這些問題。

「微笑，妳問過父親什麼時候能見面了嗎？」

「他說因為公演延期，所以要到一月初才可以。」

「好，那妳盡可能也配合一下兩個姐姐的時間，準備相見禮吧。」

「謝謝您的諒解。」

「天啊，都讓妳別這麼說了。雖然我應經說過很多遍了，但是我還得再說一遍，嫁妝這種東西妳不要有任何負擔。我們會看著辦的，微笑只要人來了就可以了。知道了嗎？」

「謝謝您。」

「謝什麼謝……」

崔女士一時說不出話來，紅了眼眶，更加用力地握住了微笑的手。

「我們才應該謝謝妳。」

作為父母和家人，非但沒能庇護那些深深的傷痛，反而一味地加重了英俊心裡的包袱，而完完全全地守護了英俊那些痛苦過往的人不是別人，正是微笑。這種感謝又該如何用語言來表達呢？

在這之後崔女士輕輕拍著微笑的手，反覆說了許多次感謝。

「夫人，會長在找您。」

聽到傭人轉達的話，崔女士請求微笑諒解，暫時起身離開。

獨自留在客廳裡的微笑一邊小口喝著杯子裡剩下的咖啡，一邊環顧客廳四周，打發著時間，突然發現了不知什麼時候進來的成延，嚇了一大跳。

「天啊，成……。」

無論是叫他「成延哥哥」，還是叫「大伯」都有些尷尬。

見微笑笑嘻嘻地支支吾吾含糊其辭，成延咧嘴一笑，走過來，一屁股坐到對面的沙發上。

成延近來消瘦了許多，狀態倒是比以前平穩了一些。或許是談話治療的效果吧。聽英俊說，他接受了所有的事實，並已經開始進行治療。

「婚禮舉辦之前，我們就隨意稱呼彼此吧。可以吧？」

聞言，微笑笑著點點頭。

「好。」

「英俊對妳好嗎？」

「還是那樣。」

「是對妳好啊，還是對你不好啊？」

「一言難盡啊。」

見微笑耍起了貧嘴，成延爆笑出聲，而後靜靜地看著她說：

「正式求婚了嗎？」

「還沒有。耶誕節休假期間可能會吧……」

「耶誕節？英俊這小子，沒想到還挺浪漫啊。」

「是嗎？這話我可不同意。」

「為什麼？」

「因為求婚過程被他劇透了。所有的期待和幻想全都破滅了。」

成延興致勃勃地看著她反問道：

「哦，因為知道了結果，過程就會變得無聊嗎？我不這麼認為呢。」

「啊？」

「我的小說都是大團圓結局。可是，就算大家都知道這個事實，還是會捏著一把汗、激動萬分地看個通宵嘛！」

「啊……」

「我覺得跟這個是一樣的。」

成延語氣平和的一番話多少令微笑有些驚訝。

那種莫名不安而浮躁的模樣悄然不見。是所有的一切現在都找到了它原來的位置嗎？

「什麼時候出國？」

「相見禮結束之後就走。」

「您說過要待在尼斯對吧？」

「啊，我暫時不想回法國。現在想試著來一場真正的旅行。」

「真正的旅行？」

「沒錯。我想，我現在應該可以四處旅行，直到筋疲力盡為止，然後再重新回到自己的位置了。」

「好想法。」

「儘管我有過一段虛假的記憶，生活在那樣的記憶裡也讓我覺得非常痛苦。當然，比起我，英俊才是真正活在地獄裡的那一個。」

微笑什麼話也沒有說，只是低頭看著茶杯。

「我很感激，也愧疚到要死……但是我完全不知道應該怎麼做。所以，與其現在擅自得出結論，倒不如先讓自己的內心得到真正的釋放。這才是向英俊和父母贖罪的途徑。」

說完，成延表情苦澀地聳了聳肩。

「我這種混蛋，自始至終都這麼自私，對吧？」

「才不是。就算您不說，副會長也會這麼認為的。」
聽了微笑的話，成延微微一笑。
「那您要去哪裡呢？」
「妳知道嗎？無尾熊一天要睡二十個小時呢。厲害吧？」
「我知道，不過我覺得也沒有多厲害的樣子……」
「是嗎？我覺得特別神奇。」
「您要去澳大利亞嗎？」
「其實我正在構思《老故事》的後續作品。」
「看來要以澳大利亞為背景啊。」
「嗯。故事講述了一個女人以祕書身分輔佐一個男人多年之後，突然離開男人去了澳大利亞的無尾熊農場。不明緣由被獨自留下的男人後知後覺懂了愛情，踏上了追愛之旅。」
一直以來，墨菲斯作家的作品都以突破固有格局的素材和情節展開而聞名遐邇，這回的作品卻不同於以往任何一部作品，故事情節甚至讓人覺得多少有些陳腐老套。
哦不，且不說故事情節，為什麼偏偏是無尾熊農場呢？沒頭沒腦的。
見微笑露出微妙神色，成延笑著問道：
「覺得沒意思嗎？」
「啊，沒有。」
「我剛才說了，慢慢展開的過程才是最重要的。」

「是啊，肯定會是一部非常優秀的作品。如果出版了，請您送我一本簽名版。」
「好。我會在封皮上寫下『堂山洞冰雪公主，祝妳幸福！』幾個大字的。」
微笑紅著臉笑了起來。成延呆呆地望著她的臉，認真地補充道：
「小說主角是以妳和英俊為原型的，沒關係吧？」
「天啊，當然沒關係了。這是我的榮幸啊！」
微笑兩眼閃爍著光芒，一副非常感興趣的樣子。成延似乎從這反應中得到了力量，接著說道：
「其實書名都想好了。」
「是什麼？」
「金祕書為何那樣？」
「什……什麼？」
「金祕書為何那樣？」
剛才還一臉期待的表情瞬間扭作一團。
「怎麼了？不覺得挺不錯的嗎？帶著一種另有隱情的色彩。」
「不覺得……」
「為什麼？奇怪嗎？」
「怎麼說呢，其實……」
「其實？」
笑盈盈，笑盈盈，一直笑個不停的微笑斷然道：

「非常無厘頭。」

那天晚上下班的路上，微笑和英俊沒有去他下榻的酒店，轉而去了他的公寓。有份重要的文件放在了書房裡。

書架上的書已經全部分好類搬到客廳並套上了封皮，找起來並不是非常困難。但是，他們到達的瞬間立刻發覺事情並沒有想像中的那麼容易。因為公寓擴建的同時，還要更換所有燈具，整個家裡完全沉浸在一片黑暗中，暖氣也已經停了很久，到處縈繞著從大理石地面上升起的寒氣。

微笑穿著高跟鞋走進客廳，看到這番淒涼的景象不由自主地打了個寒顫。

「冷嗎？」

「嗯，您不冷嗎？」

「我也冷。」

「我仔細想了想，與其這樣摸黑費力地翻找，倒不如明天白天派個人過來找，您覺得呢？」

「這麼快放棄？」

微笑笑盈盈地大喊一聲：「好！」英俊噗哧笑了出來，從容地走向沙發。

「忙了一整天，累了吧？」

換作往常，微笑不管多累都會回答「還好」，但是今天卻不一樣。

「啊啊，太累了。」

凌晨開始就被眾人苦苦糾纏，馬不停蹄地四處奔波過後，才好不容易提早平息了緋聞，最後終於在傍晚時分通過宣傳室正式發布了關於「唯一集團有力繼承人李英俊和首席祕書金微笑將於明年結婚」的消息。

「再也不想經歷這種事情了。」

「對不起。」

儘管英俊道了歉，微笑卻還是一副氣不過的樣子，斜眼看著他，什麼話都沒有說。

英俊哧哧地笑了起來。為了避免坐到灰塵，他掀開罩在沙發上的套子之後，一屁股坐下來，望著微笑道：

「過來。」

微笑走過來跨坐在英俊的大腿上，伸出手臂摟住了他的頭。

英俊將臉埋在微笑的頸窩裡，深深地吸氣呼氣，如此反覆幾次之後，用沙啞了一半的嗓音呢喃道：

「這樣抱著，溫暖得好像快要融化了一樣，不是嗎？」

「所以呢？」

「彼此擁有著相同的體溫，這是為什麼呢？」

「是不是因為副會長的體溫稍微低了那麼一點？還是我的體溫稍微高了一點呢？」

「我不接受。不管是體溫還是什麼，我怎麼可能不如妳呢，這是不可能的事。」

「那是當然。您說得都對，我說的這叫什麼……」

微笑噘著嘴叨唸起來，英俊哧笑著輕輕咬住了她的耳垂。小小耳環擦碰到英俊的牙齒，發出無比誘惑的聲響。

在毫無防備的狀態下被人咬住了耳垂，微笑隨即閉起了嘴巴，身體瑟瑟發抖起來。她的呼吸變得急促而深長。薄薄罩衫下的雙峰脹鼓鼓地挺了起來。

「這樣……體溫會不會升高一些呢？」

英俊調皮地捉弄道。他的嘴唇調轉方向，找尋到微笑的唇。

一個長長的深吻之後，英俊的嘴唇滑過她的下巴，順勢而下來到她的脖頸。像蝸牛一邊爬行一邊留下痕跡一樣，英俊一點一點用他的唇和舌頭向下探索著。微笑的雙唇經過英俊深深的一吻後，微微腫了起來，她張開嘴唇，吐出炙熱的氣息。升高的似乎不只是英俊的體溫，白色的霧氣在黑暗中飛舞。

「我活到現在，怎麼能連這個都不知道呢？」

「深表同感。」

英俊溫柔地把微笑放在沙發上躺下，急不可耐地解開領帶後，又開始解起襯衫鈕釦。

逼人的寒氣讓人渾身直起雞皮疙瘩，但是兩個人卻渾然不覺，只顧著褪去身上的衣服。

慾火焚身的戀人交換著不覺間燃起的炙熱體溫，連日寒流肆虐的天氣絲毫沒有對他們造成任何阻礙。

28 And love goes on

當最後一個音節離開琴弦，在空中彌漫開來，微笑悄悄地睜開眼睛，看著英俊。

十二月二十二日星期六晚上八點。

唯一樂園內的空中旋轉餐廳裡正在舉辦私人派對。餐廳下方盡收眼底的唯一樂園裡，正如火如茶地舉行著迎接耶誕節的燈光慶典。

此次派對邀請的人士，是辛苦了一年的唯一集團的幹部，其中就有李英俊副會長的至交朴侑植及其前妻。侑植的前妻本是拒絕的，她說「都離婚了，還夫妻同行參加什麼派對」。是微笑親自給她打了電話，鄭重地邀請她出席。指示微笑打電話的人是英俊，而拜託英俊這麼做的卻是侑植。聽說侑植把這次耶誕節當成和前妻再復合的「分水嶺」，下定了決心要全力以赴。當然，作為交換，明年侑植會替英俊去國外出差，這也包含在了「全力」之中。

竟然用國外代理出差去換區區一通電話，看得出這實在是很不公平的「交易」，侑植卻全然沒有在意，這足以見得他有多麼迫切了。

產地直送的頂級食材，加上名廚發揮得淋漓盡致的手藝，一場全套晚宴結束之後，緊接著是一場簡單的紅酒酒會。

窗外璀璨的燈光和爵士樂隊的聖誕頌歌把歡快的氣氛帶向高潮，這時，英俊一個手勢喚來了服務生，悄悄耳語，做了什麼指示。

稍後，燈光略微暗了一點，悠揚的布魯斯舞曲流淌開來。

隔了一桌坐著的侑植，像是多領了工錢深受感動的長工，望著英俊豎起了大拇指。英俊面無表情，愣愣地看著他，侑植則滿懷期待，兩頰緋紅。微笑來回地看著兩個人，只能狠狠地掐自己的大腿，才忍住沒笑出來。

侑植和前妻手牽手滑入舞池，跳起了布魯斯。英俊掀起西裝的袖子，瞥了一眼腕錶，輕聲對微笑說道：

「我們走吧。」

「什麼？這麼早？」

「妳想再多待會兒嗎？」

「不是，那倒不是，可是……」

就在微笑剛要開口說「我很好奇朴博士夫婦到底會怎樣」的時候，就聽見侑植的前妻發出一聲慘叫。可能是踩到腳了吧，只見侑植連連低頭向前妻道歉。微笑呆呆地看著，心想：
還是不看的好。從多種意義上來講。
緊接著悄悄離席的英俊和微笑立刻乘全景電梯回到了一樓。
為了享受三天的假期，本以為英俊會立刻出發去別墅的，沒想到英俊沒有直奔停車場，而是往遊樂園的方向移動腳步。微笑眼睛瞪得圓圓的，抬頭看著他。
「時間很充分，我們欣賞一下慶典再走吧。」
「啊……」
英俊低頭瞥見微笑一副難以置信的表情，反問道：
「怎麼了？妳不喜歡？」
「怎麼會呢。但是，您不是討厭人多的地方嗎？」
「當然討厭。」
英俊沒有多做說明，只是緊緊抓著微笑的手，抓得有些痛。
微笑低頭看了看被緊緊抓著的手，沒有再追問什麼，只是盈盈地笑著，纏上他的手臂，邁開步。
「聽說紀念品商店裡，推出了聖誕麋鹿冬季限量套裝。」
「那是什麼？」
「吉祥物牛角髮箍和發光的鼻子。說是情侶套裝呢。」

「那麼丟人，妳想帶著那個到處跑？」
「那又怎樣？也是一種回憶嘛，多好。」
「我可不怎麼想有那樣的回憶。」
「如果什麼都不帶，就這樣露著臉四處走動，可能會引起大家的注意的。」
「那倒是。畢竟我的臉長得確實有點帥。」
「啊，是。當然了。那還用說嘛。」
英俊瞄了一眼滿臉不情願的微笑，咧嘴笑了起來，露出一排整齊的牙齒。儼然一副故意哄逗小孩子的表情，很享受其反應的表情。
形形色色、絢爛的燈光更加烘托了慶典的氣氛，大道上歡鬧的夜間遊行方興未艾。也許是最後一場遊行了吧，人潮全都湧到了大路上，旋轉木馬前面比剛剛更加冷清了些。
微笑吃著棉花糖，靜靜地看著英俊。
「您為什麼突然要來這兒啊？」
英俊恍惚地望著旋轉木馬，剛想要回答這個問題，旋轉木馬出入口的門打開了，等待的人們排成一隊開始往裡走。
英俊鬆開微笑的手，使眼色示意她趕快進去。微笑察覺到他眼眸中的異樣，搖搖頭從隊伍裡出來，退到一邊。
「趕快去坐啊，一會就清場了。」

「都多大了，還要坐這個？我不坐。」
「都多大了……」
盈盈笑著的二十九歲的微笑，鼻頭上麋鹿的鼻子一閃一閃地閃著紅光。和她相視而望的三十三歲的英俊的鼻頭，果然也是一樣。
好一會兒，兩個人相視無語，終於爆發出一陣大笑，幾乎要笑得嗆過去。
「所以我就說不要戴啊。」
「沒關係。因為大家都戴呢。」
「如果別人都死的話，妳還打算跟著一起死嗎？」
「都死了，我一個人留下幹什麼呢？如果您也留下，那就不一定了。」
聽到這句話，英俊用手指擦了擦眼角那也許是因大笑溢出的淚水，反問道：
「微笑，就算世人都死了，只剩我一個，妳也能活下去嗎？」
「那還用說嗎？當然了。」
英俊低頭看著微笑，臉上帶著溫柔的笑容。他將微笑手中的棉花糖撕下一角，放入口中，喃喃低語：
「我也是。」
進入口中的棉花糖只在舌頭上留下甜蜜，便消失得無影無蹤。就像變魔術一樣瞬間消失，都讓人懷疑到底有沒有放入過口中，這突然讓人回想起很久以前的事情。
「這裡……」

「什麼？」

「就是這個位置。」

「什麼？」

愣愣地看著一圈又一圈旋轉著的木馬上看起來非常幸福的人們，英俊喃喃低語：

「我突然很想知道，所以我對比了衛星照片、以前的地籍資料和唯一樂園的設施分布圖。那個房子……就在這個旋轉木馬的位置。」

微笑瞪大了眼睛回頭看著英俊。

他聳了聳肩，看著微笑微微一笑，接著說道：

「我知道這個事實以後，最先想到的是什麼，你知道嗎？」

「不清楚。」

「幸好。真是萬幸……」

四周縱聲播放的風琴聲混雜著人們的喧鬧聲，特別混亂，但英俊卻一臉平靜地繼續說道：

「明知道已經全部推倒了，但我總覺得那個房子好像還留在某處，真的很討厭。」

「現在沒關係了。」

「對。因為，至少沒有人會坐著這個痛苦哭泣。雖然我曾嘲笑它很幼稚，但真是萬幸。」

微笑輕輕地靠著英俊的肩頭，他恍惚地望著那些幸福的人們，輕聲說道：

「我覺得這也應該告訴妳，讓妳也看看，所以才帶妳來了。」

「謝謝。」

英俊沒有說話，只是笑著攬過微笑的肩膀，慢慢地挪動了腳步。
「還有……」
微笑搞不清楚狀況地被英俊拉著走，走過旋轉木馬和長凳，在某個地方停下了腳步。
「這裡是微笑妳的家。」
「天啊。」
微笑望著燈光璀璨的小小噴泉，眼眸裡泛起柔光。
「不是洗手間或鬼屋，也不是野生動物園的熊洞，真是萬幸啊。呵呵呵。」
微笑掩嘴笑著，還開起了不怎麼好笑的玩笑，但她眼角的濕潤，全然被英俊看在眼裡。
「有共同分享的回憶真是一件好事。不論是好的，還是壞的。」
微笑輕輕地伸出手，摟住英俊的腰，抬頭看著他。
「吻我。」
「在這？」
「那又怎樣。反正有發光的鼻子，也認不出是誰。」
「那倒也是。」
英俊沒有一絲猶豫，溫柔地吞噬了微笑的嘴唇。
親吻雖然火熱，但卻沒有持續太久。
這是因為那一對，像聖誕老人雪橇上的轉向燈一樣，一閃一閃，一閃一閃，瘋狂發光的鼻子。

＊＊＊

十二月二十五日下午四點。

李英俊的楊坪別墅。此刻，臥室內熱氣縈繞。

英俊一邊溫柔地撫摸著微笑的頭髮，一邊悠閒地長吁了一口氣，喃喃地說道：

「假期竟然結束了，真空虛啊。」

「那也是好久沒有這樣好好休息了吧？」

「我們假期裡都做了什麼？」

「哦……」

從唯一樂園直奔楊坪，放下行李後，兩人在露天浴缸一起洗澡，洗著洗著燃了起來，一次。之後他們覺得肚子餓，兩個人用水果當消夜，又共飲了一杯紅酒，這下又「惹了禍」。餐桌上，又一次。洗澡後乏了直接睡了過去，醒來時已經是正午時分了。

簡單地吃了早餐兼午餐，發現外邊大雪紛飛、積雪皚皚，兩個人出門打了刺激的雪仗，渾身濕透地進屋後又一次燃了起來，在客廳正中央站著一次。洗澡後睡了一會兒午覺，起來就是晚餐時間了，晚餐吃得有點多，就當作飯後甜點，一次。在自帶家庭影院的房間裡，看了一部電影，拂曉時突然萌生起一陣火熱，又一次。熟睡一覺再起來時，已過了正午，吃了遲來的午餐，磨磨蹭蹭地結果又……

「吃睡做，睡吃做，做吃睡。」

「嗯。」

「不是一個『嗯』就算了。說實話，我們的情況很嚴重。」

「對，幾乎是禽獸。」

「如果要論程度，不是『幾乎』，而是『簡直』。」

英俊瞄了一眼一臉嚴肅嘟囔著的微笑，咯咯笑了起來，嘟囔道：

「費了力氣，我又餓了。」

「我有點睏。」

「那睡一會兒，再起來吃飯吧？」

正苦惱著的微笑再一次聽到響起的手機鈴聲，猛地起身，把手伸向側面桌上的手機。休息的時候也無法放鬆，是她長久以來的職業病。

「不是休假嘛。別接。」

「是壽成集團的祕書室。可能是因為行程變動吧。」

「嗯。」

微笑笑盈盈地接了電話，站了起來，橫穿過臥室。

「您好，我是金微笑。哎呀，您好，吳室長。是。沒關係。休息日您突然聯繫，是有什麼事情嗎？啊啊，好。我也隱約覺得會是這樣呢。一月三日嗎？請稍等。那天已經安排了其他的行程呢，第二天怎麼樣？啊，好……」

線條優美又纖細的身體一絲未掛，來回走動著，忠誠地處理著業務，英俊望著微笑的背影，覺得有點荒唐，忍不住又爆笑起來。

不知不覺間，夕陽西下，坐落在空曠大山裡的別墅淹沒在深深的黑暗之中。溫馨暖和的壁爐火光照亮著客廳的角落，微笑正坐在那整理著文件資料。

「都到這兒了，妳還要工作，是不是太過分了？」

「反正我從明天開始，又要開始忙了，那趁現在有空的時候，提前做好準備不是更好嗎？」

正在努力工作的微笑，並沒有把視線從筆記型電腦上移開，但是她能感到身後有人在動。她彷彿聽到英俊拉椅子的聲音，接著耳邊傳來英俊猛地坐在某個地方的聲音，然後是「嘩啦嘩啦」翻書的聲音。

緊接著傳來的，是如在耳邊竊竊私語般的鋼琴旋律。

加布里埃爾．弗瑞的《無詞歌》第三章。

微笑放下筆記型電腦，輕輕地轉過身坐著，雙手抱著膝蓋，凝視著英俊。

不知什麼時候，英俊已經換上了套裝，坐在黑色三角鋼琴前面，撫摸著琴鍵，專心致志地演奏著。英俊那樣子俊美得讓人窒息，彷彿將他那愛意融入進悅耳的旋律在跟自己告白。

在這甜蜜溫馨的氛圍裡，她感覺自己馬上就要進入夢鄉了。她將下巴放在膝蓋上，輕輕閉上眼睛，仔細傾聽著他的演奏。

雖然這個短短的曲子連三分鐘都不到，但這好像是微笑在三天裡聽到的愛的私語，繞梁不絕。

當最後一個音節離開琴弦，在空中彌漫開來，微笑悄悄地睜開眼睛，看著英俊。這個男人從什麼時候變得這麼浪漫了？
「到底有什麼是您不會的？」
「就是啊，現在連我自己都有些驚訝呢。」
「呃。」
微笑做了個鬼臉，吐了吐舌頭。英俊嘻嘻地笑著，摸了摸琴鍵。
「好聽嗎？」
「當然啦，真是太讓人感動了。」
英俊的臉龐一下子明快起來。
他從座位上慢慢地站起來，不顧在壁爐前面坐著的微笑，逕自走向別處。當他再次出現的時候，手裡拿著把椅子。那是一把刻著碎花紋樣的復古搖椅。
「這椅子真漂亮。」
「喜歡嗎？」
「嗯，很喜歡。」
「我感覺比較適合現在這個情調，所以專門從法國空運來的。」
英俊看了一眼壁爐前面的地毯，將椅子放在其中一邊，在前後反覆調整位置後，對微笑說：
「坐吧。」
微笑上一次被惡作劇過，但在此刻，她感覺英俊應該要開始「耶誕節禮物的授予儀式」了。她尷尬地笑了笑，坐在了椅子上。

「坐好了。」

「好。」

扭扭捏捏的她將兩條手臂放在扶手上，肩膀和後背靠在椅子靠背上。不知道是不是因為這是英俊專門買來的椅子的緣故，就像是量身訂做的一樣，非常舒服。

儘管都準備好了，英俊還是杵在那，一動也不動，只是俯視著微笑。

壁爐的火光搖曳，英俊的臉龐和身體漸漸向下，將微笑包裹在自己投下的影子裡。

他們就這樣相視無言，不知道互相凝視了多久。

英俊用低沉的嗓音喊她：

「微笑啊。」

聽到這個聲音的瞬間，微笑從頭到腳驀地一陣悸動。

他不僅僅是在叫她的名字。這個名字讓他鼻尖一酸，眼前逐漸模糊，有些蒼白。他是在毫無保留地跟她傾訴這段時間裡自己珍藏的思念。

「微笑啊。」

「哥哥……」

微笑不光聽，還回應他，這倒讓英俊有些吃驚，身子一顫，接著大笑起來。

「好久沒聽過妳喊『哥哥』了。」

英俊輕輕地低頭，看著笑嘻嘻的臉頰緋紅的微笑，從口袋裡掏出了什麼，放在手上。微笑還沒看就馬上知道了。

緊接著，英俊的舉動看起來很讓人驚訝。現在微笑眼前的人如果確定是李英俊的話，那這樣的事是絕對不會發生的。

他在她的面前單膝跪地。

「副，副會長！」

一側的膝蓋跪在地上，另一側的腿彎著，英俊單膝跪在微笑面前，溫柔地笑著，將一個戒指盒伸到她面前，打開了盒蓋。

「啊啊……」

之前聽說「鴿子蛋一樣大的鑽戒」時，她完全沒有概念，然而現在親眼看到了，才知道是怎麼回事。要說是鑽石，這麼大的尺寸簡直令人難以置信，這求婚戒指，不同尋常，奢華無比。

「金微笑，妳是李英俊，在這世上唯一認定的女人，妳知道嗎？」

微笑一臉茫然糊塗的表情，點了點頭，英俊滿眼自信，抬著頭看著她，繼續問道：

「我能有這個榮幸，成為微笑的丈夫嗎？」

啊。

這個普天之下唯我獨尊的男人，竟然肯這樣屈尊跟自己求婚，有哪個女人會拒絕呢？這難道就是從金字塔頂端俯視天下的感覺嗎？

微笑慢慢地從座位上起身，來到英俊面前蹲下身子，並膝坐下，默默地伸出了左手。

「如果我可以的話。」

英俊臉上無比滿足的表情，默默地將戒指戴在微笑左手的無名指上，開懷大笑地說道：

「不是『如果我可以的話』。」

戒指戴在微笑的手指上大小正合適，就像他們一起去量過尺寸一樣。

英俊深情地吻了一下微笑那白嫩細膩的手背，抬起頭，直直地看著她的眼睛，喁喁細語道：

「我之前不是說過沒有妳不行嗎。」

微笑甚為感動，眼淚汪汪地看著英俊，笑嘻嘻地告白道：

「我愛你。」

「我愛妳。」

他們就像是歷經長時間的等待而終成眷屬的姻緣一樣。壁爐前，那兩個長長的身影合為一體，一直延伸到窗邊。

外面白雪皚皚，月光傾瀉下來，窗邊如白晝般明亮。

窗外，銀色世界的雪地上，一個五歲的少女和一個九歲的少年緊緊地拉著手，邊走邊嘰嘰喳喳地說個不停。他們的身影就像霧氣一樣，嫋嫋地升騰起來，又像夢境一樣倏地消失了。

結尾

現在，不要再一個人孤單地活著，不要再為過去的事情而感到後悔。

在一個春天氣息撲面而來的三月末的週六晚上，侑植的前妻洪美京說了這樣一句話：

「怎麼沒來呢？」

剛過去的耶誕節裡，英俊求婚成功而心情大好，借著他大赦天下恩深似海的契機，侑植也邁出了他「打開前妻緊閉的心扉大作戰」的第一步。

倦怠期算什麼啊。沒錯，人生很長。千辛萬苦得來的，怎麼能這麼輕易地放棄呢？現在，不要再一個人孤單地活著，不要再為過去的事情而感到後悔。

帶著這樣的決心，侑植矢志不移地說服美京，向她示愛，終於在二月初旬時節，和她共度春宵。就在英俊和微笑辦完結婚儀式，前往塔西提島去新婚旅行的那天，兩個人一起送走新婚夫婦之後，他們來到侑植的家裡，喝了杯紅酒，討論著新婚之夜的時候兩個人忽然燃燒了。

很久沒有這樣在同一張床上醒來了，他們心情大好，好像重新回到了戀愛的時候。這件事成為改善他們關係的潤滑劑，直到現在他們仍然保持著良好的往來溝通。今天，她凌晨過來之後對家裡進行了大掃除，整天都待在他家忙個不停。看來，現在他們兩個之間剩下的事情，就只有重新復合了。

然而。

「什麼？」

侑植又問了一遍，美京切好豆腐，放進咕嘟咕嘟沸騰的大醬湯裡，臉色平靜地回答道：

「我說，好朋友沒來。」

侑植正坐在餐桌邊，心滿意足地看著美京的背影，聽到這話，他心裡咯噔了一下。

他愣愣地坐了好一會兒，這才使勁挖了挖耳朵，問道：

「剛才你說什麼？」

「已經過了一週了，還沒來。」

「這不是明擺著的嗎？」

「所以我才擔心呢。」

「不知道是不是身體哪裡出現問題了，我們去醫院看看吧。」

「去醫院之前……」

美京頓了頓，免為其難地接著說：
「不管怎樣，最好還是測試一下。」
侑植眨眨眼睛，臉上閃過各種複雜的表情。
第二天上午七點，常務會議開始之前，正在英俊辦公室喝茶的侑植放下茶杯，冷不防地說道：
「不可能懷孕啊。」
聽到這前言不搭後語的話，英俊的眉毛蠕動了一下。
「你這突然間說什麼呢？」
「我是說我老婆，她說好朋友已經延遲一個多星期了還沒來。」
英俊連續好幾天都在針對同一個案件進行尖銳的攻防戰，現在馬上又要去開會了，此時他的神經正處於非常敏感的狀態。這樣的狀況下，聽到侑植說些與工作毫無關係的話，若按照他以前的性格，他會覺得沒什麼了不起的，甚至完全無視，但這一次他沒有那樣做。因為英俊比任何人都要清楚，侑植和他的前妻曾經因長期不孕而備受煎熬。
「檢查過了嗎？」
「沒，還沒有。」
「為什麼？」
辦公室裡，一時陷入了尷尬的沉默。
過了很長時間，侑植才艱難地回答道：

「如果去檢查……發現沒懷孕怎麼辦。那我老婆不是又要傷心了嗎？」

雖然這是個人隱私，他並不知道其中具體的隱情，但他能大概察覺到，他們之前懷不上孩子大概是因為侑植前妻的緣故。

「你想想看，我們結婚第十年的時候離了婚。期間我們也試過很多次試管嬰兒，如果能有孩子，那也得有了不少於五個了。」

「那倒是。」

英俊摸著下巴表示認同。侑植好像安慰自己道：

「不可能懷孕。可能是因為壓力稍微延後了幾天吧。」

這時，金智雅敲門進來，向英俊報告會議已經準備好了。

英俊從座位上起來，輕輕拍了拍侑植的肩膀，安慰了他一下，開玩笑道：

「雖然你們復合了，不過別再發結婚喜帖了，我可不想再包紅包了。」

「哎呀，你這麼有錢的傢伙，怎麼這麼小氣啊。你這個傢伙也就是碰到了像弟妹那樣的女人，才有了點人情味，要不然真的……」

無精打采的侑植又恢復了平時那嘟嘟囔囔，嘮嘮叨叨的樣子，英俊這才笑嘻嘻地走了出去。

＊＊＊

星期天下午，微笑和英俊一起來到英俊父母家。馬上到微笑的生日了，崔女士打算在自己家裡親自準備生日飯菜。

現在吃飯還有點早，在飯菜準備好之前，英俊隨父親——李會長來到書房，想就最近的投資案件問題聽一聽父親的建議。不過，看樣子他們的談話要很長時間了。

父子間深刻的對話已經持續兩個多小時了。窗外，不知什麼時候太陽已經下山，飯菜也早就準備好了，可是只有傭人們在那轉來轉去，餐桌前依舊空空如也。

崔女士和微笑坐在客廳聊著天，等著他們父子之間結束談話。這會兒，崔女士坐立不安，小心翼翼地問道：

「微笑肚子餓了吧？」

「不餓，媽。我剛才吃了很多水果呢。」

「這是妳結婚後的第一個生日，費了這麼多心思，他們怎麼談這麼久。要不我們先吃吧？」

「沒事，我真沒事。謝謝您，媽。」

微笑笑著擺擺手，崔女士細細地打量著她，轉瞬用十分真摯的語氣問道：

「『哥哥』最近不怎麼照顧妳嗎？」

「什麼？」

「你英俊哥哥是不是平時對妳很疏遠？」

接連聽到「哥哥」這個詞，微笑的臉頰泛起紅暈。

「怎麼了？啊啊，沒關係，沒關係。妳一點都不用看媽的臉色。叫哥哥又怎麼樣呢？顯得很親近嘛，多好。」

兩個人獨處的時候，微笑從不用「老公」「親愛的」「您」「英俊」稱呼英俊，而是叫「哥哥」。也一大把年紀了，雖然這麼叫有些肉麻，但以前的記憶也都回來了，所以從那以後，就一直這麼叫了，誰想到會被婆婆看穿了呢，真讓人難為情。

「怎麼不回答？難道吵架了嗎？」

「啊，沒有。怎麼會吵架呢。我們倆關係好得很呢。而且，他一直對我很好。您說到哪兒去了，媽。」

微笑滿臉通紅地笑著，崔女士仍是一臉真摯的表情，直直地盯著她，繼續說道：

「但怎麼會這樣呢？我們微笑的臉，怎麼看起來比上週見面時憔悴了很多……。」

「我的臉嗎？」

微笑用手摸索著自己的臉，過了好一會兒，才尷尬地回答道：

「可能是因為春睏吧。最近總是嗜睡，消化也不太好……」

「天啊天啊天啊，那難道是！」

崔女士就像在暴雪裡等了整整一週，終於等到了快遞員，一下喜笑顏開。

從結婚籌備開始，一直到現在，李會長和崔女士把微笑當成是自己老來得子的小女兒，始終把她視如掌上明珠，對她呵護有加，從沒給過她一點壓力，這要說出去，大概都沒人肯信。但是，就是這對世上絕無僅有的公婆，果然也有難以隱藏的一點欲望，那就是……

「哎喲，我樂昏頭了！不是，不是，微笑，妳不要有壓力。絕對不要有壓力啊。有壓力反而更不容易有呢。剛剛我說的話，妳絕對、絕對不要在意，和『哥哥』兩個人好好的，開開心心地過就好，嗯？啊，對了，我已經把兩劑補藥放在你們的後車箱了，回家時帶著。箱子上分別貼著妳和英俊的名字，你們可看好了，每次吃飯時，都要記得吃上一包。是在很靈驗的地方配來的，看在媽的誠意上，千萬不要疏忽，千萬不要啊。嗯？」

崔女士的語氣涵養十足又輕聲細語的，真讓人懷疑她說的怎麼會是那方面的事情呢。一直「吧啦吧啦」說個不停的崔女士，用漂亮的手輕輕掩著嘴笑著，就像唱到了副歌似的，她又補充道：

「絕對不要有負擔，知道了吧？」

「好的，媽。」

微笑溫順地回答，她哭笑不得，表情十分微妙。崔女士像是等著她的回答似的，聽到以後瞬間樂開了花，從桌子的一角拿了什麼突然遞了過來。原來是用金色包袱包著的一個蜜罐大小的瓷瓶。

「這沒什麼，就是有機芝麻粉。據說用豆漿沖著喝，對女人特別好。房會長家的大兒媳每天吃這個，上個月生了雙胞胎呢。」

啊啊，這位母親啊，您肯定做夢也想不到，您的二兒子為了享受新婚生活，從結婚前就一直使用著避孕用品吧。

「哎呀，媽！我沒有一點壓力，真的太高興了！媽，真的非常非常感謝您！」

「哎喲，謝什麼啊。這孩子真是太客氣了。呵呵呵呵。對了，從今天開始，週末你們就別回來了。你們兩個人要獨自溫馨地，十分溫馨地過自己的小日子。知道了嗎？還有，你們現在是不是得慢慢開始看房子了？不管設施再怎麼好，孩子出生了的話，比起一個冷冰冰的大廈，還是有院子的家比較好。孩子們小時候，和動物們在草地上跑著玩是最棒的。如果工作忙的話，我幫你們帶孩子。」

「咳咳。」

微笑想起來，去年年底，英俊制定的今年的行程裡，完全沒有生孩子的計畫。雖然也曾想過找一天正式地和父母談談這個問題，但看到崔女士眼裡含光，滿是期待的樣子，她不能不懂事地說「哥哥說今年不打算要孩子」啊。

微笑把這罐能讓別家大兒媳婦生雙胞胎的有機芝麻粉瓶抱在懷裡，一臉複雜的表情，最終變得愁眉苦臉起來。

「啊，對了。先不說那個了，妳聽說成延的事了嗎？」

成延年初說去澳大利亞旅行，說走就走了，他四處遊走了多個地方，現在已經在墨爾本停留了一個月。

「什麼事情？」

「相親被甩了。」

「噗！什麼？」

見微笑的反應這麼激烈，崔女士一副「就知道妳也會是這種反應」的表情，接著嚴肅地說道：

「這個嘛，聽說只見了三次面就被甩了。又不是其他人，而是我們成延啊。怎麼會那樣呢？」

上週初，聽說熟人的獨生女正在墨爾本留學，李會長風馳電掣地給成延安排了那次相親。但是已經被甩了？

不，光速被甩先不說，作為極具魔力的男人，一直雄風赫赫的李成延，竟然被女人拒絕？真是難以置信。

到底是什麼原因呢，正當微笑好奇追問的時候，傭人前來喊了崔女士：

「夫人，有您的電話。」

「這個時間會是誰找我？微笑，妳先在這稍坐一會兒。媽去去就回。」

「我沒關係的，您別著急，媽。」

崔女士連忙起身離開，只剩微笑孤零零一個人，無所事事地呆坐著，一直呆呆地看著窗外。

不知道那樣過了多久。

不知不覺，微笑迷迷糊糊地打起了瞌睡。

她的頭猛地垂了下去，身體倒向一邊。就在這時，微笑突然感到一股柔軟的溫暖，溫柔地包圍了她的上半身。

「睏了話就去房間睡吧。別那麼淒慘地坐在這種地方打瞌睡。」

不知道何時回來的英俊，此刻正坐在她的身邊。

微笑被英俊抱在懷裡，惺忪地睜開眼睛，眨著朦朧的睡眼，正了正身子，打了個長長的哈欠。

「呼啊啊。我又睡著了。我為什麼總這樣？」

微笑擦了擦眼角溢出的眼淚，英俊靜靜地觀察著她，不解地歪著頭問道：

「妳……最近好像一直都這樣吧？」

「有嗎？」

「嗯。哪裡不舒服嗎？臉色也不太好。」

「沒有哪兒不舒服啊。可能是春睏吧。」

「是嗎？」
「都說是了嘛。」
英俊完全一副懷疑的眼神。
「如果不舒服，可不要傻乎乎地忍著，隨時告訴我。」
「我知道了。」
微笑像平時一樣盈盈笑著，抬起頭看著英俊。
「您和爸爸都談完了嗎？談得怎麼樣？」
「就……就那樣吧。」
看他回答得那麼不痛快，微笑馬上就明白了，事情沒有達到預期。
英俊沒有再多作說明，微笑為了不傷及他的自尊，連忙轉移了話題：
「對了，哥哥。」
「嗯。」
「大伯被女人甩了，你聽說了嗎？」
「誰說的？」
「媽說的。」
「還說是祕密呢，結果反倒是自己親口四處宣揚啊。」
英俊咧嘴笑著聳了聳肩，輕聲說道：
「吳利智妳認識吧？」

「利智小姐，是國家流通吳社長的獨生女吧？」

「對，就是她甩了成延哥。」

「啊？那位，之前是大韓食品嗎？總之是和某食品公司的某人發生過什麼事情吧？」

「是被勝洙哥甩了。」

「啊啊，對了！原來是尹勝洙啊。」

「好像是那時被徹底地拒絕了，所以對男人完全沒了興趣。」

「哎呀，嘖嘖。真可憐。那個人很不錯呢。」

「上週和我哥第一次見面的時候，吳利智已經委婉拒絕了，是我哥死纏爛打才又見了兩次面。但是，前天兩人見面的時候，她直接開門見山地表露了心跡。」

「說了什麼？」

「說單是我哥的長相，她就沒看上。」

「哇！真的嗎？」

啊啊，成延當時聽了這話是什麼表情，不用猜都想得到。肯定是震驚得眼球以三百赫茲的頻率振動了吧。他的魂魄肯定是離開了加州理工學院亞毫米博文天文台，飛出一百二十光年後，被吸入黑洞了。

「從那以後到現在，我哥好像一直死纏爛打地纏著她。」

「天啊，大伯應該還是第一次這樣吧。」

其實，對於成延的魔力不為所動的人，早在吳利智之前，就還剛好有過一位。但把這一事實拋之腦後的當事人，此時，無比清澈的臉上一臉的惋惜。

「唉，真是可惜啊。」

「可惜什麼可惜？那個人就應該多碰些釘子。依著我的想法，我還想給吳利智打個電話加加油呢。」

「也是，那倒也是。」

兩個人交換了狡黠的目光，咯咯地笑了很久。

笑聲漸漸消失的時候，英俊才一副驚訝的樣子，問道：

「那又是什麼？」

「什麼？」

「妳抱著的那個像神壇一樣的東西。」

「哦？啊，這個……。」

微笑這才確認了懷裡抱著的有機芝麻粉瓶，面色緋紅地認真回答道：

「哥哥，我們在避孕的事情，什麼時候告訴爸媽呢？」

「怎麼了？爸媽向你施壓了？」

「雖然沒有施壓，但也不是全然沒有壓力，所以……」

微笑含糊其辭沒了後話，英俊聳了聳肩。

「我會找機會好好跟他們說的。」

「但是。」

「我會看著辦的，妳就不要太在意了。」
微笑不得已只好點點頭，英俊低頭靜靜地看著她裝模作樣的臉，拿過她懷裡的瓶子，放在桌上，動作輕柔地推了下她的肩膀。
微笑無力地往後一仰，半躺在椅子的扶手上，她瞥了一眼英俊數落道：
「媽馬上就來了。別鬧。」
「聽到腳步聲，我就停。」
「不行。多丟人。你到那邊去。」
「就一下。」
「都說了不行。啊，別鬧。好癢啊！啊哈哈！」
想要接吻的英俊，還有推脫的微笑，拌起了嘴。
新婚夫婦在客廳的沙發裡打情罵俏地開著玩笑，咯咯笑著的時候，門外的李會長和崔女士一臉的欣慰，捂著饑餓的肚子站在那兒。
「我不吃飯，都要飽了。」
「哎喲，你也真是的。不吃飯，肚子還是會餓啊。」

＊＊＊

四月的第一天，也就是週一的下午。
馬上就要召開最終會議了，英俊坐在辦公室的轉椅上，靜靜地整理著自己的思緒。英俊和理事們就某個問題已經展開了幾天的拉鋸戰，現在到了該做決定的時候。

由於精神一直高度集中，只覺得腦殼劇痛。

英俊長長地吁了一口氣，把身子深深地靠在柔軟的椅背上，靜靜地閉上了眼睛。

突然不知從哪傳來像是波浪的聲音，他睜眼一看，遼闊的水平線展現在眼前。一望無際的大海和湛藍的天空，耀眼的陽光，這一切都讓他目瞪口呆。就在剛剛，他還在辦公室的桌子前呢。

啊，當他意識到是在做夢的時候，隨著開天闢地的巨響，眼前的水平線動盪起來，一條巨大的金龍帶起巨大的浪花，飛躍而上。嘴裡含著的龍珠可不是一、兩顆。

還有，好傢伙，那條龍，不知貪心地往嘴裡塞了多少龍珠，還有幾顆乾脆骨碌碌地滾了出來，也不知牠有什麼好忙的，慌慌張張地直沖雲霄升天而去。

但是，這又是什麼啊。不一會兒，水平線的另一邊，又有一隻鳳凰搧動著巨大的翅膀飛了過來，公然落在了一棵不知何時長在那兒的，壯觀至極的松樹上。

英俊詫異地張著嘴巴，都忘了想要說些什麼。不一會兒，他卻遇上了更加荒唐的情況。

不知為何他漸漸覺得有些熱，景色變得有些尷尬。

哎呀，那太陽？難道是自己的錯覺嗎，怎麼莫名地感覺變大了呢？

並不是莫名地感覺變大了。而是漸漸地變大了。確確實實地變大了。轉瞬間已經靠得那麼近了。

哎哎，說話的時候太陽已經近在眼前，散發著難以言狀的祥瑞之氣，瞬間掉進英俊的懷裡。

「呵！」

英俊像根彈簧一樣，從座位上彈跳而起，急促地喘著氣，好不容易打起精神，才後知後覺地發現了微笑。

她正臉色鐵青地低頭看著他。

「你沒事吧，哥哥？」

「啊……嗯。」

「又做那個夢了吧？」

折磨了英俊一輩子的噩夢，雖然頻率減少了，但婚後也沒有輕易消失。

「不是，不是那個夢。別擔心。」

「那是什麼……」

英俊抬頭看著心疼自己的微笑，雖然想要把夢境告訴她，但覺得那會變得更加奇怪，所以最終還是放棄了。

「就是……一個荒唐的夢。」

不是，如果說是荒唐的夢，那規模也太像電影大片了吧？升天的黃金龍、鳳凰、巨大的松樹，甚至還把太陽抱進了懷裡。這不是赤手空拳就能征服地球的節奏嗎？

啊？等等。有點奇怪啊。這難道是……

「微笑，妳，上個月……。」

多少有些擔心的時間段，有次剛好避孕套用光了，所以只那麼一次，沒有任何防護就做了。但是，沒過多久，微笑在洗手間嘟囔「這次生理期的量怎麼那麼少」，他可是聽得清清楚楚，所以不可能會那樣啊。

「什麼？」

「沒什麼。」

英俊一改往日的作風，含糊不清，微笑心疼地說道：

「可能是您最近太操勞了。」

「也許吧。」

一陣沉默之後，微笑用「工作模式」叫了英俊：

「副會長。」

「怎麼了？」

「這次的議案，大家都反對，所以您很擔心吧？」

「什麼？」

「作為輔佐了您很久的首席祕書，我想要告訴您……。」

微笑微微彎下腰，視線和英俊的保持水準，靜靜地盯著他的眼睛，認真地說道：

「不管別人說什麼，我相信您。」

這次的投資案以目前的唯一集團來說，有十足的勝算，但正如微笑所言，反對者也不在少數。當然，如果是以前的英俊，一旦自己確信的事，就全然不會在意周圍人的反對，會勇往直前地直接推進。但這次不一樣。

李會長打算今年年底就把會長之位傳給英俊，徹底退居二線。他再怎麼天才，現在也不過三十過半，對英俊來說，這擔子真的很重。在這種情況下，多數的理事甚至連自己的父親李會長，都表現出否定的態度，所以此時，他實在無法像往常一樣，毫不猶豫地做出決斷。

「就算世界上所有的人都反對，只要副會長您確信那是正確的，請不要苦惱，果斷進行吧。」

微笑的眼神中沒有絲毫的動搖，這充分證明了，對漫長歲月裡同舟共濟的搭檔的信心。

「副會長您可以那樣做，因為您是李英俊。」

聽到微笑滿含真情的話語，遮在英俊眼前的灰濛濛的迷霧，頓時煙消雲散。重現光明的視野之中，不覺忽然出現一條康莊大道。

雖然覺得很神奇，但也覺得這感覺很熟悉。

回顧過往，微笑好像一直如此吧。從很久以前起，她就是這樣唯一的存在，每次英俊陷入困境，她都會馬上出現，陪在他的身邊，立刻給他打氣加油。

「因為是我李英俊？」

「嗯，因為您是李英俊。」

「對嘛，因為是我李英俊。」

「嗯嗯。」

「不是別人，而是我李英俊。」

「嗯嗯嗯，因為您是李英俊。」

兩個人對視著，像傻瓜一樣重複著同樣的話，不停地點頭，過了一會兒，也不知是誰主動，兩個人抱在一起，爽朗地笑了起來。

「現在打定心思了嗎？」

「嗯。」

「怎麼定的？」

「能怎麼定呢？我說要做，就無條件地要做啊。」

「噢，果然，得有這個氣魄，才是天下無雙的副會長啊。」

要貧嘴的微笑笑盈盈地接著說道：

「現在臉色看起來才好多了。」

英俊溫柔地抬頭看著微笑，鄭重地道謝：

「謝謝。」

微笑沒有回答，而是一副調皮的表情，興奮地低語道：

「那我會期待您送的生日禮物的。」

「什麼生日禮物？」

英俊假裝毫不知情的樣子開著玩笑，微笑翻了個白眼，輕推了推他的肩膀，低頭看了看手錶，催促道：

「會議時間到了。請動身吧。」

「之後沒有其他行程了吧？好久沒兜風了，下班以後，我們去兜兜風吧？」

「好呀。」

「等我。」

英俊留下一個火熱的吻離開後，微笑心情更加舒暢，開始收拾辦公桌。

她剛把不需要的東西收拾整齊，放到一邊，就聽到了敲門聲，接著金智雅走了進來。

「夫人。」

「唉，智雅妳又來了。」

微笑結婚以後，雖然升職為常務理事，但主要負責英俊私宅的業務和外部行程，沒有特殊事情，不怎麼來公司。她也已經吩咐過小組的成員，工作時不要叫「夫人」，要叫「室長」。這麼做既是為了微笑自己，也是為了祕書組的成員，是減少雙方心理負擔的兩全之計。

「啊，對，室長。」

「怎麼了？有什麼事嗎？」

「您有多餘的衛生棉嗎？能借我一個嗎？」

「衛生棉？」

「是的，我的都用光了。幾乎都結束了，不用也可以，但不徹底，不用我又有些不放心。」

「我手提包裡應該有。稍等。」

微笑走向衣櫥拿包的時候，後知後覺地想起什麼，反問道：

「妳說妳幾乎都結束了嗎？智雅，妳這個月來得有點早啊？」

「什麼？沒有啊。」

「妳原來不是比我晚一天嗎？」

「雖說是這樣，可我的日子沒錯，來得很準時啊。」

「什麼?」
哎呀?有點奇怪啊……
微笑掏出手機確認日曆，她久久地站著一動不動，只是低頭看著螢幕。

＊＊＊

四月三日星期三午餐時間。
「剛剛我接到李女婿的電話了，他說不能參加很抱歉。所以我告訴他『下次再缺席就送他上直通地獄的快車』。啊哈哈哈哈!」
「爸，一點都不好笑。」
英俊乘專用直升機去出差的時候，微笑見了娘家人，一起吃午飯。
「必男，肉都熟了嗎?快拿一點過來。」
「還沒熟呢。」
「喂，妳這傢伙，牛肉如果太熟，會嚼不爛，不好吃的。呀呀呀，話說這頂級的韓牛啊，真是『滋滋』流油啊。」
「今天是末熙請客，所以請好好享用。」
這次不是在豬皮店，而是在高級韓牛專賣店，包廂寬敞的窗外是一條四車道的大馬路，馬路對面高樓鱗次櫛比，其中有一棟新建的五層建築，掛著一條巨大的橫幅，上面赫然寫著「金末熙醫院4月底即將開業」。

「多吃一點，爸。微笑也多吃點。如果能趕在妳生日當天慶祝才好呢，真是可惜。」

「姐姐，妳真是操心的命啊。就為了過生日，她老公特意請了一天假，婆婆還親自張羅生日宴，公公送昂貴的健身卡。對這樣的孩子，竟然還說可惜，有什麼可惜的？不是嗎，金微笑？」

「哎呀，姐姐也真是的。」

微笑紅著臉擺擺手，末熙卻幽幽地說了句：

「房東大人，看在這個情分上，醫院站穩腳跟之前，就只需在這之前，租金能不能便宜一點啊？」

「不行。」

微笑盈盈笑著拒絕得很乾脆，末熙調皮地「切」了一聲，撇開了頭。

「爸，你就那樣關了店門出來，沒關係嗎？」

「就隔著一條街，馬上就能到嘛，如果看到有客人來，我跑過去就可以了。」

同一棟建築的一樓有一家大型的樂器店。那是微笑買下整棟樓以後，為父親開的店。

「生意還好嗎？」

「哎喲，那當然了。上週還賣出去一把二十六萬的吉他呢。」

女兒們都用驚奇的表情看著他，紛紛說道「噢，我們的爸爸真厲害啊」。他聳了聳肩，接著說道：

「微笑，親家公真是熱情啊。」

「什麼？」

「上週他來店裡玩，哎喲，那老爺子真是的，我給他講了吉米·亨德里克斯★的故事，他說退休後他也想走那條路……」

「您說什麼？」

「不是，我吧，本來沒打算賣那麼貴的吉他給他，是Miss 朴一直從旁鼓動說『錢那麼多，就稍微花一點』，所以才會這樣。啊哈哈。」

「Miss 朴又是誰？」

「嗯。是隔壁青瓦茶館新來的小姐。原來那孩子並不是幹這行的，但後來父母雙亡，為了照顧年幼的弟弟妹妹，才入了這行。我看她可憐，所以經常光顧……」

「啊啊！爸爸——」

一直笑盈盈的微笑頓時變得愁眉苦臉。

怪不得最近覺得爸爸和親家之間的感情篤深呢，原來是那方面深啊。前幾天公公出門的時候，手上戴了個不搭調的骷髏戒指，還舉起手生疏地打著手勢高喊「和平」。當時還以為他吃錯了藥，原來真的是吃錯了藥啊。是吃了壞水，被汙染了。

「爸，雖然我對您兩位的興趣愛好不能說什麼，但是如果您再找茶館的小姐來，我會調漲您的房租。」

「什麼？」

★美國吉他手、歌手兼作曲人，被公認爲是搖滾音樂史上最偉大的電吉他演奏者。

「我是認真的。您知道就好。」

「哇啊！微笑，微笑！妳，妳，妳這孩子，真的不是那樣。哇，真的，我，妳，真是的，嘖嘖。哎喲，漫長的歲月裡，我獨自一人孤單地把三個丫頭帶大，我為什麼還要受到如此蔑視啊。嗚嗚，話說，這肉還真是入口即化啊。」

微笑的父親像個老頭子似的不停發著牢騷，簡直對不起他那身狂野的緊身皮衣，和雙手上成串戴著的骷髏戒指。可這卻一點沒耽誤他瘋狂吃肉。

姐妹們無語地看著父親，看了好一會兒，才扭過頭繼續吃飯。

「微笑妳也吃點。」

「我沒胃口……」

「妳又減肥嗎？妹夫不說什麼嗎？快吃點。」

從剛才開始，微笑就很微妙地覺得肉味很刺鼻，聽到必男的數落，她尷尬地笑著，勉強夾起一塊肉。就在那一瞬間，微笑感到胃裡一陣翻江倒海。像是脾胃從最深處打了結似的感覺。她本能地意識到，這不是單純的消化不良。

「妳怎麼了？」

「啊，沒什麼。」

事情發展至此，微笑多少也猜到了些什麼。

飯是絕對嚥不下去了。

父親和姐姐們瞪圓了眼睛看著她，微笑在他們的注視下輕輕地起身。

「對不起，我突然有點急事，先走了。爸爸，您不要在意我，慢慢吃。一會兒我打電話給您。」

微笑一臉緊張地匆忙離去，剩下三人愣愣地看著彼此的臉，搖了搖頭。

準確地說，過了一個小時以後，微笑精神恍惚地站在附近一家婦產科的門口。

她呆呆地站著，手上拿著一個明信片大小的手冊。她低頭看了好久，才抬起頭，望向旁邊大型氣球招牌上的字句：

「大樂透一等獎，這週就是您！」

這個消息，這個好消息，應該用什麼方法有效地傳達給英俊呢？微笑冥思苦想，只等著英俊出差結束歸來的時刻。但是，今天的時間為什麼過得格外地慢呢？要等到晚上，實在是太辛苦了。

晚上晚些時候，自己魂牽夢縈的英俊一到家，微笑就性急地跑了過去，想要立刻開口告訴他，但是很可惜，打開門看到的他，已經是筋疲力盡的樣子。

她覺得這話不應該逮著一個筋疲力盡地回到家的人說，所以她悄悄地閉上嘴巴，接過夾克，一言不發地跟在他身後。

「家庭聚會還圓滿嗎？」

「什麼？啊……嗯嗯。當然了。」

「我也應該參加的，真是對不起。」

「沒關係。你餓了吧？要不要吃點東西？」

「晚飯我吃過了。我打算洗個澡就睡了。」
「洗澡水我已經放好了。」
「一起嗎？」
「您累了，今天就算了吧。」
英俊邊解領帶和襯衣的鈕釦，邊走向裡屋的浴室。突然，他轉過頭來，對微笑眨了眨眼睛。
「我們一起吧。」
「我不是說過不要了嗎。」
「哎呀，一起，嗯？」
英俊用和他不搭調的討人嫌的語調，加上那惡作劇般的肢體動作，向微笑靠過來。微笑雙眼迷離，也向他倚靠過去。
就在這時，微笑耳邊響起了婦產科醫生的忠告——懷孕初期一定要注意夫妻間的房事。
「啊，啊，不行。我說不行。不可以。」
微笑一臉嚴肅地從他懷裡掙脫出來，頭搖得跟博浪鼓一樣。英俊吃驚地看著她，問道：
「怎麼了？發生什麼事了？」
「那個，就是說……」
「說說看。」
「哥哥，其實我……」
就在猶豫不決的微笑終於下定決心，滿臉毅然決然的表情準備跟他坦白的時候，英俊手裡的電話響了起來。
「這個時間朴博士找我什麼事啊？」
英俊看了看來電顯示，用手示意微笑稍等一下，接起了電話。
還沒等英俊說出「喂」，就聽到侑植那洪亮的嗓音響徹了整個浴室前面的空間。
——英俊啊！我的朋友英俊啊！嘿！終於成功了，成功啦！哈哈！美京懷孕啦！我有孩子啦！孩子！我老婆也回來了，我們也有孩子了，阿彌陀佛！真是美好的夜晚啊！我要在飯桌上多放一隻碗啊！
英俊靜靜地聽著侑植那發瘋般的胡言亂語，嘻嘻地笑了笑，說：
「你這傢伙，要有孩子也應該之前早就有啊，為何偏偏離了婚才有孩子啊。別說這些廢話了，趕緊去重新辦理結婚登記吧。不管怎樣，真心祝賀你。」
侑植可能是得意忘形了，連招呼也沒說就掛掉了電話。
聽到侑植連招呼都沒有就掛掉了電話，英俊滿臉驚訝的表情看著手機，不自覺地乾笑了兩聲，回過頭來看著微笑說：
「聽到了吧？說是侑植的前妻懷孕了。」
「啊……哦，這真要祝福他們啊。真的是太好了。這真的是太好了。」
正欣慰地點著頭的英俊突然睜大眼睛問道：
「啊，妳剛剛不是有什麼事要說嗎？」
微笑的表情一下子複雜起來。

這又不是什麼懷孕比賽，朴博士家懷孕的消息傳來還不到三秒，微笑打死都不能緊接著就說「天啊，我也懷孕了」。

這難道不是這輩子裡最重要的消息嗎？其實，也不用非要執著於現在，得找一個恰當的時機和氛圍，想看到他被感動得嘩嘩流淚。

「啊，沒什麼。」

微笑尷尬地笑了笑，低下了頭，不再說話。這時，英俊驀地一下子想起了什麼。

他知道，在結婚之前，李會長和崔女士就因為孩子的問題讓微笑感到負擔，但他一直都沒放在心上。不知道這件事會不會給她造成很大的壓力。

他看到微笑突然間臉色凝重，而且眼神有些莫名地驚慌。在這樣的情況下聽到侑植家懷孕的消息，看來她心裡不是滋味。

英俊為了安慰心情失落的微笑，故意誇大其詞地胡說起來：

「朴博士這傢伙現在倒是歡喜得很，以後孩子生出來了他就知道了。到時候孩子又哭又鬧不聽話，好不容易養大了，到了青春期，到時候孩子肯定得問他：『爸爸，你為我做過什麼？』孩子本身就是個麻煩。」

他肯定不是覺得孩子麻煩或者討厭孩子。從英俊的立場來看，儘管兩個人在一起很長時間了，但從沒有這麼好好地享受只屬於兩個人的時光，他希望能有更多時間來享受這二人時光。然而，對微笑來說，這些話給了她莫名的壓力和負擔，而英俊卻完全沒有察覺。

就在不知真相的英俊決定不要再採取避孕措施的時候。

微笑的視線有些恍惚，英俊的臉部如馬賽克般模糊，而他的背景卻如人物特寫般哀怨鮮明。

「孩子是個麻煩……」

微笑的臉色沉了下來。

啊，他小時候經常和哥哥打架，難道是因為這個才不喜歡孩子的嗎？

不過，要怎麼辦呢？這可怎麼辦？怎麼辦才好啊？他還沒有做好準備，我就已經懷孕了？

微笑表情複雜，陷入了沉思，她長長地歎了一口氣。

「哥哥……」

「微笑……」

英俊站在她對面，也陷入了深深的思考，重重地歎了一口氣。

深謀遠慮向來是他們兩個人的優勢，但就現在的情形看，這對他們來說可不見得是什麼好事。

清晨的陽光透過薄薄的窗簾，照進偌大的寢室的每一個角落。

床頭櫃上的數位鐘錶顯示著四月五日上午五點。今天是微笑出生的日子。

為了給微笑慶祝，英俊好不容易請了假，今天他想靜靜地和微笑在一起度過。

英俊望著天花板，眨了眨惺忪的睡眼，輕輕地轉過頭看著微笑。

微笑可能是因為換了地方，一整夜都輾轉反側難以入眠，現在睡得正香。不知道夢見了什麼好事，她嘴角還笑嘻嘻的。

英俊用一條手蜎撐著腦袋，斜身側躺著，凝視了妻子的臉龐好久。他將被子拉過來，一直蓋到她的下巴，蓋好後，輕手輕腳地從床上起身。

他披了件睡衣，悄無聲息地走出寢室，伸了個大大的懶腰，逕自走向廚房，打開了冰箱的門。在冰箱最上面的一格裡是他昨天悄悄吩咐傭人準備的海帶湯的原材料，這些食材都已經處理好了，放在密閉的容器裡。

他取出裝著食材的各個容器，放在料理台上，回憶了一遍已經記在腦海的配方，才正式開始著手進行製作。

英俊把米放進電子鍋，然後將泡開的海帶放在香油裡炒一炒，旋即陷入了沉思之中。

我竟然和在小時候相遇，長大後又長時間像磁石一樣跟著自己的微笑結婚了。我們竟然組成了家庭。

儘管我們兩個人一起生活也非常美好，但如果能生個孩子，那一定會像現在一樣很有意義也很幸福，因為我們兩個人的孩子一定會特別像我們兩個人。

英俊一旦下定決心就會馬上付諸行動，現在他心裡滿滿的全是嶄新的計畫和期待。

提出「要孩子」這事倒是挺好，但什麼時候說呢？就趁著今天的驚喜活動，趁著這麼溫馨的氣氛，提這件事好像也不錯。微笑要是聽到這話，表情會是什麼樣子呢？光想想就挺開心的。

不知道事情真相的英俊一個人沉浸在這樣的幻想中，手上開始忙起來。

「哇，好帥啊。」

這景象真的讓人歎為觀止：微笑只在童話書裡見過的老虎正優雅高冷地坐在她的眼前，但她一點也不害怕，也不會嚇得渾身發抖。

不一會兒，老虎低下身子鑽進微笑的懷抱。就在微笑撫摸著老虎脖子裡柔順的毛時，老虎將自己的臉蹭著微笑的臉蛋。

「啊，哈哈，太癢了，別鬧了。」

微笑連連擺手，想推開老虎。但老虎還是紋絲不動，反倒是伸出舌頭到處舔她，開著玩笑。

就在微笑癢得笑得喘不過氣來時，不知從哪裡傳來了熟悉的耳語道：

「妳要睡到什麼時候啊？」

微笑一下子睜開眼，盈盈地笑著。看到低頭看她的英俊，她慢慢地欠起身子。床頭櫃的鐘錶指向了八點。

「哦，不好意思，我睡了個大懶覺。」

「雖然我還想讓妳多睡一會兒，但我想著應該讓妳吃了早飯再睡，就把妳叫起來了。」

在微笑睜得圓圓的眼睛前面，出現了一個漂亮的蛋糕。

微笑被感動得鼻頭一酸，這已經是第二次了。

這種時候，難道就不能帶點眼力，不要把長長的蠟燭插得這麼明顯嗎？他還偏偏明目張膽地插上了數字「3」和「0」的蠟燭，這讓人心裡多少有些不舒服。

「生日快樂。」

微笑輕輕地吹滅蠟燭，笑嘻嘻地跟他道謝：

「謝謝。」

英俊用左手穩穩地托著蛋糕的底部，右手撫摸著微笑的後腦勺。這已經是第十個年頭了，這十年裡她一直輔助他處理業務，已經心有靈犀的她用平靜而又令人恐懼的語氣，堅決地說：

「如果您敢把蛋糕扔在我的臉上，那您就死定了。」

「扔什麼啊。妳把我看成什麼人了，怎麼說這樣的話啊？妳這麼一說，我倒是想在妳頭頂上玩一下了。」

雖然英俊傲慢地故意用嚴肅的語氣來嚇唬她，但他把右手慢慢地放下來了。如果她不那樣說的話，他可能馬上就把蛋糕糊到她的臉上了。

「我去給您拿杯咖啡。早上……」

「不用，稍等一下。」

英俊倏地起身消失了，不一會他端著一個床用餐架出現了，上面放著一對油光閃亮的黃銅器具。微笑馬上就知道裡面裝的是什麼。

「這可是妳的榮幸啊，我親自給妳煮了海帶湯，作為妳的生日禮物。」

「您親自做的嗎？」

「對啊。」

「天啊……」

原本就累得要死的人，竟然起得這麼早精心為我煮生日海帶湯，我怎麼可能不會流淚呢？

微笑內心深處湧起一股莫名的感動，她用手捂住嘴，眨了眨濕潤的眼睛。

英俊將床用餐架放在微笑的膝蓋上，輕輕坐在床邊，拿起勺子，親手打開碗蓋，將一勺米飯浸沾一點海帶湯，送到微笑的嘴邊。

「妳要都吃了，別剩下。」

「哥哥……」

英俊有些臉紅，這可不是他的風格。他那明朗又充滿笑意的臉龐，比任何時候都要俊秀穩重。

微笑靜靜地凝視著他的眼睛，一時間陷入了深深的思索。

沒錯，我必須得跟他說。為了報答這個帥氣男人對我的愛，我要更加主動地去撫慰他內心殘留的傷痛，讓這個偉大的生命來治癒他的傷口，讓他走向更加輝煌的未來……啊，說什麼呢。這什麼味道啊，直犯噁心。快把海帶湯拿走。

微笑心裡默念的洋洋灑灑的演講一時間變為了嘟嘟囔囔，腸胃開始翻江倒海起來。

「嘔，嘔……」

微笑使勁捂著嘴，緊緊地閉上了眼睛。英俊看到她因為感動而激烈的反應後有些難為情，連忙尷尬地將頭轉向一邊，說道：

「應該挺好吃的，快吃吧。」

「嘔，嘔。」

「不用這麼謝我。快點……」

「嘔，嘔——」

微笑羸弱地乾嘔著，英俊大吃一驚，趕忙將勺子扔到托盤上。

「嘔，快閃開……」

微笑從床上爬起來，倉皇地將英俊推開，衝向浴室，過了好久才出來。她滿臉驚慌站在那裡，手裡拿著個什麼東西。

「這，這個是什麼？」

「育兒手冊。」

「妳……」

微笑對著眼神時而恐怖時而憐惜的英俊低聲嘟囔道：

「我還說這個月的生理期為什麼會推遲，原來是懷孕了。我前天去醫院確認過了，醫生說已經十周了。」

「十周了？上個月妳明明……」

「醫生說那個是著床出血。」

英俊好一會都不再說話，只是愣愣地站著，微笑擔心地抬頭看了看他，溫柔地說：

「我們，要好好把他養大。」

「妳怎麼現在才說啊？妳為什麼一個人孤笑單單去醫院啊！妳怎麼能不跟我說就自己去啊？」

勃然大怒的英俊似乎有些驚慌，卻又茫然不知失措，在整個屋子裡轉來轉去，像侑植一樣開始前言不搭後語。

「那個果然是個胎夢啊。沒錯，怪不得那個夢那麼真實呢。不對，稍等！首先，得先買一個有院子的房子，孩子們最好就是在草坪上和寵物們一起跑跑跳跳。哪裡的房子好呢？給孩子取什麼名字啊？兒子？女兒？不對，稍等，現在還不知道孩子性別吧？不管了，不管是兒子還是女兒都沒關係，這孩子將來肯定能征服整個地球。不過話說回來，孩子，孩子，我們有孩子了……」

英俊不再說話，一下子轉過頭來看著微笑，然後大步地走過來，緊緊地摟著她的肩膀，感覺快要把她揉碎了。他低聲道：

「恭喜妳。不對，是謝謝妳。不對，我愛妳，我愛妳，金微笑。」

英俊反覆說著「我愛妳」，深深地吻了一下微笑的嘴唇，平靜地問道：

「孩子出生之前，是不是得給孩子取胎名啊？」

「嗯，爸爸取吧。」

英俊一臉嚴肅的表情仔細想了一下，誠懇地提議道：

「『跨鳳乘龍飛躍海平線擁抱太陽』，這名字怎樣？」

剛剛還笑嘻嘻的微笑，額頭上一下子青筋暴起。她兩手緊緊抓住英俊睡衣的領口，冷靜地反問道：

「您是真瘋了嗎？不要給咱們的孩子取這麼自戀的名字，重新取一個吧。」

「怎麼了？這名字挺不錯的啊？也不常見。」

「啊，不行，不行，我說不行！這算什麼啊！就不能平凡一點嗎？」

「你瘋了嗎？這可是我們的孩子，怎麼可能平凡啊？」

「不是，平凡的反義詞應該是『非凡』才對吧，難道是『不正常』嗎？」

「『跨鳳乘龍飛躍海平線擁抱太陽』這名字怎麼了！」

「這一聽就不是人的名字啊！」

兩個人你一言我一語的爭吵聲一直持續了很久。

最後，經過激烈的討論，孩子的胎名最終定為「太陽」。

那年冬天，兒子健健康康出生後，兩個人又因為孩子的名字展開了激烈的討論。這些都是後話。

外傳1 爸爸有點那什麼

我長大了一定要比爸爸更優秀，一定要成為比爸爸優秀一千倍一萬倍的人！一定！

「我爸爸說週六要給我買『Dragon Fire』。」

「哇，太酷啦。哲秀太幸福了，太羨慕你啦。」

「唉！這有什麼？我爸爸說要給我買『Action sonic ultra 電車』呢。」

「哇，閔才的爸爸最棒啦。『Action sonic ultra 電車』可貴了呢。」

「不是啦。我爸爸才棒呢。我爸爸說要給我買『Dragon Fire』，還有『Action Sonic Ultra 電車』，還有『Andromeda Assault Bike』呢！」

「哎呀，你撒謊！」

「我沒撒謊，是真的。」
「什麼時候啊？什麼時候給你買啊？」
「雖然我不知道什麼時候，但爸爸一定會給我買的。」
幼稚園放學之前，唯一集團「夢想之樹」中心幼稚園「美麗陽光班」的教室裡，孩子們起了小小的爭執。
有線電視台的兒童頻道正在熱播的３Ｄ漫畫電影「安德洛墨達GO」系列，最近成為了幼稚園裡男孩子們之間討論的熱點，由此衍生的玩具也不例外，「安德洛墨達GO」玩具不僅價格昂貴，在每個大賣場都被一搶而空，而且是首屈一指的超人氣玩具。
「喂，那太陽的爸爸不是最棒了嗎？『安德洛墨達GO』不就是太陽的爸爸造出來的嗎？」
不知道誰說了這麼一句，那些七歲的男孩子們都睜著炯炯有神的大眼睛，看向教室一角的書桌。
一個少年正端坐在一個圓角桌子邊，看著一本厚厚的書。聽到這句話，他抬起頭看了看大家。柔軟的半鬈頭髮，白皙的皮膚，儘管不是雙眼皮，但又大又圓的眼睛，精緻的鼻子和嘴巴。這個少年出類拔萃的模樣，讓人讚歎不已。他那渾身散發出的不容侵犯的魅力，宛如是他的ＤＮＡ基因鏈中與生俱來的「富貴之氣」。
如果是見過唯一集團李會長的人，哪怕只見過一次，那他不可能不知道這個少年到底是誰，李英俊和李太陽這對父子的臉龐真的是一個「24Ｋ純金模子」刻出來的。
「這不是我爸造出來的。」

太陽一下將書合上，蹦出了一句這樣的話。聽到他這樣說，有人用驚訝地語氣問道：

「我爸說過，整個『安德洛墨達GO』工廠都是你爸爸的，難道不是嗎？」

「是我爸的沒錯。」

「那不就是你爸造出來的嗎。」

「不是，不是我爸『造出來的』，Y實業公司只是唯一集團旗下的一個分公司，我爸是總公司的會長。」

太陽環視了一下這些完全理解不了的朋友們，看著他們陽光的笑臉，深深地歎了口氣。

「哎呀，我和你們到底有什麼好說的啊。」

孩子們都圍到太陽的身邊，一個個地跟他問道：

「那你家裡是不是有全套的『安德洛墨達GO』玩具啊？」

「你能自己組裝起來嗎？」

「你能給我一個嗎？就一個可以嗎？你還可以再跟你爸爸要啊。」

太陽面無表情地坐在那裡。這時，有個人一下子擋在了他的前面。這個人正是李英俊會長最好的朋友——唯一集團副會長朴侑植的獨生女朴寶貝。

「喂！你們難道都是傻瓜嗎？」

寶貝的父母可能擔心孩子會遺傳父親的瘦弱體質，因此他們每天都給孩子吃好的。不知道是不是因為這樣的緣故，相比起出生的時候，寶貝的身形敦厚了許多，不光身體健康壯碩，連聲音都非常的渾厚。

「我們太陽會玩『安德洛墨達GO』這種無聊幼稚的玩具嗎！我們太陽，和你們不一樣！完全不一樣！是不，太陽啊？」

寶貝扭過身子來，貼在太陽身邊。太陽一臉難為情地想推開她，但她力量太大了，他根本就不是她的對手，怎麼也推不開。

「哇，太陽的爸爸擁有整個『安德洛墨達GO』工廠，太陽真是太幸福了。」

聽到有人羨慕似地嘟嘟囔囔，周圍的小朋友們也都紛紛點頭附和著。

「嗯嗯，太幸福了，太陽。」

「真羨慕太陽爸爸。」

太陽聽到大家這麼說，臉上表情有些不大得勁。

「這有什麼好羨慕的，我爸他……」

「你爸怎麼了？」

「我爸他……」

這時，一名身著黑色西裝的身材魁梧的男保鏢打開教室門，喊了太陽的名字。

「少爺，您到放學時間了。」

「好的。」

太陽背上書包，將書抱在懷裡。他看了一眼其他小朋友們，嘟起嘴欲言又止地嘟囔道：

「反正……我爸他……有點那什麼。」

＊＊＊

英俊這一天的對外行程結束得有點晚，到家的時間比平時晚一點。

為了準時參加公司的成立週年派對，本應該抓緊時間才行，但他仍然不慌不忙。看到他這樣，微笑心裡焦急得很。

「太陽已經都準備好了，早就在那等著我們了。快點換衣服吧。」

「別嘮叨了，我知道了。」

英俊一邊焦急地解開身上穿著的禮服襯衣的鈕釦，一邊深情地凝視著微笑。

微笑穿著一件黑色襯裙，坐在椅子上，正抬起腿抬來穿著緊身絲襪。她那玲瓏的身體曲線，不管是過去還是現在，沒有絲毫改變，還是那麼讓人歎為觀止。

「妳今天要穿那個連身裙去嗎？」

「嗯。」

微笑那件掛在衣架上的衣服，是一件黑色的真絲材質的連身裙，長袖位置設計為透視效果。

看到英俊不甚滿意的表情，微笑一邊穿著連身裙，一邊擔憂地問道：

「很奇怪嗎？」

「沒有，不奇怪，就覺得是不是有點危險啊！」

「有什麼危險的啊？」

「我在為紀念派對致辭的時候，如果不小心和微笑妳四目相對，不知道我會不會一下子興奮起來，然後對著麥克風喘氣啊。」
「真受不了你啊。」
聽到英俊這討人嫌的笑話，微笑眉頭皺了起來。但她沒有責備他，而是將背轉向他，拜託他道：
「幫我拉一下拉鍊吧。不知道最近是不是得了關節炎了，連手臂都抬不上去了。」
英俊走過來，並沒有將微笑那散在兩邊的衣角加以對齊，而是用右手臂緊緊地將她纖細的腰摟在了懷裡。
「都在等我們呢，您這是幹嘛啊。」
「稍等一下。」
英俊彎下身子，輕輕地親了一下微笑那黑色襯裙上裸露的白皙後背。她的肩膀一陣悸動。
「不要，不要這樣。」
「十分鐘，不，就給我五分鐘。」
「現在真不行，我們要遲到了。紀念儀式結束後，我們晚上再做吧，晚上再說。」
「晚上是晚上，現在是現在。」
英俊濕潤的嘴唇沿著微笑的肩胛骨，慢慢地游移起來。
「真不……行……。」
英俊伸出舌頭沿著微笑的脊柱深深地吻上來，微笑的聲音也漸漸迷離起來。
「很快結束，嗯？」

英俊將嘴唇貼緊微笑的耳廓，低聲細語地問道。微笑聞此，長長地吁了口氣，帶著火熱的氣息轉過頭來，直視著他的眼睛。

一時間，兩個人交換一個眼神，不知道是誰先開始的，他們開始著急慌亂地脫起了衣服。

「您早來十分鐘也好啊，這算什麼啊。」

「對不起，路上太塞了。」

「知道了，要趕緊結束啊。」

「OK。」

英俊手上的動作著急忙慌起來。他掀起微笑的襯裙，撫摸著微笑的大腿，一路而上。

就在這時，傳來一陣敲門聲，發生了一件意想不到的事情。

門外，一個稚嫩靈性的聲音，開始一字一句地嘮叨起來。

「媽媽，爸爸，雖然你們也都知道，但現在差十分就五點了。爸爸回來得這麼晚，我們所有人就都遲到了。現在，你們都換好衣服了嗎？」

驚慌失措的微笑一下子跑開了，在離英俊有一段距離的地方，開始著急地穿衣服。不知道是有多驚慌，她竟然爆發出了驚人的柔韌性，成功地將後背的拉鍊拉上去了。

「呃，呃嗯，太陽，媽媽都穿好了。我們一會兒就出去，你先下去吧。」

微笑努力讓自己假裝平靜地勸慰太陽，但太陽偏偏今天有些性子執拗。

「不行，我等你們，我們一起下去。」

「爸爸還沒有準備好呢。你先下去等一會，好嗎？我們太陽最棒了！」

木質門後，傳來一陣悠長的歎息聲，似乎有些失望的情緒。緊接著，門外的人話裡帶刺地說道：

「爸爸不是說過『男子漢大丈夫就應當珍惜時間』嗎？但是，爸爸為什麼每天都這麼慢吞吞的？我早上起來去上幼稚園，一次也沒有遲到過，上次爸爸也沒有遵守約定的時間。不遵守約定是一種很不好的行為。」

就在微笑不知所措的時候，太陽似乎很無奈地，用一種非常傲慢的語氣又補充了一句後，從門前走開了。

「我先下去看書，你們快點下來啊。我最討厭等人了。」

蹬蹬蹬，輕輕的腳步聲漸行漸遠。微笑過了好一會才轉過頭來，看著英俊。

英俊上半身光著身子，手扶著桌子，儘管這姿勢很撩人很耀眼，但他的臉上卻不是這樣的表情。

他的臉上紅一陣青一陣了好一會兒，英俊才一副完全不敢相信這一幕的表情，張開嘴大聲喊道：

「李太陽到底是像誰啊，他雖然是我們的兒子，但這也太欠揍了不是嗎？」

英俊因為太興奮而聲音高亢。他長長地歎了一口氣，用一種甚為不滿的語調補充道：

「不過，仔細聽他說的話，好像也沒有什麼不對的。雖然很欠揍，但也不是沒道理。這是怎麼回事啊？怎麼會有這種事呢？」

微笑一直靜靜地聽著，臉上的表情很微妙。她皺了皺眉，說道：

「哎呀，就是說呢。他到底是像誰啊？」

＊＊＊

集團成立紀念儀式上，太陽端正地坐在祖父母——名譽會長夫婦的身邊，樣貌非凡，不帶一絲小孩子氣。

儀式結束後，名譽會長夫婦就像平時那樣，連連讚歎太陽：「這孩子怎麼這麼像英俊小時候啊。」其他人也都紛紛你一言我一語地說著相似的話：這孩子以後也會像他父親那般優秀。

不僅僅是在這種場合。

到現在為止，太陽遇到的所有的大人都像約好了一樣，做出完全相同的反應。爸爸，爸爸，爸爸，耳朵長繭的「爸爸」兩字現在聽得快吐了。甚至，連幼稚園的朋友們也開始這樣說。剛開始太陽還覺得挺開心，現在甚至討厭起自己的爸爸來。太陽想不通爸爸到底為什麼非得把自己生得跟他一模一樣，氣到不能自已。

真正對爸爸失望的其實另有其事。

每次過完週末到了週一的時候，朋友們都在嚷嚷著炫耀和爸爸一起出去玩的事情。但是每當這個時候，太陽卻完全無話可說。

無論是週末還是平時，太陽的爸爸不是在忙公司裡的事情就是在聚會、出差的路上，就連下班都是在大半夜。有時候太陽甚至兩天都見不到爸爸的臉。雖然英俊也會急匆匆地跟太陽玩，但也只是在暫時沒有行程安排的時候。

兒子的嘴巴都撅到天上去了，媽媽卻沒有任何察覺，只顧著照顧爸爸。太陽一臉怨憤地抬起頭看著那樣的媽媽。

這種時候連世界上最美麗、最善良的媽媽也站在了爸爸這邊。

媽媽為什麼向著爸爸呢？我可以自己刷牙，還會穿幼稚園園服，無論作業有多少，也從沒有讓別人幫忙寫過。爸爸沒有了媽媽連領帶都不會繫，外套也要媽媽幫忙穿，行程也要問媽媽。爸爸除了忙，到底會做什麼呢？

果然，爸爸確實有點那什麼。

「太陽啊。」

媽媽好像察覺出太陽在鬧情緒，笑盈盈地朝他彎下腰。我就說嘛。還是媽媽最好了。

「我們太陽要快快長大，成為像爸爸一樣優秀的人啊，嗯？」

哎呦，好委屈。現在連媽媽也不需要了。原來世界上沒有一個人站我這邊啊。

一臉苦相的太陽怒視遠處正和外國人嚴肅交談的爸爸，悲壯地宣布：

「不，我長大了一定要比爸爸更優秀，一定要成為比爸爸優秀一千倍一萬倍的人！一定！」

「天啊，真不愧是我兒子。」

太陽丟下欣慰地看著自己的媽媽，轉身跑開了。

＊＊＊

在會場的迷你庭院裡來回踱步的太陽，聽到有人叫他，轉過頭去。

「太陽啊！」

多虧了這洪亮的嗓音，不用確認臉龐就能知道來者何人。是寶貝。

「你在這裡做什麼？」

「沒什麼。」

「巧克力蛋糕很好吃，你吃了嗎？」

「沒有。」

「為什麼？」

這種心情誰還吃得下去啊？見太陽失望地轉過頭去，寶貝擔憂地看著他，猛地抓起他的手搖晃起來。

「你怎麼了？奶油蛋糕更好吃嗎？」

「不是那樣的。」

「哎，沒關係，沒關係。我也喜歡奶油蛋糕。」

啊，這傢伙能不能別再說蛋糕的事情了！

「那我們牽著手去吃奶油蛋糕吧？」

正在太陽猶豫不決，不知道該怎麼回答的時候，一個巨大的身影從他們兩人身後撲了過來。

這是企劃室王部長老來得子——王鎮盛。太陽的個頭本就比同齡人高，而寶貝的體格也本就比同齡人敦實，然而即便如此，鎮盛的塊頭卻大到了連他們兩個都招架不住的地步。

「喂，你們還不鬆手？」

鎮盛眼睛凸起，上下翻著白眼，不熟練地擺出跆拳道的姿勢，兇狠地威脅道：

「喂，太陽。我告訴過你，寶貝是我的女朋友，不要和她走得太近吧？你為什麼不聽我的話？」

太陽一副若無其事的樣子，剛想說「不是我牽的手」，寶貝搶先一步說道：

「天啊，太可笑了！王鎮盛你為什麼要拆散我們？」

太陽一副「什麼？拆散我們？拆散誰？我們是什麼關係？關係是什麼？是可以吃的嗎？」的表情，驚訝地看著寶貝。寶貝完全無視太陽的存在，大聲說了一番不該說的話：

「你聽好了！我和太陽是要結婚的關係。所以你走開！你還是回去看啵樂樂吧。」

鎮盛聽了這話勃然大怒，抓住話柄繼續說道：

「我不看啵樂樂這種東西！我看的是安德洛墨達，我們家有安德洛墨達全系列！啵樂樂是李太陽該看的吧！」

太陽面對著輕率的挑釁，一臉失望道：

「啵樂樂，我不看的。」

「說實話。你不是看的嗎？不是每天都死守首播的嗎？」

「說了不看！」

「唉，我覺得你好像看啊。」

「我說了不看！太無聊了，所以不看！」

情況慢慢變成了兩顆幼稚的自尊心對決戰。

「有人說你們家連一個安德洛墨達都沒有呢？」

「這，這個……」

「是不是因為自己不會裝啊？」

「不是！」

他可是李太陽，這種簡單的積木怎麼可能不會安裝。太陽是有難言之隱。

去年兒童節前的那個週末，全家人都聚集在一起，爺爺問太陽要不要給他買一整套安德洛墨達。太陽覺得如果直接當面說「好，全給我買了」顯得太孩子氣。於是太陽想推辭一下，就回答說：「太幼稚了，我不要。」當太陽意識到自己說錯話的時候已經晚了。

爺爺應該再問一次啊。但是並沒有聽爺爺溫暖地說「爺爺給你買的，收下吧」。相反，太陽聽到爺爺說：

〔果然跟英俊小時候一模一樣啊。瞧瞧我們太陽的小大人樣。絕對是唯一集團的未來啊。〕

那個未來是什麼的東西，就這樣把太陽日思夜想的安德洛墨達變成了『安德洛墨達 GO』。留給他的就只有那徒有其表的「小大人」。

「那就是你想要，但是你爸爸不給你買嗎？」

「不是那樣的。」

「那是想玩啵樂樂娃娃嗎？晚上還會抱著它睡嗎？」

「不是！不是！說了不是！」

「都說你像個小女生。你有小雞雞嗎？」

太陽本來就因為安德洛墨達和爸爸火冒三丈，再加上鎮盛這傢伙又不停譏笑、挑釁自己，他怒從中來，實在忍無可忍，終於朝鎮盛揮起了拳頭。

只聽「撲通」一聲，鎮盛一屁股癱坐在地上，一副無可奈何的神情，嘴巴張了又合，良久，他失聲痛哭，聲音大到簡直浪費了自己的大塊頭。

「呃哇啊啊！呃哇啊啊啊！哇啊啊啊啊！媽媽！太陽他，嗚嗚嗚，太陽他，太陽他打我啦——」

正在太陽慌亂得不知所措時，一個長長的影子從身後襲來。

「李太陽。」

只聽這威嚴的聲音就知道來者是誰了。

太陽唯獨不想被一個人發現這種場面，那個人就是爸爸。

果不其然，他表情嚴肅地低頭看著太陽，給他使了個眼色，像是追問他發生了什麼事情。

「爸爸！鎮盛他……」

「鎮盛怎麼了？」

「鎮盛他笑我。」

「所以你就打了他？」

「不是我的錯。」

「回答我的問題。是不是你打的？」
太陽緊閉著嘴好一陣，最終迫不得已地說道：
「是。」
「快道歉。」
「我說了不是我的錯！」
「把他扶起來，乾乾脆脆地道歉。」
聽到爸爸故作嚴厲的斥責，太陽扭捏了好一陣，這才轉過身向鎮盛伸出手。
鎮盛抓著太陽的手，像個傻瓜一樣哭哭啼啼地站了起來。太陽瞪著鎮盛，一副不情願的樣子憋住氣，艱難地擠出三個字：
「對不起。」
簡短的道歉過後，太陽轉過身，一臉冷酷而委屈地仰視爸爸，突然大哭著跑開了。

＊＊＊

太陽回到家後一直在鬧情緒，把自己反鎖在屋裡，連個人影都看不到。
英俊洗漱後，沒有直接上床睡覺，而是下樓來到了兒子的房間。
英俊輕輕敲了敲門走了進去，發現房間裡黑漆漆的，只亮著一盞小小的夜燈。
「睡了嗎？」
太陽沒有回答，床上的被子卻動了一下。英俊悄悄帶來的東西放在門旁，徑直穿過房間。

他把椅子拿過來，放在床邊，舒適地坐在上面，輕聲說道：

「太陽啊，我們談談吧。」

「不要。」

「有什麼話要跟爸爸說就說。」

太陽像是早就準備好了似的，毫不遲疑地說道：

「我討厭爸爸。」

「為什麼？」

「就是討厭。」

「哪有這種回答？聰明的傢伙就該拿出確鑿的證據來。好好回答。」

「就是討厭……」

太陽仍然背對著英俊躺在床上，過了好一陣才慢慢打開了話匣子：

「別的小朋友的爸爸，週末和他們一起看棒球，一起去博物館，一起去釣魚，我的爸爸……」

「我的爸爸卻總是忙著工作忙著出差？」

「是的。」

「你剛才說討厭我。那你想跟爸爸在一起嗎？想跟爸爸一起玩嗎？」

「嗯……」

「看來也不討厭嘛？」

英俊咧嘴一笑，若無其事地說道。聽到這句話，太陽像是被戳中了要害，又閉緊了嘴巴。

英俊緩緩俯下身子，貼在太陽耳邊小聲說道：

「週末跟爸爸一起去看棒球吧，不帶媽媽。然後下週去博物館、去釣魚，怎麼樣？」

不管多聰明，小孩子畢竟是小孩子。一眼就可以看出來，明明很開心卻故意裝作若無其事的樣子。

好一陣沒有反應的太陽尷尬地點點頭，仍然背對著英俊，沒有看他。似乎仍舊沒能察覺出有任何異常。

「可別高興得睡不著覺哦。」

英俊留下意味深長的一句話後，起身朝門口走去。

太陽這才覺得有些不對勁，猛地坐起身，看到堆在門口的東西後一下子跑了過去。那是他一直以來夢寐以求的東西，卻因為自尊心說了不該說的話，差點讓自己氣到撞牆的安德洛墨達全系列。

「爸爸！」

英俊剛要轉動門把手，聽到太陽的叫聲，轉過頭來，發現太陽低下頭，哽咽著道歉：

「剛才……是我錯了。」

「什麼意思？」

「我打了鎮盛，是我不對。」

英俊重新大步走回床前，緊緊抓住太陽的肩膀，一臉真摯地說：

「爸爸從來都沒說過是你的錯。」

「爸爸……」

我，我爸他有點……帥氣啊？太陽的眼裡閃爍著憧憬的光芒。

「下次鎮盛再笑你的話，你就……」

英俊沉默了一會兒，平靜地說道：

「打飛他。」

「啊？」

「然後跟他道歉。」

「哦……啊？」

「如果再笑你，你就再打飛他。狠狠打，打到他失魂落魄。然後再跟他道歉。」

哦，這個，有點……一個優秀社會青年不應該在孩子面前說這種話吧？開玩笑嗎？還是來真的？

陷入混亂的太陽不解地歪著頭。英俊繼續說道：

「寧願死也不能輸。知道了嗎？」

「啊……知道了。」

太陽一副不樂意的表情，勉強回答道。英俊接著溫柔地說道：

「還有，鎮盛今後不會再欺負你了。絕對不會。為什麼呢？因為鎮盛的爸爸比不過太陽的爸爸。」

太陽瞪圓了大眼睛，抬頭看著英俊，英俊開懷大笑，笑得有些嚇人。

「我可是他高中的學長呢。」

雖然不能完全理解爸爸的話是什麼意思，但太陽卻立刻明白了一點。

啊，原來大人活得也並不那麼成熟啊。

＊＊＊

籠罩在黑暗中的臥室裡，微笑的體溫把特大號雙人床暖得恰到好處，英俊「嗖」地爬上床，輕輕地咬著她的耳垂。輕薄的絲質睡裙下，英俊的手長驅直入，摸索著她的大腿遊走而上。

「氣消了嗎？」

「稍微吧。」

「我知道您忙，但您也多少再用點心。看到兒子因為爸爸這麼難過，真是心疼了。」

「知道了，知道了。」

「安德洛墨達 GO 給他了嗎？」

「這傢伙，如果想要，就早說『想要』啊。反正啊，他這麼要強也不知是像誰。」

英俊咧嘴笑著嘟囔起來，微笑癢得扭動著翻了個身，尋上他的嘴唇。

兩個人品味著唇舌交融的熱吻，眼神逐漸變得迷離。

「慢慢懷上老二怎麼樣？」

「嗯，我不喜歡。現在這樣不也挺好的嗎？」

「您不想要個女兒嗎？」

「我再想想。」

在英俊的舔舐啃咬之下，微笑的後頸隱隱發疼，對話也就到此結束了。

寬敞的臥室裡，響起了火熱的喘息聲和摩擦聲。

英俊把頭深埋在微笑豐滿的胸裡，頭也不抬，只是用手去解睡衣的鈕釦。微笑的肌膚火辣辣的，猶如夏季炎炎烈日下炙烤的瀝青，英俊每每用鼻尖掠過，全身都麻酥酥的。英俊腹部下方的深處，膨脹起一股強烈的欲望，此刻，溫柔的前戲之類的統統省略吧，他只想粗暴地把她生吞了。

但是，就在此時。

「爸爸。」

聽到這個聲音，就猶如被潑了一盆冷水，所有的火熱瞬間冷卻。

不覺間被單裡亂成一團。英俊和微笑匆忙理了理凌亂的衣服和頭髮，同時掀起被子猛地起身，低頭望向聲音傳來的方向。

太陽抱著龐大的恐龍枕頭，笑咪咪地站在床前，以一副大發慈悲的口吻說道：

「為了向爸爸表達歉意，今天我就陪你們睡一晚。」

「啊……太陽，爸爸的耳朵好像有點奇怪。我怎麼聽不太懂呢，你說什麼？」

「我說今天我陪爸爸媽媽一起睡。咳咳。僅此一天。知道了嗎？」

太陽不由分說地爬上床，熟練地擠到兩個人中間，擺好枕頭，舒舒服服地一頭躺了下去。

轉眼間，英俊和微笑間隔開一個難以逾越的山谷，兩個人一臉無奈地看著對方，良久，終於爆發出一陣大笑。

兩人說著「反正，偶爾這樣也不錯嘛」，一邊輕輕地拍著太陽，一邊談笑起來。

聊著聊著，就聽到低沉的打呼聲。也許是太累了，不一會兒的工夫，太陽就沉沉睡去。

微笑眼含愛意地低頭看著兒子熟睡的臉，又看向一模一樣的爸爸的臉，說道：

「您知道太陽剛才對我說什麼嗎？」

「說了什麼？」

「長大了，要變得比爸爸更優秀，要變成像天像地一樣優秀的人。」

聽到這兒，英俊噗哧笑了，一副理所當然的樣子，說道：

「告訴他，我死之前別做夢了。竟然敢……」

「哎喲，是是。您說得是。」

兩個人對視著咯咯笑起來，隔著兒子輕輕地吻了一下。

一個平凡家庭的一天，就這樣結束了。

外傳2 哭泣的女兒控

侑植把滑下來的眼鏡推了上去，高傲地看著遠處的英俊。看見了嗎，李英俊！這就是養女兒的感覺。

利用短暫的假期，侑植和英俊一起來到了濟州島，享受著久違的家庭旅行。

總是渴望能夠和繁忙的爸爸共度靜謐時光的五歲孩子們，高興得歡呼雀躍，在酒店的室外溫泉池裡玩了一整天的水。

此時，英俊還在泳池裡陪兒子一起玩著沙灘球，侑植卻早已體力不支，躺在私人海灘小屋的沙灘床上，頭一搗一搗地打著瞌睡。

「親愛的，睡著了嗎？」

「沒有，還沒。」

「那個吧，寶貝的游泳服啊，是去年秋天才買的，現在就已經小了。現在她才五歲，比起她的個子，我真有點擔心她是不是長得太胖了。」

聽到妻子美京的話，侑植望向坐在對面沙灘床上的女兒，只見她用力「嘖嘖」地吸著兒童紅蔘濃縮液的袋子，吃得特別香。她的泳衣長度還可以，也許是因為那快要爆炸似的圓滾滾的肚子吧，看起來確實……被塞得緊緊的。

「看起來很結實嘛，多好，幹嘛那麼擔心。」

「是嗎？嗯。」

在父母看她時，寶貝把紅蔘袋子倒提起來放在舌頭上，把最後一滴紅蔘精華抖出來喝掉，突然瞪圓了眼睛，衝侑植喊道：

「爸爸，爸爸。」

「哎呦呦，我的乖女兒。叫爸爸什麼事啊？」

「寶貝決定了。」

「什麼？」

「寶貝要和爸爸結婚。」

侑植把滑下來的眼鏡推了上去，高傲地看著遠處的英俊。看見了嗎，李英俊！這就是養女兒的感覺。你這個只有兒子的傢伙，到死也體會不到啊，咯咯。

「還有，爸爸。我想吃西班牙炸油條。」

「這裡好像沒有西班牙炸油條呢。」

「媽媽！那就再給我點剛才的炸雞。」

「這孩子，午飯剛吃了沒多久，又來了！」

美京剛開始數落，侑植就伸出手制止了她，說道：

「哎哎，孩子本來就身子弱，剛玩了水，很餓啊。」

「親愛的，你再怎麼是個女兒控也不可以這樣啊。清醒一下。這孩子哪會身子弱？在幼稚園所有的孩子裡，她的體重早就遙遙領先了。」

「反正，她想吃的時候就讓她吃，快點單吧。」

「哎喲，你總是這麼寵她，都成習慣了。這樣下去，孩子只會越來越壯的。真是頭疼啊。」

寶貝看著不停抱怨的媽媽，絲毫不在意她到底是去還是不去，又衝著她的背後，用嘹亮的高音喊道：

「媽媽！炸雞裡的蘿蔔多一點啊啊啊！」

侑植眼含愛意地看著寶貝那紅撲撲又胖嘟嘟的臉。哎喲，這孩子這麼漂亮，真不知道她是吃什麼長大的。

「來，我們的寶貝，妳剛剛說的話能再說說嗎？」

「什麼話？」

「你說長大了要和爸爸結婚，為什麼會這麼想呢？」

寶貝一雙大眼睛滴溜溜地轉著，嫣然一笑，回答道：

「恩書約好了，長大以後要和志赫結婚。還有，書延和俊浩是同桌，他們也說以後會結婚的。」

恩書和書延，都是寶貝幼稚園的同班同學。但是最近的孩子們怎麼這麼早熟呢？

「嗯……原來是這樣啊。」

「我也不能認輸，所以，得和爸爸結婚呀。」

啊啊，原來是因為這個啊。侑植的眼角悄悄泛上露珠。

「好，我們的寶貝長大了一定要嫁給爸爸。知道了嗎？」

「知道啦。」

「爸爸長得最帥吧？有天和地那麼帥吧？」

「那當然了。在這個世界上，寶貝最喜歡的就是爸爸啦。」

「所以，以後也不能喜歡其他傢伙。我們約好了。」

「那當然了，那當然！啊啊，寶貝也想吃胡蘿蔔★蛋糕了呢。」

「這裡應該沒有胡蘿蔔蛋糕呢。」

直到此時，侑植還沒有察覺到。但凡有女兒的爸爸們都會經歷的人生考驗，竟然會來得那麼快。

「太陽的盤子已經空了啊？媽媽去給你拿水果好嗎？」

「不用，我自己去拿。」

★韓語中，「胡蘿蔔」和「當然」發音相同。

夕陽西下時，大家不再戲水，而是來到自助餐廳吃晚餐。吃飯的時候，大人們聊著聊著就聊得有些久了。本來是聊寶貝和太陽的幼稚園裡，某家的女兒打了某家的兒子，雙方父母鬧到了院長室，不知怎地，聊著聊著就聊到了國際形勢方面。在此期間，五歲的孩子們能做的就只有吃了。

「太陽，太陽，那個很好吃呢。」

不知是什麼時候跟上去的，在水果區前，寶貝一下子拉住太陽。一個女孩子，寶貝的力氣怎麼就像個男孩似的，不過只是抓了衣袖而已，太陽的整個身體都被一下扯了過去。

「哪個啊？」

「這個，這個，屎蛋糕。」

「嘔嘔。屎蛋糕是什麼啊？」

「蛋糕上有屎奶油。但是很好吃，這個屎。」

「這不是屎，是栗子。真無知。」

「你說什麼？」

「這兒不是寫著名字嘛。栗子蒙布朗。」

「栗……這麼複雜的東西，我還不會唸。」

「M—eng 蒙，L—ang 朗……」

也許是寶貝不願聽，直接打斷了他。

「反正，屎蛋糕很好吃。太陽，你怎麼什麼都知道啊！」

他問過爸爸，因為爸爸告訴他那是用栗子做成的甜點，所以他才這麼說的，其實，太陽也一樣覺得那像屎。但是，即使是那樣，他也不能直說。
「嗯。沒有我不知道的。我一出生就什麼都知道。」
「哦哇啊。」
寶貝張大了嘴巴，不禁露出很驚奇的表情，不過呆頭呆腦的她，轉瞬間就又把心思放到了甜點上。
「這個布丁也好吃。我都吃了兩個呢。你也嘗嘗。」
太陽突然覺得有點傷心。此刻不是該給出誇獎和稱讚的時候嗎？這時不誇我，到底在幹嘛呢？總之啊，還是和七歲的哥哥們才談得來，和同齡的小傢伙們實在是沒有什麼共同語言。
「甜點得適量吃。」
聽到太陽的話，寶貝瞪圓了眼睛問道：
「什麼？為什麼呢？」
「甜點本來就是吃完飯以後，稍微吃一點的東西。」
「誰說的？」
「我在爸爸的雜誌上看到的。」
「哇哇。」
「還有，吃太多甜的和油膩的東西，對身體不好。這是常識。」
「常識是什麼？不是吃的吧？」
「常，識，不是吃的。常識是什麼呢……呃……啊……那，那個吧，呃，媽媽和爸爸都知道的。」

太陽還太小，明明不懂，卻還硬要裝作一副什麼都懂的樣子。聽到他說大話，寶貝的眼睛都直了，變得亮晶晶的。

「你……」

「幹嘛？」

「你，真聰明。」

太陽終於等到了稱心如意的反應，他聳了聳肩，露出驕傲的神情。

正在此時，有一位金髮的外國小姐從太陽和寶貝身邊路過，不小心輕輕碰了下太陽的肩膀。

「Oh! Excuse me.」

外國人非常愧疚地道歉，太陽微微一笑，一字一句地回答道：

「No problem. Never mind.」

外國人覺得這樣的太陽可愛極了，一邊海豚音尖叫著，一邊海狗式鼓著掌，走了過去。看到那個樣子，寶貝的腦袋裡亂作一團。

「喂喂，壞太陽。」

「怎麼了？」

「你太太太帥了。」

「嗯。我本來就帥。」

「但是，怎麼辦啊？」

「什麼怎麼辦？」

「寶貝剛才和別人約定好要結婚了。」

太陽想起了最近在幼稚園流行起來的「新郎新娘」遊戲。到現在為止，撲向太陽說要跟他結婚的女孩子遠不止一、兩個了。在自由活動時間裡，太陽想要一個人安靜地拼拼圖、看看書，這時如果有人黏上來的話，他就會覺得很煩，所以他都一一拒絕了。

「嗯……這樣啊。」

「怎麼辦啊，要是早知道你這麼帥，寶貝就不會說『要和爸爸結婚』這樣的話了。」

「哦？妳和爸爸是不能結婚的啊。」

「你說什麼？」

「妳和爸爸是不能結婚的呀，妳的爸爸已經和妳媽媽結婚了。結婚不是只能結一次嗎？」

「真的嗎？」

「嗯，應該是這樣。」

寶貝不知道在想什麼，滿臉悲壯的表情，她將蛋糕放到一邊，猛地抓住了太陽的手。

「走吧，太陽。」

「嗯？我是來拿水果的。」

「水果和蔬菜這類的食物不吃也行，吃了這些肚子就飽了，就不能再吃炸雞和蛋糕了。」

「但我想吃柳丁和西瓜……」

「哎呦，妳是豬嗎？別拿這些了。」

「啊！」

束手無策的太陽被寶貝抓住，像行李箱一樣被拖走了。

另一邊，大人們正就國際形勢嚴肅地討論著。不知怎地，他們的話題轉向了「明天要不要去吃黑豬」。

「爸爸，爸爸！」

寶貝喊爸爸的聲音很洪亮，不僅是她所在的這個桌子邊的人，就連其他五張桌子前坐著的所有人，也都朝寶貝這邊看過來。這嗓音真的是很厲害、很有威嚴。

侑植不自覺地臉紅了，看著女兒問道：

「啊呀，我的女兒，妳拿的是『屎蛋糕』吧？」

「天啊，爸爸，什麼屎蛋糕呀。你真無知，這是蒙……濛濛豬排？」

「蒙布朗。」

「嗯，對，就是那個，那個。」

太陽在旁邊一使眼色，寶貝跟著不斷地點頭附和。突然，寶貝一副在幼稚園發言時的模樣，舉起右手喊了出來：

「爸爸！我朴寶貝有話要對你說。」

「我的女兒這麼支支吾吾的，是有什麼有趣的事要跟我說啊？」

「寶貝決定了，我要跟太陽結婚！」

朴寶貝的話讓坐在桌子前的大人們大吃一驚。

「妳說什麼？」

「太陽是世界上長得最帥氣的人。他的帥氣普天之下，無人能敵。所以我喜歡太陽，我要跟他結婚。」

「等等！喂，妳突然……嗚嗚！」

驚慌失措的太陽想說些什麼，但被寶貝蠻橫地用手把嘴巴給死死地捂住了。

「不想挨打的話，你就安靜點，李太陽。」

寶貝惡狠狠的威脅和瘋狂的攻擊讓太陽不知所措，他放聲大哭了起來。

微笑強忍著笑意，把太陽抱在懷裡安慰他。英俊臉上一副傲慢的表情，雙手交叉，托著下巴，把侑植的女兒叫了過來。

「寶貝呀。」

「嗯，叔叔。」

「妳說，妳長大了想跟太陽結婚？」

「是的。」

英俊嘴唇的一角上揚著翹起來。

「以後真的會如你所願……噗！」

話還沒說完，英俊的臉就被猛然飛來的一張厚厚的餐巾紙蓋住了。

「李英俊，你要再說一句話，我立刻辭職。」

聽到侑植這不同尋常的有魄力的聲音，英俊不由得嚴肅起來。在平時，只要是寶貝的事，侑植總是戰戰兢兢的。這麼出名的「女兒控」突然遇到這種事，他得有多麼驚慌失措啊。一想到侑植的心情，英俊感覺眼淚都要流下來了，因為他得使勁憋住不能笑出來。

「寶貝，妳怎麼能這樣？妳剛剛還說『爸爸是這世界上最帥的』，說『妳對爸爸的愛比天高比地厚。』」

「嗯，剛剛確實是這樣的。」

「現在呢！」

「我現在喜歡太陽。」

瑟瑟發抖的侑植確認了這一事實後，臉色變得蒼白。

「喂，朴寶貝！我把妳養這麼大，妳就這樣對我嗎？啊？」

「對不起，爸爸。」

「啊！怎麼能！妳怎麼能變心呢？」

心臟狂跳的侑植，看著寶貝拉著哭泣的太陽去拿屎蛋糕，看她離去的背影，再次受到打擊。

「都說養女兒一點用都沒有！咳呃，該死！」

「什麼，哈哈，真是沒辦法，哈哈，安慰你啊。加——哈哈哈——油，朴博士。噗哈哈。」

「你這小子，要笑就笑，要說話就說話！以後你生了女兒，照樣也要承受這些！」

「女兒控」從口袋裡掏出清心丸使勁嚼著，難過地嚥下了痛苦的眼淚。

外傳3 迎接家庭新成員

這五官和我一模一樣無可挑剔，
還完美繼承了我的天才大腦。

大家好，我是現在就讀於首爾某私立小學一年級的男生李太陽。

其他更加詳細的個人資訊，我就省略掉不再說了。因為就像爸爸說的那樣，這本來就是個可怕的世界。

爸爸在我小的時候就一直對我說：「不管發生什麼事，絕對不能相信世界上的任何人。」這句話聽得我耳朵都長繭了。每次這樣說的時候，他一定會加上「當然，你還是可以相信爸爸的」這句話。雖然我不知道他為什麼會這樣說，但他每次都會加上這一句，而且始終如一。這句話就像重複播放歌曲的高潮部分一樣，無休無止。

我爸爸……雖然不能非常準確地說出他是什麼樣的人……反正他就是這樣子的。

我現在在江南唯一醫院二十二層的ＶＩＰ病房裡。

您是問我哪裡不舒服嗎？不是的。現在躺在病床上的不是我，而是世界上最美麗，不，曾經是世界上最美麗的人——我的媽媽。

媽媽完全變了一個樣。她再也不是我以前的媽媽了。直到出發去醫院之前還對我笑盈盈的媽媽，現在再也不對我笑了。

媽媽剛才在病房讓我去接待室的時候，她緊緊握住我的手，對我說：

「太陽啊……不要擔心媽媽……我的太陽最棒啦，啊。」

媽媽說話的時候，臉色變得很難看，和平常完全不一樣。她皮膚也變得很蒼白，冒著冷汗，一直都很溫暖的手也變得非常冰冷。

「呼哈呼哈，太陽，記得寫作業啊，啊！自己把明天要用的東西準備好，呼嗚，呼嗚，啊啊啊啊啊啊！出來了，出來了，出來啊啊啊啊！哈，沒事，現在沒事了。呼嗚呼嗚，啊啊，可是那個人為什麼不來啊啊啊啊！孩子馬上就要生了，啊，現在還去出什麼差啊，啊！不是都說生第二胎沒那麼痛嗎，完全都是騙人啊，啊啊啊！給我打無痛針，無痛針！」

雖然我不知道無痛針是什麼，從剛剛開始媽媽就一直呻吟著要用無痛針，但醫生告訴她，這次生產過程挺快的，現在用無痛針也沒有用了，讓她稍微忍一忍。

媽媽平常是個非常沉著、很有忍耐力的人，但在這種事面前，忍耐力卻變得好像沒有任何意義。

「啊啊啊啊啊！」

不知道大家是否知道，我的外公是一名搖滾歌手。

之前，爺爺曾經帶我去看過外公的公演。那時候，外公就像現在這樣，朝著觀眾席高聲喊叫：

「你們的啊喊聲只有這麼大嗎！大家要從丹田使勁大聲叫喊出來！搖滾精神永遠不死啊啊啊！」

雖然當時的我不知道那是什麼意思，但看到媽媽現在這樣大聲叫喊，我好像有些知道了。搖滾精神仍然活在媽媽的心裡。Peace！

說到這裡，大家都察覺到了吧？

是的。

再過一會兒，李太陽就有妹妹了。

不是像大伯的兒子、大姨的兒子、小姨的兒子那樣總是吵吵鬧鬧討人厭的弟弟們，也不是像侑植叔叔家去年剛出生的二兒子。我馬上就要當哥哥了，而且還是一個妹妹的哥哥，嘿嘿。

我最開始知道那個事實，是在去年夏天。

那段時間，一向很忙的爸爸不知道哪根神經搭錯了，居然休了整整一週的假。所以，爸爸、媽媽和我一起坐著爸爸的專機去大溪地遊玩。

比起飛機，我更喜歡直升機，我提議坐直升機去，但是爸爸說大溪地太遠了，所以要坐飛機去。因此，我氣得好一陣都不和爸爸說話。

但是那天，我們在飛機裡吃了媽媽打包帶去的魚子醬和鵝肝的紫菜包飯便當，那真的是太美味了。而且作為飯後甜點的松露霜淇淋也別有一番風味。因此，我心情美美地原諒了爸爸。因為我是一個比看起來還要更加心胸寬闊的小孩。

哦？大家為什麼是這個表情？難道大家不是都那樣很平凡地活著嗎？

話說，在大溪地停留的五天時間裡，我真的……無聊死了。玩水、玩沙子是很好玩，但玩一、兩次也就夠了。那個地方，除了大海以外什麼都沒有。如果當時沒有帶書過去，那真的要悶死了。

但是，爸爸和媽媽不知道為什麼那麼高興，只要他們對上眼就笑得合不攏嘴。在海邊，本來就熱得要死，他們還一直牽手、擁抱、親吻、撫摸，嘴裡不停地說「我愛你」「我愛你」，哎呦，我真是看不慣。

呵呵。

當然，並不是只有他們倆的關係這麼好。爸爸媽媽不知道有多擔心和照顧我，我現在想起來都挺感動的。

兩位或許是怕我累了，太陽剛下山就無休止地唱著「快睡吧，太陽，早點睡才能長高。好好睡覺吧，太陽，晚上不要醒，睡懶覺也沒關係，快睡吧，給你三萬元，拜託你快快入睡吧。」

這難道不能看出爸爸媽媽是有多為我著想，有多愛我嗎？

當然也多虧了他們兩位為我著急擔心，我每晚都睡得很香。但我有時候睡著睡著，半夜去廁所回來時，每次想輕輕地把爸爸媽媽的寢室門打開的時候，不知道為什麼，門都是鎖住的。

從大溪地回來後，不知過了多久。

爸爸在下班路上買了非常大的玫瑰花束回來，送給媽媽，然後在媽媽臉上亂親一通。

聽到我問爸爸為什麼這麼高興，媽媽笑盈盈地回答我：

「我們太陽也馬上要有妹妹了，開心嗎？」

妹妹？

妹妹。我也有妹妹了。

雖然我有些不明白，但還是很開心。前一段時間，當其他小朋友們說起妹妹和弟弟的話題時，我常常因為沒有弟弟妹妹而感到難過。

為了現在還在媽媽肚子裡而沒有名字的妹妹，爸爸不假思索地給她起了個炫人而又酸溜溜的（按媽媽的話就是『有點自戀的』）胎名，然後被媽媽使勁掐了下肋部，還留下了瘀青。

你們是不是在想：「什麼瘀青啊，你不會是在說謊吧？」這是真的，我清楚地看到過。那天晚上，我和爸爸一起洗澡，他的肋部有非常大的瘀青。

但是……爸爸明明被掐的地方是肋部啊……為什麼他的脖子後面、胸部中間，還有大腿根也有瘀青呢？背上也有幾條被抓過的痕跡。

我問爸爸，這些也全都是媽媽抓的嗎？爸爸的臉變紅了，嘴裡自言自語地說：「小孩子不要問太多。」他沒有回答我，然後就問我：「你的作業都寫完了嗎？」又說：「你今天看到的東西，不能告訴任何人，知道嗎？」

還說了「今天看到的，不准告訴任何人，知道了嗎？這是媽媽的習慣，不對，是私生活，不對，是名譽問題」這些讓人完全聽不懂的話，甚至還哄我說「如果你保密的話，爸爸下個週末就帶你去棒球場，去見李大路選手」，真讓人摸不著頭緒。

我爸爸是唯一自戀者職業棒球球隊的老闆，球隊裡有一位身軀高大的打擊手就是李大路，我還想要他的簽名球棒，所以就答應了。那個週末，我果然見到了李大路選手，還和他一起吃了冰淇淋，也收到了簽名的球棒。

幾天以後，因為聽說大伯回國了，所以我們去爺爺家玩。在爺爺家時，奶奶問我「爸媽的關係好嗎」，我不由自主地把那件事說漏了嘴，著實是我的失誤。真的是少有的失誤。我的腦袋那麼聰明，一旦約定，是絕對不會忘記的。

一直在旁邊聽著的大伯嘟囔了一句「弟妹比看起來要主動啊」，被伯母（我伯母的名字是「吳利智★」，搞笑吧？）狠狠地嘮叨了一番。爺爺則表情十分尷尬地一陣乾咳，然後對我說「到了別處可別說這個」，還給了我一大筆零花錢。

★和「醃黃瓜」發音相同。

那到底是什麼事情呢？

我想來想去也覺得雖然我的腦袋很聰明，但世界上好像還是有很多我這個聰明腦袋也理解不了的事情。

不管怎樣，媽媽肚子裡的妹妹或弟弟的胎名最終定為「若拉」。

爸爸前一週去歐洲出差的時候，路上想睡覺做了夢，夢見天空中布滿了「歐若拉」，他像吸麵條似的，「呼嚕嚕」一口吞了下去。所以，想起名叫「歐若拉」，但是媽媽說太肉麻，就把「歐」字去掉，成了「若拉」。

哎呀，竟然叫若拉。太差勁了吧？再說了，取名「若拉」，萬一是男生怎麼辦？

我覺得「超級索尼涅墨西斯極致梅加索尼」這種程度還差不多，但是這個名字太長，萬一是妹妹的話，好像也不太合適，所以我也就馬馬虎虎跟著叫「若拉」了。結果，還真是個妹妹。

有妹妹當然是件極好的事情，但另一方面，也不那麼好。

因為媽媽總是不舒服。

不知道從什麼時候開始，媽媽坐在飯桌前總是皺著眉頭，遮著嘴巴「嘔嘔」地犯噁心，後來連飯也不吃，也不再幫爸爸做事，整天只是在床上躺著。

我問爸爸：「媽媽又開始減肥了嗎？」爸爸卻一臉嚴肅地摸著我的頭對我說「不是減肥，而是『害喜』」。隨後媽媽還說：「若拉害喜比起懷著太陽你的時候，根本不算什麼。你在媽媽肚子裡的時候，爸爸為了討媽媽歡心，兩個月就瘦了三公斤呢。哈哈哈哈。」

這話是什麼意思，我雖然並不理解，但我覺得那是理所應當的。作為哥哥，我怎麼會不如若拉呢，那是不可能的事。

從那以後，沒過多久，借用爸爸的話說，媽媽「食神附體」了。

形形色色的珍饈接連不斷地乘特快專列，從全國各地飛來。不，不僅是全國。爸爸甚至改變了海外出差的路徑，特地親自運送媽媽想吃的零食。

有一次，半夜兩點，我看到媽媽站在黑暗的廚房的冰箱前，狼吞虎嚥地吃東西，嚇得我差點暈了，爸爸卻只是眉開眼笑地問我「你媽媽是不是很漂亮」。

雖然是我的爸爸媽媽，但有時看他們兩位，總覺得有點……太那個了。

也許就是因為那麼猛吃，一直很苗條的媽媽，從去年年底開始，就明顯胖了起來。從上個月開始，喘氣很吃力，肚子鼓得嚇人。爸爸卻一直對我說「不是媽媽吃，而是若拉吃，不是媽媽長肉，而是若拉長肉」，真是不像話。

我認識的包括媽媽在內的所有人，都異口同聲地對我說，爸爸是個天才，讓我長大了要變成像爸爸一樣優秀的人。可是我們有話直說，總是說那些話的爸爸真的是天才？真的是優秀的人嗎？

我在接待室等候的時候，媽媽呻吟的間隔好像越來越短，裡面開始傳出一些與之前的氣氛截然不同的聲音。

「啊呃呃！」

總是和藹可親的媽媽，聲音一直很好聽，但是現在所聽到的媽媽的聲音，完全像是另外一個人的。

媽媽那短暫又淒切的慘叫聲之後，是一陣沉默，接著陸續傳來幾番醫護人員忙碌的聲音，我突然感到害怕。

「奶，奶奶……媽媽沒事吧？」

「嗯，嗯，沒事。媽媽生寶寶本來就是都會疼的。生完就好了。」

「真的嗎？」

「那當然，我們太陽也是這樣出生的呢。」

就在那時，病房的門打開了，一位護士阿姨走了出來，朝接待室走來，招呼了奶奶。

聽她們輕輕的談話聲，大致是問：「爸爸大約什麼時候到，孩子好像馬上就要出生了，媽媽總是很在意，先帶老大去外邊是不是好一些。」

奶奶一副很擔心的表情傾聽著，然後來到我的身邊，牽著我的手說道：

「太陽，你和奶奶先出去一下好嗎？」

我忽然想起今天早上的事情。

媽媽的預產期是這個週末，爸爸請了幾天的假。今天是休假前的最後一天，爸爸去其他地方出差，一大早就出了門。

不和媽媽一起去上班的日子，爸爸總是會在玄關告別以後，習慣性地親親媽媽的兩頰再出門，今天卻有些不一樣。

親了臉以後，又親了嘴，然後俯下身子，對著媽媽的肚子說：「爸爸從明天開始就休假了，所以若拉，妳不要今天出來噢！」然後又對我說：「爸爸不在的時候，媽媽就由太陽來守護。知道了嗎？我們約好了喔！」說完又多次確認了我的回答。

我放學回到家，洗完澡吃完零食，等著小提琴老師來上課。就是這個時候，媽媽的狀態開始變得奇怪。媽媽突然喊著「啊，我的肚子」，臉色變得很蒼白，她看了看手錶，開始準備去醫院。

直到我和媽媽一起坐車去醫院的時候，還有媽媽入住爸爸提前辦好手續的醫院，媽媽一會兒好一會兒疼反反覆覆，奶奶趕到後把我送到接待室，雖然我和爸爸約好了，但我還是不知道該怎麼做。

媽媽到目前為止，都一直在等著爸爸。爸爸因為重要的會議去了釜山，現正著急地趕回來，即便如此，在這之前，我不知道該怎麼辦，很是不安，沒法再堅持下去。

我剛被奶奶牽著出門到了走廊，就聽到四周響起亂哄哄的直升機的聲音。

過了一會兒，通向樓頂的緊急出口的方向，傳來了雜亂的腳步聲。原來有一個高個兒的男人，懷裡抱著一束巨大的玫瑰花，瘋瘋癲癲地跑了過來。

借用媽媽的話說，就是擁有「隨隨便便往哪兒一擺，都沒法不引人注目讓人瘋狂的俊美」的爸爸。

「太陽！」

「爸爸啊啊啊啊！嗚！」

看到爸爸那讓人安心的臉龐，我的眼淚無端地掉了下來。

爸爸張開長腿，跨步跑來，撫摸著我的頭，氣喘吁吁地說道：

「我們的太陽，遵守了和爸爸的約定啊。乖孩子。」

「爸爸……我什麼都沒做……」

「你堅強地陪在媽媽身邊了啊。這就足夠了。」

欸？

我爸他……今天有點帥啊？

我產生了一個想法，長大後我也要成為這樣的人，其他的不說，我也要在這種情況下，得到一串這樣帥氣的台詞。

爸爸咧嘴笑著和奶奶交談了幾句，然後急忙進去裡面。醫護人員忙碌地進進出出，沒過多久，終於隱約傳來孩子的哭聲。

「天啊！看來是生了。」

奶奶高興得不知該如何是好，我完全搞不清楚狀況，不知道該做出怎樣的反應。

就那樣過了好一會兒，裡面的護士阿姨打開門現身，招呼了我和奶奶。

穿過接待室，站在媽媽生寶寶的病房門前時，裡面傳來了孩子「哇哇」的哭聲，還有爸爸媽媽低聲談話的聲音。

「辛苦了。」

「哥哥你也是。」

「早知道是這樣，今天就不該出差的。妳一個人很害怕吧？」

「有一點。」

媽媽和爸爸的關係一直很好，聽他們的談話，有時會覺得很肉麻，但今天的對話和平時不太一樣。雖然說不出哪兒不一樣，但莫名有種鼻頭酸酸的感覺。

可能奶奶也是一樣吧，奶奶牽著我的手，把食指放在嘴唇前，示意我別出聲，然後就那樣站在門前。

也因此，媽媽和爸爸溫馨的對話沒有中斷。

「我們的孩子漂亮嗎？」

「嗯，漂亮，漂亮得過分。」

「真的嗎？」

「嗯。漂亮得沒有人不愛。」

「那麼漂亮？哼。皺巴巴的，我沒看出來呢。」

「說什麼呢。不看是誰的女兒，能不漂亮嘛。」

媽媽咯咯笑了一會兒問道：

「看起來像誰呢？可能是因為是女兒吧，和太陽那時候不太一樣呢。」

爸爸好一會兒沒有說話，然後用剛剛那讓人鼻尖發酸的聲音回答道：

「長得和五歲時的微笑一模一樣。眼睛是，鼻子是，還有漂亮的嘴巴也是。」

完全聽不懂爸爸說的是什麼意思，卻不知為什麼，媽媽哽咽著數落道：

「怎麼可能。你還記得我那時候的臉嗎？」

「那當然。當然記得清清楚楚。」

「騙人。」

「真的。妳把我當什麼人了？」

「啊啊，真拿你沒辦法。」

「謝謝妳為我生了這麼漂亮的女兒。還有……」

孩子的哭聲也漸漸停了，好一會兒都沒有人說話，不用看都知道爸爸媽媽在做什麼。總之，時不時就親嘴。而且，這次時間還格外地長。

「妳知道吧？」

「什麼？」

「我有多愛妳。」

「那當然。」

「我愛妳。」

「我也愛您。」

我的爸爸媽媽從不吝嗇「我愛你」這句話，所以我經常聽到。雖然不明白具體的原因，但是，同樣是一句「我愛你」，爸爸媽媽之間說的，和對我說的，氣氛和感覺都有點不太一樣。

為什麼呢？我長大了會明白嗎？

我和奶奶靜靜地陷入沉思的時候，身後的門突然被打開，爺爺、外公、大伯一家，還有大姨媽和小姨媽一家，全部的家人蜂擁而至。

爸爸聽到騷動，走到接待室，叮囑了幾個注意事項以後，把家人帶到了病房裡。

媽媽的臉雖然腫得厲害，但還是笑盈盈地躺在床上迎接了我們。若拉被團團包裹著放在嬰兒籃裡。爸爸小心翼翼地把籃子轉到家人這一面。

聚在一起的家人，生怕剛出生的孩子被染上灰塵似的，全體慌慌張張地往後退了一步。我走到跟前，可以一個人盡情地看著若拉。

「太陽，來給妹妹打個招呼。」

在爸爸和媽媽心滿意足的注視之下，我聲音顫抖地送上了我的初次問候：

「快來，妳第一次來我們家吧？」

不知道為什麼媽媽和爸爸的表情很不對勁兒，不知道為什麼全家人都大笑成那個樣子。

那一天，我又一次明白了，世界上還有很多我這個聰明腦袋理解不了的事情。

不管怎麼說，我妹妹若拉比想像的還要小，比想像的要漂亮很多很多很多很多很多。

而且，看到她的一瞬間，我就知道。

「啊，不管別人說什麼，這就是我——李太陽的妹妹啊！」

看，這五官和我一模一樣無可挑剔，還完美地繼承了我的天才大腦，眼眸裡充滿了靈氣。這孩子，就算將來不如我，也會是個大人物的。

欸？大家為什麼都這副表情啊？

不知道怎地，好像都用一副很討厭的眼神看著我，這難道只是我的錯覺嗎？

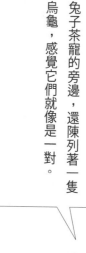

外傳4 兔子和烏龜

兔子茶寵的旁邊，還陳列著一隻烏龜，感覺它們就像是一對。

「您那麼忙，不用這麼費心的。」

聽到微笑笑盈盈的話語，英俊優雅地揮舞著刀叉，認真地回答：

「妳還知道啊。本尊連喘口氣的時間都像金子一樣寶貴，還親自請妳吃飯為妳祝賀生日，妳要心存感激，全部吃掉。」

如果是平時，微笑肯定會生氣地說些什麼的，但今天不知道為什麼，她只是撇嘴笑著，聳了一下肩膀，什麼話都沒說。

感受到微笑微妙的反應，英俊偷偷地瞄了她一眼。但是，連這她也沒有發覺，仍是陷在自己的沉思裡。

英俊放下刀叉，用無酒精香檳漱了漱口。

「妳怎麼了？」

「什麼？」

「有什麼事嗎？」

「沒有，什麼事都沒有。」

雖然這麼回答，但其實並不是什麼事都沒有。

微笑接到那個意外的電話，是隨英俊去中國出差回國之後的幾天前。等行李的時候，微笑去了趟洗手間，就是那個時候，接到了來自陌生人的電話。對方自稱是外國貸款公司的負責人，在公車站牌和馬路上經常看到有關那家公司的廣告，微笑自然就當成了廣告電話，打算匆忙拒絕然後掛電話的。直到對方用公事公辦的聲音清楚地叫出了父親的名字。

雖然聽他說了父親借了多少本金，藏了多久，利息滾到了多少，但她現在已經完全記不得了。腦中只是清晰地印著，當前需要還的錢有八十萬。

其實，存摺裡也不是沒有錢。剛好就有八十萬。但那是為大姐必男準備的，她的貸款眼看著就要到償還日期了。二姐末熙上班的醫院突然出了問題，還拖欠了兩個月的工資，現在去了偏遠城市打工，非常辛苦。所以，她連個可以求助的人都沒有。

思來想去，四處打探，也實在是沒有什麼辦法。所以也顧不上什麼生日了，即便是唯一酒店的米其林三星級法式餐廳裡，由首席廚師親自操刀，撒了金粉的料理，此時也覺得難以下嚥。

「妳說沒什麼事？」

「是。」

英俊沒有再問，而是皺起眉頭表達自己的不快。

「嗯。」

英俊看著微笑的盤子裡幾乎一動未動的食物，摩挲著下巴。

去中國出差的這些日子，微笑都能淡定地消化要命的行程。現在的她，雖然面帶笑容，卻意志消沉。

她給人的感覺發生了微妙的變化，不論怎麼看，都像是從出差之後開始的。英俊已經懷疑了好幾天，此時好像終於確信了。

「金祕書，人怎麼能這樣？」

「什麼……」

「過去的事情，你就不能忘記嗎？你打算耿耿於懷到什麼時候？心胸那麼狹隘，怎麼工作？」

談話的方向突然變得讓人難以捉摸，微笑一副聽不懂的樣子，只是閃著大眼睛。

「還要事事計較嗎？真是幼稚極了。」

「對不起，但我這愚笨的腦袋，完全沒明白副會長您在說些什麼。」

「不就是那個嘛。」

「什麼？」

「我在上海弄丟了紀念品，妳現在不就是在示威那個嗎？」

「啊……哦……」

聽到這句話，原本笑著的微笑，表情一下子僵住了。啊，這麼看來，還有那麼件事。

曾經有人說過，用新男友去忘記舊男友。剛聽說的時候，微笑不明白那是什麼意思，當事情發生在自己身上的時候，微笑才覺得那句話說得對極了。雖然踩到屎會破壞好心情，但是如果又有新屎掉在腳下的話，肯定會把舊屎忘得一乾二淨吧。不對，等等，這麼看來，為什麼連新男友也自動成了屎樣子呢？

總之，現實就是這麼殘酷。

微笑遇上了大事，好不容易因此忘記這一事實，託英俊的福，此時又想了起來。此外，讓人悲傷的是，「新屎」還抱在懷中，卻連剛剛踩到的「屎」也徹底記了起來，她此時不得不忍受著雙重的痛苦。不管怎麼說，人可惡怎麼能可惡成那個樣子。

事情的始末是這樣的。那是中國出差之行，在上海的最後一晚發生的事情。

＊＊＊

十天九夜的中國出差之旅即將結束，當天的傍晚時分。

回到酒店的房間裡剛整理完資料，英俊就說道：

「還有很多時間，如果可以的話，晚餐我們一起吃吧。」

「對不起，今天不行。」

「金祕書在這裡也沒朋友。就算有人可見，也無事可做吧？」

英俊的態度如行雲流水般自然，微笑的眼眸微微一震。

「不是，副會長，您怎麼總是那麼對我那麼……」

「很瞭解吧？」

「呃……」

「附近有家不錯的西餐廳。我們一起去吧。」

哎喲，肯定連菜都已經點好了吧。微笑額頭三點鐘的方向頓時青筋暴起。

「我說，副會長您剛剛可是說了『如果可以的話』這個附加條件吧。」

「我嗎？」

「是。」

「所以呢？」

「我完全不可以，晚飯我要自己吃。」

英俊愣愣地看著微笑，最後噗哧一笑，一臉天真爛漫，繼續說道：

「那麼更正。還有很多時間，晚飯一起吃吧。」

英俊去掉了「如果可以的話」這個附加句開始硬撐，但微笑也沒有認輸。

這是多麼難得的機會！

雖然之前也經常出國，如同家常便飯，但那全部都是為了工作。腦子裡絕對沒有一點休假概念的英俊，今年專門給她休假的機率也很渺茫。

但俗話說「天無絕人之路」，中國出差之旅的最後一站——上海，在這兒的最後一晚的行程突然取消了。終於，微笑有了一點閒暇，可以獨自遊覽一番！這樣貴如生命的機會，她怎能放過呢。

「我不要。」

「好吧，吃過飯以後，我再帶妳去一家氣氛很好的酒吧，請妳喝雞尾酒。」

「對不起。今天別說是雞尾酒了，就是雞尾酒的爺爺來了，我也不要。」

英俊瞇起眼睛，似是嗅到了什麼味道。有點不安呀。果不其然，他一臉嚴肅地問道，那眼神就像窺伺著獵物的老鷹。

「妳想做什麼？」

微笑只看英俊的眼神，就明白了。如果她說「我想去著名景點玩一下，吃點好吃的，然後去購物」的話，這個人百分之百會強行一起去的。不行，絕對不行。

「我什麼都不做。我就打算回我的房間，洗個澡，然後一覺睡到明天上飛機。因為我累了。」

「嗯，是嗎？」

英俊一副洞察了一切的眼神，直直地盯著微笑的眼睛，過了好久，才不得已地繼續說道：

「我知道了，妳走吧。」

「謝謝。祝您用餐愉快。還有，副會長您應該也累了，您早點休息。」

微笑生怕自己的心思可能被看穿，氣都不敢喘。此時，她露出比任何時候都燦爛的笑臉，轉過身。

她直接橫越寬敞無比的房間，只覺得在她的眼前，天堂之門終要打開。現在，只要再往前走三步，轉動門把，走出這個門，那麼在上海觀光指南裡看過的種種，就統統……

「啊，對了。金祕書。」

「是，副會長。」

當人有內急的時候，並不僅僅是說抓著馬桶蓋，就算完了。在明確褲子脫下來之前，那種懸之又懸的緊張感，是絕對，絕對不能放鬆的。最終等待你的，是天堂還是地獄，不全都取決於你到底有沒有徹徹底底地忍到最後嘛。

「妳帶自拍器了嗎？把我的借給妳吧？」

「天啊，不用了，沒關係。又沒有多少錢，我出去買一個就行了嘛。」

一瞬間，房間裡彌漫起陰冷的沉寂。

微笑回過頭，露出哀怨的眼神。太可笑了，英俊笑著，光滑的臉看起來十分可惡。

「說吧，您打算去哪兒？」

「咳呃！」

＊＊＊

「再往左一點兒。」

「這樣嗎？」

「太過了啊。妳不知道什麼叫做『中間』嘛。」

「是！」

「現在剛好。等一下，就這樣別動。」

「副會長，快點。」

「笑得自然點兒。太虛假了。」

「不是，行了，快點……」

微笑的後腰處，流下長長的一串冷汗。

窄窄的路上人山人海，站住拍個照就攔住了所有的人，拍照的英俊也太從容了。他是把這兒當成自己辦公室門前的走廊了吧。

「好，就再拍一張。」

「不用了，好了。」

「為什麼？換個姿勢……」

「不了，真的不用了！我已經很滿意，從現在起，到我七十大壽，我好像都不用拍照了！」

英俊搖頭時，微笑連忙退到一側，給一直嘟囔的行人們讓了路，才吁了一口氣。

「姿勢太可惜了。這麼老土的V字是什麼啊手。」

英俊低頭看著手機的螢幕嘟囔著，微笑緊緊地閉上眼睛，渾身一顫。

「對不起，我品味太爛。」

「那有什麼辦法，又不是靠努力就能改變的事情。」

「咳呃。」

微笑一副啞巴吃黃連的表情，英俊卻不管那一套，若無其事地環視了下四周，摩挲著下巴嘟囔道：

「豫園我只是聽說過，這還是第一次來呢。」

「啊，突然發現還真是呢。」

「比想像的漂亮多了。」

「天啊，真的嗎？」

「嗯。」

「我帶您來這兒，真是做得好啊。」

英俊果然看起來很滿意。

上海的著名景點——豫園商城，古風古韻的傳統中式建築，在絢爛的燈光下，更是展現出一幅輝煌華麗的夜景。

「聽說裡面的園林也非常漂亮，沒有看到有點可惜呢。」

「就是。我們是不是該早點出門的。」

「兩點半就停止售票，就算早來也進不去吧。」

「嗯。妳瞭解得倒是挺多啊？」

英俊驚訝地扭頭看著她，微笑聳了聳肩，炫耀著自己的縝密。

「這種程度嘛，是最基本的。」

「啊啊，那麼迫切地想來這兒啊。昨天晚上睡覺了嗎？又不是五歲的孩子了，哎，嘖嘖。」

英俊公然嘲笑著，微笑的臉唰一下子紅了，勃然大怒。

「副，副會長，您知道我的心情嗎？上海我都來過多少次了，別人都去過的景點，我卻一次都沒去過！就是這樣普通的照片，我也想拿去給我的朋友炫耀一番，我這種心情，您能理解嗎？」

「我並不怎麼想理解。還有，這裡也不是那種可以悠閒地逛來逛去，拍照片的地方啊。」

「您這是什麼意思？」

「妳知道豫園是什麼地方嗎？」

「嗯……」

「這個地方是明清時期江南園林的代表作，是迄今為止已建的所有中國園林的集大成者。但是他的主人卻家道中落，十九世紀的時候，家裡的寶物都被英軍掠奪而走。太平天國時期，此處作為上海的軍事基地，也被清政府軍破壞得面目全非。金祕書妳那麼想看的這個豫園，是當今中國政府復建的，也不過才復建了百分之四十而已。」

英俊滔滔不絕地解說都能和導遊相媲美，路過的韓國遊客紛紛放慢了腳步，頻頻點頭。微笑瞪圓了眼睛，傾聽著英俊的話，這才明白了什麼。

他在這麼長的歲月裡與她一起工作，形影不離，不可能不明白她的心意。他知道，她很想跑過去，嘴裡喊著「我到此一遊啦」，然後興高采烈地拍一張紀念照片。

「副會長。」

「怎麼了。」

「您要以這個為背景拍張照嗎？」

「什麼？我嗎？」

「嗯，我來給您拍。」

「我從不做這麼丟人的事情。金祕書妳自己多照一些吧。」

「哎呀，您別這樣，如果您覺得一個人不好意思，那我和您一起照吧。」

「我討厭看到金祕書這樣傻乎乎的樣子，妳能離我稍遠一點嗎？」

「離得遠了就拍不到一張上了。」

「這麼幼稚，拍什麼拍啊。」

儘管嘴裡碎碎唸著，英俊還是緊緊地站在微笑的身邊，擺起了姿勢。

不知道他是不是將剛剛覺得傻乎乎的事情完全拋到腦後了，他將手搭在微笑肩上，伸手擺出了一個更老土的V字。

「啊！」

窄巷裡人頭攢動，熙熙攘攘。這時，走在人群裡的微笑被人重重地推了一下，一下子失去了重心。為了搭配這條華麗的印花連衣裙，她今天還偏偏穿了一雙新的高跟鞋。

果不其然，意料之中的嘮叨馬上隨之而來。

「又不是去參加派對，妳怎麼穿得這麼不方便來這種地方啊？」

面對英俊的詰責，微笑一臉苦相地回答道：

「就是呢，我可能是太貪心了。」

「腳踝沒事吧？沒受傷吧？」

「嗯，沒事。對不起。」

聽到這話，英俊好像一時陷入了沉思。但接下來他說的話，卻有點讓人出乎意料。

「那個，沒辦法了。妳願意拍多少就拍多少吧，免得以後後悔。」

「什麼？」

「妳不就是為了美美地拍那該死的留念照才穿成這樣嗎？」

「啊……」

英俊悠悠地看了看橘黃色光線下溫暖明亮的街道，又沒好氣地補充道：

「可能以後不會有這樣的事情了。」

不知道是不是心情的緣故，英俊的話聽起來夾雜著一絲歉意。

這時，微笑才感覺到英俊抓著自己的手，他手心裡的溫度比其他任何時候都要溫暖，這讓微笑大吃一驚。

「嗯，那從我下次出差，我要曠職出去玩玩。」

英俊低頭看著微笑開著不搭調的玩笑，冷冷地說道：

「原來金祕書是這種人啊，為了這麼點小事都不要命了。」

「哎喲，哪能為了那樣的事不要命啊，我就是隨口說說。」

微笑白了他一眼，臉上一副不情願的表情，她悄悄地將手從英俊的手裡抽出來，尷尬地咳嗽起來。

她將咻咻笑著的英俊甩在後面，徑直往前走了幾步。在左右兩邊沿街的一排排的商店中，有一家茶具店吸引了她的目光。
「天啊。」
慢半拍跟上來的英俊，和微笑的姿勢一樣，彎著腰看著陳列窗。裡面整整齊齊地陳列著一些中國傳統的紫砂壺，還有一些模樣小巧精緻的動物泥偶。
「好可愛啊！您看看這些，這是什麼啊？」
「茶寵。」
「茶寵……嗎？」
「你沒見過嗎？中國人喝茶的時候擺在旁邊作為裝飾用的東西。呃，如果叫 Tea pet 的話，可能好理解一點。」
「啊，我好像知道了。」
「據說可以招財求福，我也不是很清楚。」
怎麼這麼謙虛啊？
微笑吃驚地回頭看他，英俊沒有直起腰，只是轉過頭看著她。這是什麼情況啊，怎麼他看她的眼神那麼深情呢。
「我們進去看看吧？」
「可以嗎？買一些當作紀念品挺好的。」
兩個人興致盎然地走進商店，看看這個看看那個。不久，他們倆又開始了無休無止的口水戰。
「這個可以買給社長。」

「妳這判斷力太差了吧，都在一起工作多長時間了，妳還不瞭解朴博士嗎？」
「您說什麼呢？他不是很喜歡這種可愛的東西嗎。」
「相比起這些不能吃的東西，他可能更喜歡那些對身體好的、長得像動物屎一樣的中藥材吧。」
「是吧。就是呢，天啊，副會長您真了不起。」
您這一句話，把中國的傳統中醫學和您的死黨都得罪了呢。這句話到微笑嘴邊又嚥了回去，她只是笑了笑。
「別管朴博士了，妳挑幾個吧。」
「啊？」
「今天我說的話，妳怎麼一遍都聽不懂啊？我要妳挑一些妳喜歡的，我買給妳。」
聽到英俊這麼說，微笑兩眼炯炯發光，高興極了。
「真的嗎？太感謝了！請問這裡有沒有用純金做的東西啊？」
「妳可真厲害，也不會客氣地推辭一下。」
「拒絕副會長的好意，難道不是最大的失禮嗎？」
兩個人你一言我一語，英俊忍不住先笑起來，連連搖頭。
「妳臉皮還挺厚呢。」
微笑瞪大眼睛，將臉龐湊過去，恨不得將額頭貼到展示窗上，專心挑著茶寵，完全沒注意英俊在說什麼。

不知道是不是為了避免挑選的繁瑣，英俊直接將店主叫過來，用中文問這問那。微笑一直用眼睛觀賞著可愛的茶寵，這時她聽到英俊和店主的對話。

和只能與當地人進行簡單溝通的微笑不同，英俊的中文普通話非常標準，即便是商務會晤的場合裡，除非是特別重大的事情，以他的水準甚至可以不用找翻譯。

不知道是不是聽到了很有趣的事情，英俊哈哈大笑起來。他那低沉舒心的笑聲傳到耳邊，微笑聚精會神想聽一下發生了什麼事情。儘管她為了挑選茶寵，眼睛不住地看來看去，但所看的東西完全進不了腦袋，她關心的只有那讓她嗓子發癢的笑聲。

英俊悄悄地轉過頭來看了看，一邊真誠地點點頭，一邊傾聽著店主說的話。

英俊指責微笑「不參加派對怎麼穿成這樣出來」，當然英俊的著裝很完美，沒什麼瑕疵。這也可能是這個時間緊湊的旅行中最讓人心動的事情了。

內心深處頗為不爽的微笑為了打消自己那淒慘的想法，她又將視線轉移到展示窗裡，正好看到了一個尺寸大小正合適的泥偶。

「哦……」

那是一隻兔子，眼眉清高孤傲地上揚著，嘴巴圓圓地鼓出來。這怎麼有種似曾相識的感覺呢，就像是那個對什麼都不滿意的副會長，或者像是那個因有些事情不順利而煩躁的副會長，又或者像是那個心情慢慢不爽的副會長……

「妳現在看的這個，如果倒上熱水，就會噴水。」

「呵！」

微笑正在胡思亂想，沒想到這些念頭的主角突然間插進話來，這讓微笑嚇了一跳。她的呼吸亂了方寸，不禁咳嗽了一下。

「玩偶能噴水，讓人這麼驚訝嗎？」

「對，對不起。咳咳！」

「哼。」

英俊不管身邊的這個人有沒有喘不上氣來，全然只顧自己的節奏，看向展示窗裡面。他看著剛剛微笑關注的兔子茶寵，眼裡頓時出現了前所未有的光芒。

「好可愛。」

英俊猛地轉過視線，直直地看向微笑，用溫柔的語調說了一句：

「副會長，您這話聽起來有多種含義，還是明確說明一下的物件比較好。」

「哼，竟然沒上當。」

「您以為呢。」

「不過，妳的臉為什麼變得這麼紅？」

「沒有變紅啊。」

「嘁，沒意思。」

聽到自己的玩笑被人堵了回來，英俊眉頭一皺，低聲嘟囔道。

微笑看看他的表情，再看看兔子茶寵的臉龐，更加認定了自己的眼光非常不錯。

「我挑選好了。副會長，我要這個兔子。」

「不就一個玩偶嗎，這表情也太傲嬌了吧？」

「那是因為您的心情才會這麼覺得吧。」

「哼。」

兔子茶寵的旁邊，還陳列著一隻烏龜，感覺它們就像是一對。

「你看這個烏龜，這個圓鼓鼓的臉就和臉腫的金祕書完全一樣啊。」

「不管睡眠再怎麼不足，我的臉也不會腫成這樣子啊。」

「仔細看的話，眉眼也很像。」

「我的眉眼可沒有往下撇。我長得這麼難看嗎？」

「是吧？太好了！就買這兩個吧！」

「等一下，喂？副會長，副會長？」

不管微笑臉色好看還是難看，英俊逕自興奮地把店主叫來，讓他把一對兔子和烏龜包起來。走出商店，英俊將購物袋一下子遞給微笑。微笑接過來，這才臉色明亮起來。

「謝謝您。我會好好珍藏的。」

「嗯，把它當作寶貝傳承下去吧。」

「這是當然了。」

儘管玩偶不盡如人意，還被人虧成這樣，讓微笑有點雪上加霜的感覺，但微笑的心情卻沒有那麼差。不知道是不是因為很久沒有看到英俊這樣笑嘻嘻的心情大好的樣子了。

「聽說這附近有個很不錯的點心店，據說當地人經常去那裡，我們也去看看吧？」

「是嗎。」
「為了答謝你送給我禮物，晚飯我請客。」
「真的？那裡有沒有用純金做的食物啊？」
「天啊，真是的。」
兩個人你一言我一語，開著不怎麼好笑的玩笑，笑著擠進水洩不通的人群裡。
公車一出發了，冷風就開始颼颼地吹向兩層開放式座位。
「您是第一次坐吧？」
「我之前看過這樣的車從眼前經過，但卻是第一次乘坐。」
「我就知道是這樣。」
「金祕書不是一樣的嗎？」
「我也是第一次。很有意思的。您親自乘坐的感覺怎麼樣？」
「很別致，很好。」
「那就太好了。我還擔心您要是不喜歡可怎麼辦呢。」
微笑吁了一口氣。英俊看著猶如白晝的街道，嘻嘻地笑起來。
「妳就是操心的命。」
看著夜景，兩個人許久都沒有說話。
「我第一次見副會長吃得這麼多。」

微笑打破沉默說道。聞此，英俊撫了撫飽脹的心口，開起玩笑。
「這全怪金祕書。」
「我又怎麼了？」
「金祕書說要請客，我堵氣地卯起來吃，吃撐了。」
「您太過分了，明明知道我口袋裡的情況。」
「說實話，妳是不是很害怕花很多錢啊？」
「害，害怕什麼啊。我才不會因為這樣的事情害……害怕的。」
微笑故意地連連擺手，開起了玩笑。英俊為此大笑起來。
她一開始就知道，即使說出這樣的話，他也不會因為這麼幼稚的原因而讓自己的腸胃受罪的，當然他也不是那種故意讓手下的職員去破費的人。沒錯，英俊津津有味地吃完後，逕自去把讓微笑有壓力的餐費都支付了。
「今天多虧了金祕書，真是太有意思了。謝謝。」
大吃一驚的微笑睜著大大的眼睛，看著他。
這個人今天到底是怎麼了。
街邊掠過的路燈，色彩斑斕地映襯著英俊的臉龐，這張臉今天格外地乾淨純粹。儘管微風清冷，耳朵和鼻尖涼涼的，但微笑從指尖到內心深處，都湧上來一股無名的溫暖。
「倒，倒是我應該感謝您的。」
「什麼？」

微笑第一次在出差的地方來了一次市內旅遊，還跟副會長一起吃了飯，而且不是商務接待餐，甚至還收到了紀念品禮物，這樣火熱悸動的心情怎麼可能輕易平靜下來呢。微笑悄悄地瞟了英俊一眼，聲音低低地說道：

「這樣的禮……」

微笑剛一張嘴說話，突然察覺到有一股異常的氣氛。

「怎麼不說了？」

「哦……？副會長，那個……」

「什麼。」

英俊手裡空空如也，但他無辜地眨著眼，好像還是什麼也沒有察覺到。他的膝蓋上原本應該有的東西不見了——正是那個他在餐廳裡強烈要求必須本人親自拎著，剛剛還在他手裡的購物袋！

「茶寵啊！」

「啊……」

英俊猛地從座位上起身，他著急忙慌地翻找著身上各個角落。這時，公車突然加速，他差一點摔倒了。

「您該不會……丟了吧？」

英俊坐回去，一臉平生從未見過的驚慌的表情，看著微笑。

過了好一會兒，他尷尬地笑了笑，極力為自己辯解道：

「我放在剛剛我們等車的時候坐著的那個長椅上了，當時不是朴博士打電話過來了嗎，我才……」

「呃。」

微笑剛剛還笑嘻嘻的，在不到五秒的時間裡，她臉上的笑容便消失不見了。

「那些幼稚的玩偶有那麼重要嗎？像今天這樣的日子，妳有必要這樣皺著眉頭嗎？」

「請不要把別人收到的禮物當成幼稚的玩偶好嗎？那對我很重要的。」

「妳什麼時候這麼沉迷於中國茶道了？明明連茶寵是什麼都不知道。」

不管是中國茶道，還是茶寵，其實這些對微笑來說都不重要，她就是可惜那個像極了某人的兔子茶寵。她原本是打算將它放在家裡的餐桌上，每次生氣的時候，就給它嘩嘩地澆上滾燙的茶水，好好「疼愛」它的。真是的！可能是心情的緣故吧，總覺得茶寵的用途有些變味了。

不管怎樣，唉，已經工作的九年的資深祕書的這個樸素夢想就這麼支離破碎了。

＊＊＊

「就是說啊。不過，不是因為在上海丟了禮物的緣故。」

「那是為什麼。」

「我這不已經跟您說了嗎。我什麼事都沒有，也沒有心情不好。如果您因為我把飯菜剩下了就這樣的話，那我跟您道歉。我只是這幾天沒有食欲。」

不管微笑怎麼解釋，英俊的表情絲毫沒有緩和。

「怎麼突然沒有食欲了啊？有什麼擔心的事情嗎？」

「我說了沒有啊。」

微笑堅決地搖搖頭。見此，英俊閉上了嘴，沒有繼續追問。

微笑看到他那樣，將甜點全都吃光了，一點也沒剩。不知道是不是因為勉為其難地吃了很多甜食，她起身的時候肚子裡有些難受。

「我們走吧。」

「我吃完了，副會長。」

英俊沒有再說什麼，一副不甚滿意的表情，離開了座位。

結帳後，兩個人來到大廳，但他們中間一句話也沒有。

儘管微笑為了打破尷尬的氣氛，說了幾句無關緊要的話，但英俊依舊表情凝重，回答也很簡單。

他們的車早已經在大廳前面安靜地等候多時了。

英俊越過前面自己那輛車，來到微笑的車前。這車是不久前英俊買給微笑，讓她用來上下班開的。不知道微笑有多珍惜這車，車身被保養得閃閃發亮。

「我先看著副會長您走了以後，我再出發。」

「不用，今天妳先走。」

「以後不管任何約定的場合都是嗎？」

「不是，今天不是金祕書的日子嗎。」

「啊……。我的生日都過完了。」

微笑嘻嘻地笑了笑，英俊拉了拉袖口，低頭看了看手錶，用冷冰冰的語氣冷漠地說道：

「還剩下三個小時呢。」

「就是呢。」

看到英俊親切地幫她將駕駛室的車門打開，微笑吃驚地抬頭看了看他。

「上車吧。」

「今天好奇怪啊，您怎麼這麼親切啊？」

「只是金祕書你平時沒有察覺到，我一直這麼親切啊。我可是親切王呢。」

「噗。」

微笑這時才開懷大笑起來。英俊看到她坐到駕駛座上，將一個東西輕輕地放到了她的膝蓋上——正是他手裡一直拎著的巨大的盒子和購物袋。

「這個是我的……生日禮物嗎？」

「不是，是我來的時候撿的。」

「謝謝您。」

「這東西很貴重，小心點別掉了。這是我拜託甜點大師專門定做的。」

微笑沒有回應英俊的話，正想說點什麼的時候，英俊為她關上了駕駛室的門，彎下身子跟她告別。

「明天見。」

「嗯，您路上小心，副會長。」

英俊沒有回答，笑了笑轉過身來。他好像徹底忘記了剛剛跟她說讓她先走的話，坐上自己的車，「嗖」的一下就開走了。剛剛明明還說自己是什麼親切王呢，微笑想到這，嘴角不自覺地上揚了起來。

「真不愧是副會長啊。」

剛離開酒店正門，轉入道路，微笑就碰上了一個紅燈。

微笑使勁踩下煞車，愣愣地看著英俊的車悠悠地駛向十字路口對面。

收音機裡緩緩地流淌出一曲過氣的流行歌謠。這首歌在她考大學後大為流行，給她留下了很深的印象。

就在她懵懵地看著車窗外的時候，儀表盤上幾粒灰塵映入了她的眼簾。她立馬伸手撣去灰塵，手上無比憐惜地撫摸著方向盤，嘴裡嘟囔道：

「看來只能把這個賣掉了……」

儘管賣掉這輛沒開多久的新車，她會心疼得要命，但除了這個，她沒有任何其他辦法能在短時間內湊夠八十萬元了。

「要不去找副會長幫忙？他肯定二話不說就給我，但是……」

微笑用餘光瞟了一眼副駕駛座上放著的蛋糕盒和裝著禮物的購物袋，緊緊地閉上眼，使勁搖了搖頭。

「不行，絕對不能這麼做。」

這時，咬著嘴唇的微笑耳邊傳來震耳欲聾的鳴笛聲。不知什麼時候，信號燈變成綠色了。

微笑一臉苦相，急忙啟動車子跑了起來。
不知從什麼時候開始，她就這樣被不斷催促著，而這似乎成了她的家常便飯。
「哈……」
微笑原本打算回到家就洗洗睡覺的，但一回到家，一切都化為了泡影。
當她看到父親找的那家借貸公司寄來的信件的那一剎那，她的睏意也消失無蹤了。
微笑將那些沒勇氣拆開看的信件扔到桌子上，猶豫了很久，一下子坐在床上，抬頭看著天花板。
驀地，眼淚在微笑的眼窩裡打起轉來。
「今天可是我的生日啊。」
我當然知道，大家為了生活都在奔波勞累，但這樣的日子裡，多希望家人能給我發個簡訊，打個電話啊。我到底是為了誰才這麼全年無休止地工作啊，你們又不是不知道。
「嗚……」
她以為早已乾涸的眼淚彷彿馬上就要決堤了。
「不行，不行。」
微笑一想到，如果自己現在哭起來就肯定停不下來了，趕緊用手啪啪地打了打臉蛋。她調整呼吸，咬緊牙關，使出渾身的力氣讓自己把腦袋清空。
這時候，她想起英俊送給她的禮物。

為了緩解憂鬱的心情，她故意誇大身體的動作，猛地從座位上起身，從盒子和購物袋中先打開了購物袋。

解開繫得緊緊的包裝紙，裡面是兩個很眼熟的正六面體的盒子。

「啊！這個……」

裡面是之前被遺失的那對茶寵。那天挑選的兔子和烏龜在裡面安然無恙。從包裝紙不一樣的情況來看，好像不是找回了原來丟失的那對，肯定是他讓上海的商店專門訂製的。

「啊啊，副會長真是的。」

微笑鼻尖酸酸的，小心翼翼地打開了蛋糕盒。

這個蛋糕是英俊專門拜託知名師傅定做的。單從視覺上看，蛋糕精美絕倫非常漂亮，而且看起來很美味的樣子，而蛋糕當中寫著的字更讓人啼笑皆非。

「金祕書，祝妳萬壽無疆……噗！噗哈！」

儘管這個玩笑並不好笑，但微笑還是捧腹大笑了好一會兒。她的笑聲很大，甚至傳到了樓梯裡。

「啊哈哈！哈哈！副會長真的，哈，哈哈哈……」

連家人都不記得我的生日了。

李英俊常常很讓人討厭，但如果不是他，誰還會這麼無微不至地關心她呢。

「嗚嗚！」

她那捂著嘴的手，不自覺地捂住了眼睛。最終，她還是沒忍住，嚎啕大哭起來。

「嗚嗚！嗚嗚嗚！」

微笑蜷縮著坐在座位上，委屈地發洩著忍了很久的淚水。

她嚎啕大哭，一直以來憋在心底的委屈噴湧而出。過了好久，她才一臉舒暢地抬起頭來。

她用紙巾輕輕地擦了擦混雜著眼淚和妝容的臉，強忍著笑了笑，將餐桌整理了一下。

「嗯，得照張紀念照，紀念照，哎呦。」

她打算拍張照片，給他發過去，跟他表示感謝。另外，從禮節上來說，應該今天吃一小塊，把剩下的乾乾淨淨地打包，然後明天早上和祕書室的同事一起吃，還有……

「哦？啊，啊！不，不行！」

就在她端起蛋糕準備拍個美美的紀念照片時，蛋糕一下子失去了平衡，釀成了大禍。

知名師傅製做的這個蛋糕歪向了一邊，頓時失去了重心，掉在地上摔碎了，完全沒有了原來的樣子。

「怎麼辦！啊！」

急得團團轉的微笑看了一眼桌子上的手機。恰巧，手機畫面上來了一條簡訊。

〔到家了吧？妳看到蛋糕了嗎？怎麼樣？是不是很棒？〕

「嗯！太棒了。完全毀在我手裡啦！嗚嗚。」

好不容易忍住的眼淚又決堤了，對微笑來說，那天的生日真的是永生難忘的一天。

＊＊＊

今天，英俊很是難得地邀請了留學時期研究院的同學來家裡聚一聚。

聽說客人裡有幾位是中國的企業家，太陽為此準備了特別的禮物。他要用最近開始學的中文來熱情招待他們。

看到兒子一字一句地用練習的中文來打招呼，微笑讚許地點點頭。

「怎麼聲調這麼完美啊？太陽跟爸爸一樣，沒有做不到的事。」

儘管太陽很喜歡別人稱讚自己，但如果後面跟著來一句「就像爸爸那樣」，那他立馬就會很不高興。

「客人們肯定會很喜歡你。」

「因為他們都是爸爸的朋友，所以我一定要好好地跟他們問好的。」

「真不愧是我的兒子。」

「聽說侑植叔叔也來？難道寶貝也來嗎？」

「不，今天就叔叔來。」

「唉，太好了。寶貝怎麼那麼吵鬧啊，每次和她在一起就頭痛。」

微笑笑了笑，站在她腿上的剛滿週歲的女兒也跟著咯咯地笑起來。這是英俊和微笑的第二個孩子——荷娜。

「荷娜這麼高興啊？什麼事情這麼高興啊？」

「爸！爸爸！」

「妳就只會喊爸爸嗎，傻瓜。」

太陽似乎有些失望，嘴裡嘟嘟囔囔。微笑聳了聳肩膀，跟他說道：

「她還小，這是當然的啦。雖然她先會喊『爸爸』而不是『媽媽』，我也覺得有點生氣。」

「不過媽媽，您剛剛在找什麼？」

「啊，那個，我明明記得放在這附近的……啊！在這裡！」

微笑從裝飾櫃裡拿出兩個小盒子，心情大好地笑了笑，走向桌子，將它們放在準備好的紫砂壺茶器旁邊。

微笑拿出盒子裡的兔子和烏龜泥偶，這一下子引起了孩子們的好奇。

「這是什麼啊？」

「這是茶寵。很久之前，我跟你爸爸去上海的時候，你爸爸送給我的禮物……啊，你們想看嗎？」

微笑去廚房取來一個裝有熱開水的水壺，將茶寵放進茶盤裡，開始小心翼翼地澆水。

「哎呀，這是用滾燙的熱水洗澡呢，應該很燙吧。」

太陽低頭看著，滿臉擔心的表情，而荷娜卻興奮地大聲喊叫著。

「呀！呀！」

「這麼看來，她好像比寶貝還要吵鬧啊。」

太陽嘟囔著，眼睛睜得滾圓。

「哦？」

兔子模樣的茶寵好像脾氣更急一些，凸起的嘴巴盡頭有個洞，洞裡開始噴出小巧的水柱。

「哇！好可愛！」
「來，烏龜也要加油啊，嘿喲。」
還沒等微笑說完，慢了一拍的烏龜也跟著噴出水來。
「哇啊！」
「啊啊！」
兒子、女兒和媽媽都一齊笑得燦爛。
微笑一邊繼續倒熱水，一邊盯著噴水的茶寵，突然惡作劇似的低頭看著太陽：
「太陽，你知道這個兔子像誰嗎？」
「啊？像誰啊？」
「你好好看看。」
「嗯。」
「像不像爸爸！」
「哦？真的耶！」
「啊哈哈！當時我看到它的瞬間，就覺得怎麼會長得這麼像，尤其是這對上揚的眼睛，臭屁的樣子實在太像了……」
微笑不由來了興致，越說越起勁，完全沒有察覺到太陽僵住的臉，繼續興奮地說道：
「所以我就把這個想像成爸爸，把它帶回家，準備在家裡折磨它，可是爸爸偏偏把它弄丟了。丟了也沒辦法，也就只好放棄了。誰知道爸爸又辛辛苦苦地把它找了回來！哈哈哈！讓我折磨他的分身……」

微笑抱著肚子笑得前仰後合，突然感覺背後一陣涼意。

「爸爸！」

啊，有種不祥的預感。

預感從來不會出錯。微笑的耳邊縈繞著無比甜蜜而低沉的聲音：

「你說上揚的眉眼像誰，把它帶回來做什麼？」

「啊……」

英俊還是像以前一樣，在她眼前賣弄著自己那張帥氣又充滿魅力的臉蛋。

「這是一種新型挑釁吧？」

「啊，那，那個……」

「現在看來，妳真是一個壞女人啊。」

「對不起嘛。你知道我不是那個意思吧？」

「孩子們，我很無知，深意這種東西我不知道。」

「好的，爸爸。」

「爸！爸！」

「壞人就應該受到懲罰對吧？」

「一般都是這樣。」

「爸！爸爸！」

英俊轉過身看著微笑，聳了聳肩。

「孩子們說是呢？」

「什麼呀……」

英俊把嘴唇緊緊地貼在微笑耳邊，用若有若無的聲音輕聲說道：

「今天晚上做好心理準備。」

「天啊，你瘋了吧！」

「不，我怎麼想都覺得無法原諒妳。」

「我不是跟你說了對不起嘛？」

「如此辜負一個男人的純情和記憶，一句對不起就沒事了嗎？孩子們都說妳做錯了，要受到懲罰不是嗎?!難道妳想在孩子面前卑鄙地逃跑嗎？」

「不是，你怎麼會得出這麼個結論啊？」

說來也真是奇妙，就在微笑大聲疾呼的時候，兩個茶寵正以一副氣呼呼的表情仰望著微笑。

外傳5 金祕書的第一步

竟然叫我「金祕書」，第一次聽到這個稱呼雖然感覺很陌生，但現在才感覺被認定是他的人了。

「來，金小姐我們再來一杯。」

總務部朴專務的卸任紀念會餐氣氛多少顯得有些尷尬。不知道是因為這位受人敬仰的老人離任讓人覺得惋惜，還是因為會長兒子也來參加了會餐。

「金小姐，兩個月來真是辛苦了。」

「沒有，專務。不辛苦。」

「哎呦，還想著現在熟悉了業務，能做點事了呢，這就該走了啊？真是太可惜了，這可怎麼辦啊，嗯？」

和朴專務搭檔多年的祕書兩個月前突然因為身體狀況而辭職了。卸任在即的他無法聘用新祕書，於是打算以臨時外派職的形式雇傭工作時長為兩個月的祕書。在律師好友的推薦下，聘用了一位誠實又親切的小姐。這位漂亮的小姐剛剛高中畢業，年齡小也沒有什麼社會閱歷，但是事情做得又快又好，深得專務的歡心。然而，也僅此而已。兩個月的時間不知不覺過去了，她又要重新找其他工作的。

「哎呦，不知道為什麼，心裡很內疚，很不是滋味啊。」

「專務，您別這麼說。這段時間非常謝謝您。」

「反正我們金小姐無論去哪裡都能做得很好。」

朴專務待金祕書就像自己的孫女一樣，他拍了拍祕書的肩膀，無端哽咽起來，把酒一飲而盡。一旁扭捏的金小姐從座位上站起來悄悄地走了出去。

長桌盡頭有個男人正悄悄用犀利的眼神觀察著她。

剛從美國留學回來，輾轉於各部門積累經驗，昨天才剛調到總務部的李英俊。

微笑只在今年春節的時候喝過一次祭祀酒，兩杯啤酒下肚，她的臉早就紅得發燙了。

但是真正的問題不在臉上。

「呃，憋不住了。廁所。廁所。」

微笑環顧通道像迷宮一樣錯雜的餐廳，邁著小碎步跑到了化妝室，卻輕易無法走進。就在化妝室的入口處，略高於視線的地方有一隻指甲大小的蜘蛛在織網。

微笑一看到蜘蛛就反射動作似的縮起肩膀，扭過頭去。她全身都起了雞皮疙瘩，雙腳像是釘在地上一樣，一動都不能動。

這時，耳邊傳來一個陌生男人的聲音。

「打擾一下。」

那聲音非常好聽。低沉而粗獷，聽到的瞬間就有種安心的感覺。

受驚的微笑回頭看過去，瞬間瞪大了眼睛，又吃了一驚。

叫她的人正是李英俊。

他身材高眺，四肢頎長，微笑需要抬頭仰視才能看見那張不輸明星的帥氣臉龐。他渾身散發著一種耀眼的氣場。遠遠望去還沒有真切的感受，現在這麼近的距離簡直耀眼到讓人不自在。

「妳叫什麼名字？」

微笑丟了魂似的呆呆地看著他，過了好一會兒才緩過神來，回答道：

「啊，我叫金微笑。」

英俊聽到名字的瞬間，不由吃了一驚。

微笑心想，自己的名字的確很特別，但也沒有奇怪到這麼讓人吃驚的程度吧。英俊又接著問道：

「金微笑小姐，妳認識我吧？」

「當然認識。」

「是嗎？我是誰啊？」

真是一個讓人失望的問題。

微笑從小就不是那種有很多夢想，特別上進的人。雖然學習非常出色，但是並沒有因此而幻想過宏偉的未來。不管做什麼，她都只想過得比別人稍微輕鬆一點，幸福一點。

但是這個樸素的願望卻看起來非常遙遠。

她並沒有什麼野心，每時每刻都努力而誠實地活著。但是剛踏入社會的第一步就異常地艱難。似乎她每走一步都會結結實實地和大地來個親吻。但這也不是她的錯。

這說的都是些什麼啊。

竟然在一個心裡完全不知道該怎麼辦，每天生活在不安中的人面前說：「認識我嗎？」非得確認一下才行嗎？又不是急於炫耀自己的小學生，真讓人無語。

微笑甚至完全無法理解英俊這句話的本意所在，皺著眉頭給出了一個聽上去多少有些彆扭的回答：「您不是會長的兒子嘛。」

聽到這個回答，英俊的表情瞬間僵住。

「哦？難道……不是嗎？」

英俊神情複雜地看了微笑好一陣，用聽上去多少有些空虛的聲音回答道：

「沒有，妳說得沒錯，是會長兒子。」

這種無法理解的狀況仍在繼續，為了緩解尷尬，微笑勉強笑了笑。

「工作怎麼樣？還順利嗎？」

「順利。不過我只能做到這個月底了。因為我是臨時外派人員。除此之外，還算順利。」

其實比起急迫的生理現象和無法克服的恐懼症，更令她痛苦的是這不安的現實。她每天都過得如履薄冰。不管怎樣都要堅持下去，不能掉進水裡，要快點突破重圍才行，然後僅憑一己之力苦苦支撐的微笑，漸漸開始不堪重負了。

她想放棄一切，隨便找個地方躺下耍賴。可她卻不能這麼做。這是最讓她心累的。

「有其他地方可以去嗎？」

「呃，我的情況有些困難，所以無論如何都得找到工作才行……」

就在這時……

懸掛在空中的蜘蛛一邊從尾巴裡吐出絲來，一邊徑直落了下來。

「啊，媽呀！」

微笑努力讓自己不去注意蜘蛛，但還是被進入視野的這一幕嚇得瑟瑟發抖。

英俊沉默地看了微笑好一陣，很快又冷冷地轉過身離開了。

微笑被眼前荒唐的狀況嚇壞了。

「哦？難道是我做錯了什麼嗎？」

微笑搜索記憶，發覺似乎並沒有做出什麼讓他不愉快的事。

「啊啊，不管了！反正我後天就要被解聘，成為無業遊民了，跟有沒有傷到富二代少爺的心又有什麼關係！我都快憋死了，怎麼辦啊！」

就在微笑急得直跺腳的時候，不知從哪裡旋風般跑來一名工作人員，大喊道：

「啊啊，原來是這隻蜘蛛啊！這位顧客，給您帶來不便，非常抱歉。」

工作人員用帶來的紙團飛快地抓住了蜘蛛，恭敬地跟微笑打過招呼後又跑開了。微笑來不及追問發生了什麼就匆匆跑進廁所了。

微笑一邊坐在馬桶上，一邊安心地吁了一口氣。她呆呆地望著廁所的門，上面畫著亂七八糟的塗鴉。

〔不要忘了我們的回憶。羅媛 多恩〕

「不要忘記，不要忘記……」

微笑呆呆地坐著，無意識地重複著這句話。突然，她想起了剛才碰到的英俊。不知道為什麼英俊的臉就這樣出現在了微笑的腦子裡。就像氣泡浮上水面一樣自然。

自覺慚愧的微笑緊緊地閉上眼睛，喃喃自語：

「哈啊。原來我也個是顏值控啊。」

***

「請您幫我抓住廁所門口的蜘蛛。很著急，現在就去。」

只是一件簡單的小事，英俊卻給了一筆巨額小費。工作人員詫異地看了一眼英俊就匆忙帶上衛生紙向化妝室方向跑去。

工作人員剛抓住蜘蛛，微笑就像尾巴著了火一樣急匆匆跑進了廁所。

英俊一直在稍遠處靜靜地看著微笑。直到這時才搖搖晃晃地邁開了腳步。

「哈啊，哈啊……」

英俊踉踉蹌蹌地走到餐廳外，看起來十分岌岌可危的樣子。他倚靠在馬路邊的樹上，氣喘吁吁。

「還好嗎？」

路人擔憂地上前詢問，頭也不抬的英俊一邊繼續努力呼吸著，一邊擺了擺手。

不知過了多久……

英俊的呼吸重新找回了節奏，胡亂的內心也安定了下來。他一屁股癱坐在地上，望著天空。

「啊啊，居然這樣相遇了。」

英俊噗哧一聲笑了出來，眼睛裡卻完全沒有笑意。

英俊見到了日思夜想的金微笑，可她卻完全忘記了英俊。那天的事情好像已經完全從她的記憶中消失了。

「沒錯。太好了。這樣反倒更好。」

回想起她那一側酒窩深陷的笑容，不知為什麼，他的胸口感到一陣強烈的刺痛。

＊＊＊

聽到總務部即將要休產假的吳代理說的那番話，微笑一頭霧水地瞪大了眼睛。

「海外派遣？」

「嗯。妳見過會長的兒子吧？就是李英俊專務。」

「啊，是。」

見微笑感興趣，吳代理的耳邊又響起了英俊的耳語聲。

〔不要問為什麼，你偷偷幫金微笑小姐申請我的隨行祕書一職，我會用私人財產全額資助您的生育費用，還有您家老大國際英語幼稚園的學費，直到畢業為止。〕

生育費用和國際英幼的助學金！原因什麼的根本不用計較，一定要幫忙啊！

「專務馬上就要被派到海外兩年，聽說現在正在招聘去當地輔佐他的隨行祕書。說是比起資歷，更看重人品和態度之類的呢，微笑，妳也一定要投履歷啊。」

早在認識微笑之前，李英俊就已經是公司裡最有名的人物了。

那並不是因為，他是小小年紀就走後門進來，公然佔了一席之地的「金湯匙」。而是因為，所有見過他的人，即便是一眼，也都像是串通好了似的，產生同一種感覺。

用一句流行語形容的話，大概是「難以逾越的四次元之牆★」吧。

李英俊為了掌握業務，曾經到各部門輪職，那些部門的人，無一例外地都感到絕望。就連各部門那些最出眾的員工，都會感歎「啊啊，我為什麼這麼垃圾」，因此而徹夜難眠。他就是地表最強

★形容再怎麼努力也難以超越的優秀之人。

的「越四牆」。

凡是和他一起共事過的，哪怕只是和他共事過一回的，無論是誰，也都不會說他是走後門空降進來的。因為，大家都知道，就算他爸爸不把他插在那個位子上，他也會輕輕鬆鬆坐上去。

做那種人的隨行祕書，說實話，誰敢有那個念頭啊。

「唉，我這種人可以嗎？」

「天啊，這是什麼話？微笑妳又聰明，又能幹，一點都不差。」

「謝謝您想著我，但我覺得有點難。代理，您的產前準備還順利嗎？」

「啊，嗯。重要的是，妳再想想。都說了這次不看資歷的！」

「好好。您還有一個月吧？應該很緊張吧。」

看著微笑清澈的臉龐，總務部吳代理可謂是心急如焚。

不是，微笑啊，妳年紀輕輕的怎麼這麼沒有挑戰精神啊！如果妳不投履歷去面試的話，我的特級機會就付之流水了！

「試試吧，也沒什麼損失。反正妳都要找工作的嘛。妳就輕輕鬆鬆往這兒也投個履歷。」

「什麼？『輕輕鬆鬆』？」

微笑大笑起來，吳代理變得愁眉苦臉。

「妳不是說家裡條件不太好嗎？」

微笑突然停止笑聲，看著吳代理，吳代理則自信滿滿地繼續說道：

「聽說待遇十分優渥呢。只要被錄用，年薪……這可是祕密，妳靠近點兒。」

吳代理壓低了聲音嘀咕著，微笑把耳朵湊到她的嘴上，眼睛瞪得像銅鈴那麼大。

「呃，真的嗎？有那麼多嗎？」

「是，很多吧？」

看到微笑的眼中閃過強烈的欲望，吳代理就預感到事情辦妥了。

她的預感沒錯，沒過多久，她就拿著鼓鼓的現金紅包，開心地休了產假。

＊＊＊

位於公司頂層的會長室莊嚴十足。

微笑走在走廊上，緊張得心臟猛跳。四周就像是美術館或博物館的走廊一樣，看起來十分高雅。

同一個公司內竟然還有這樣的地方，這讓她感到很吃驚；另一方面，只因是會長的兒子，就把面試安排在會長室，同樣讓她感到震驚。

和「下面」不同，會長室直屬祕書的威嚴也是非同凡響——端莊謹慎又不失從容和氣場。微笑看著前輩祕書，一臉憧憬。

「這邊請。」

「謝謝。」

祕書敲敲出入口的門以後，替微笑打開門，微笑低頭行禮，走了進去。

看起來比微笑住的房子還要寬敞的房間裡，縈繞著淡淡的麝香。

巨大的辦公桌上擺放著會長的名牌，坐在桌前正在看書的李英俊起身看著微笑，招呼道：
「歡迎。」
「啊，是。您好。」
「因為沒有空著的辦公室，緊急之下，就把妳叫到這裡了。雖然聽了些會長的牢騷，不過這裡早晚都是我的房間，也沒什麼關係不是嗎？」
嗯，等等，這是怎麼回事？有點兒可惡……
微笑的臉上掠過一絲困惑。
英俊邁著長腿，大步走到待客沙發跟前，請微笑落座：
「坐。」
「啊，是。」
「妳寫的自我推薦，我認真看過了。印象十分深刻。」
微笑完全沒有理解「印象深刻」這個詞語裡蘊含著的深意，紅著臉尷尬地笑著。
「哎呀，您過譽了。」
英俊強忍著笑意，看著微笑的臉，良久才移開視線，低頭看著履歷。
英俊盯著資料看了很久，簡直讓人懷疑「那裡有什麼東西值得那樣仔細閱讀嗎」，然後連眼皮都沒抬，淡淡地問道：
「妳的夢想是什麼？」
好奇怪的聲音。大概是一種完全不適合公務場合，一種讓人莫名感到憐愛和悲傷的聲音。面對這個突如其來的問題，微笑有點慌張，她在腦海中思索了一番，卻沒有輕易找到答案。

「為什麼答不上來呢？妳沒有夢想嗎？」

「不，不，不是的！我有夢想！是做賢妻良母！」

微笑緊張得聲音發抖，英俊聽到她的回答，又一次好不容易忍著笑意，放下履歷。

「妳什麼時候離職？」

「什麼？」

「妳不是說這個月底就離職嗎？上次聚會見面時說的。」

偶然的相遇，不過是擦肩而過的事情，英俊竟然記得那麼準確，讓人覺得有點詫異。

「啊啊，其實今天是我最後一天上班。」

「是嗎？太好了。」

英俊從座位上起身，重新走回辦公桌，回來時手裡拿著厚厚的資料袋。

「我三個月以後去美國分公司。在此期間，需要妳學習和準備的清單，都在這裡面了。」

「什麼？」

微笑起身，接過資料袋，眨著眼睛，一副搞不清楚狀況的樣子。

「不管是培訓班還是家教，我都會資助的，妳去學習吧。吃飯、睡覺的時間，統統減少。如果有必要的話，我希望你拚上性命。因為永遠沒有第二次機會。」

「什麼？」

「其實，那邊的情況我也沒有完全掌握，下班以後我也有很多東西需要準備。所以，一起做吧。我的電話，妳要隨時接聽，當天學過的東西點點滴滴都要晚上彙報，然後簽字報銷。三個月的實習期，工資也會全額支付。」

「什麼？」

「這是我的私人聯繫方式。」

微笑接過鑲著金邊的名片，覺得事情來得太突然，張大了嘴巴，抬頭看著英俊。

「那個，您現在說的是什麼意思，我實在是……我，我難道被錄用了嗎？」

英俊低頭直直地盯著微笑的臉，突然冒出一句：

「嗯。理解能力只有這個程度的話，可是很麻煩啊。」

＊＊＊

離職的第二天。

微笑本以為自己會為了找其他工作，過得非常不安，但一整天她都非常忙碌。為了按照英俊的指示準備資料，她一大早就出門去了很多地方，去了被推薦的培訓機構做了簡單的測試，並到幾處報名，結束時已經是晚上了。

因為說過要每天彙報，所以坐在回家的公車上時，她開始老老實實地發簡訊。

也許是要「炫耀」自己性急的脾氣吧，不到一分鐘，英俊的電話就打了過來。

——晚上有安排嗎？

「哦……什麼？」

——別讓我問兩遍。我問妳晚上有沒有安排？

啊，剛還納悶為什麼會是這種心情呢，原來是他沒用敬語。不用敬語。當然了，進入社會以後，這樣的事情不是第一次遇見，但是直到昨天還一字一句都用敬語的人，今天突然就換了口氣，心情確實有些微妙。

但是現在，微笑的心情微妙不微妙，這並不重要。因為不管怎麼說，她現在是實習祕書，如果實習期內不能出色地展現出自己的實力的話，她就會失去這份待遇豐厚的工作。

「晚上沒什麼安排。今後的三個月裡，任何安排都沒有，專務。」

——好，我很滿意。

「專務您說滿意，我的內心深處一種幸福感也油然而生呢。」

不知從哪兒好像傳來「叮鈴叮鈴」的聲音，也許是錯覺吧。

但是，轉瞬間英俊似是察覺到了什麼，開口問道：

——我比你大四歲，算是你的哥哥，說話隨意一點，不用敬語也可以吧？

哎喲，這種事情怎麼還問呢？早就和我的意見無關，您已經隨意地沒有用敬語了啊。

「是，那當然。」

——妳知道我商務大樓的地址嗎？

微笑翻了翻放在膝蓋上的單肩包，掏出手冊。手冊是昨天英俊給她的文件袋裡裝著的。上面記錄了他的住址和車牌號，還有一些重要的個人資訊，都是親筆書寫的。

「是，手冊上寫著呢。」

——那，你猜猜我玄關的密碼。

這是什麼要求？微笑覺得甚是荒唐，反問道：

「什麼？」

——圓周率，到小數點後十三位。

微笑的表情扭曲成一張皺巴巴的紙。啊，這個人的個性怎麼感覺和一開始想的有點不太一樣呢？也太不一樣了吧？

「31415926535 8979……」

——我不是說了到十三位嘛。

「對，對不起，咳咳。」

——好。不管怎麼說，這程度算是合格。

「謝謝。」

——我也快要下班了。妳先去我家等我。

「什麼？」

——我收到了美國那邊的一部分業務資料，覺得一起整理一下，更容易掌握。

「但是，專務，那個……。」

——那一會兒見。

英俊根本沒打算聽微笑會說什麼，直接冷漠無情地掛了電話。

「啊啊，怎麼辦啊？」

雖然說了是一起學習，但是隨意出入年輕男子的家，總覺得有點彆扭。再說，萬一他有什麼壞心思，那也是個問題。

微笑微微低頭看了一眼單肩包裡的防狼噴霧。這是她打工到深夜的時候，父親不知從哪兒弄來給她的。

「萬一發生了什麼意外，管他什麼工作崗位呢。一定要噴防狼噴霧，狠狠地踢他的襠部！」

微笑握起精悍的小拳頭，眼睛灼灼有神。

「您有什麼事？」

出國之前英俊暫住的地方是高級商務大樓，也許是因為如此吧，從「進去」這件事開始，看起來就不容易呢。

宏偉的大廳流露著富貴之氣，看工作人員的態度，像是連一個蒼蠅都飛不進去，微笑不覺有些怯意，結結巴巴地回答道：

「啊，那個，我來有點事，專務，不，是這裡的屋主讓我來的……」

「哪一戶呢？」

「一一一一戶。」

英俊像是已經提前聯繫過了。工作人員聽到門牌號，簡單地核實了下身分，就讓微笑進了門。

乘著富麗堂皇的電梯上來的這段時間裡，微笑努力地克制著內心的緊張，她低頭看了看記在手冊上的地址。

「呵呵，真有點大家風範呢。」

手冊上的字體，端正整齊，毫不潦草，仔細看還夾雜著讓人為之瘋狂的性感。不知道是不是因為常聽人說此人非同尋常的緣故，就連他寫的字看起來也非同一般。

微笑從電梯裡走出來，環顧了下四周，來到英俊門前，用力地按下門鎖的密碼。

這世界上怎麼會有人用圓周率作為玄關的密碼呢？這簡直是在開玩笑。她越看越覺得這是個奇怪的人。

儘管密碼很複雜，門鎖發出一聲簡單沉悶的電子音後，門禁被解開了，但要微笑自然地開門進去，仍然是件困難的事。

就在她苦惱的時候，門再次被鎖上了。微笑做好思想準備後，再次用力按下按鈕，門開了。

「天啊……」

微笑原本對「獨居男人的家」有些排斥和恐懼，但在她進去的一瞬間，這種感覺便消失不見了。

這難道是「李英俊的辦公室」嗎？乍一看，這裡根本不是家，說是「高級的辦公室」也一點都不為過。

寬敞的客廳裡擺著巨大的書架和沙發，並排的書架前排列著滿滿的書。

這個家，就像是把圖書館或者公司的某個地方直接移過來一樣，讓人完全感覺不到人情味。普通家庭裡的溫馨和舒適感，在這裡更是想都不敢想。對未知業務的壓迫感，讓她似乎感到有些窒息。

「這世上居然還有這樣的家……」

就在微笑自言自語的時候，她感覺到裡面有動靜。仔細一聞，才發現整個屋子裡瀰漫著食物的香味。

微笑這才意識到，房子裡除了自己還有別的人。於是，她小心翼翼地往廚房走去。

映入她眼簾的，是一個六人用的餐桌，這桌子讓一個人用的話有些太大了，上面擺滿了各式各樣豐富的飯菜，桌子兩側正對著擺放了兩套碗筷。

餐桌旁邊站著一位身著黑色連衣裙的中年女人，這些飯菜應該就是她做的。

「啊，您好！非常抱歉，我不知道您在裡面。」

微笑有些不知所措，尷尬地跟她打了個招呼。只見中年女人脫下圍裙，放在手裡，突然開始向微笑彙報起了工作。

「今天的清掃工作已經全部順利完成，兩人份的飯菜也按照少爺的吩咐準備好了。冰箱裡面有紅蔘湯，那是會長夫人親自熬的，她讓我轉告您和少爺『一定要喝光不要剩下』。」

眼前這個中年女人，看起來像是家裡為了照顧忙於工作的英俊而專門派來的傭人。

應該就是這樣吧。微笑完全不知道應該做出怎樣的回應。

「啊……那個，因為我還……」

「沒想到少爺的第一個祕書是一位這麼年輕的小姐，這讓我有點意外。當然，少爺親自挑選的一定是最適合的。我在『唯一家族』做事已經很長時間了，根據我所瞭解的少爺的性格而給您一個建議……」

這個幹練俐落的中年女人說著話，向她走近了一步。微笑的身體頓時僵硬起來，不由自主地往後退了一步。

「小姐，請您成為頭等祕書吧。」

「啊？」

「我們少爺從來不需要『第二名』之類的東西。他周圍存在的所有東西，都必須得是那個領域最好的。」

「啊？」

「您以後一定要鞠躬盡瘁，做好充分的心理準備。」

「什麼？」

這恐怖的氛圍和令人費解的話，讓微笑驚慌不已。

「那，我先走了。」

那個女人很有禮貌地跟微笑打過招呼後，馬上離開了。微笑懵懵地站在那，眼睛一眨一眨，過了好一會兒才打起了精神，嘴裡喃喃自語道：

「什，什麼啊，這是……」

剛剛微笑本應該和那個大嬸一起從廚房裡出去的，但她錯過了時機。這可不是什麼好事。

咕嚕嚕。

肚子裡又傳來了響徹房間的咕嚕聲。

微笑此刻再也忍不住了。

她這一天裡跑來跑去，連好好吃一頓飯的時間都沒有。早上沒胃口沒吃，中飯勉強吃了一點紫菜包飯。

現在擺在她眼前的「滿漢全席」對她來說簡直就是無法抵擋的誘惑。

「啊，肚子好餓。」

微笑靜靜地看著餐桌，原來有錢人會準備這麼多好吃的飯菜啊。

微笑的眼睛和腸胃被食物刺激得再也忍不住了，她慢慢地向餐桌走去。

從兩邊擺放著的碗筷來看，應該是準備一會兒就要吃飯的樣子，那如果自己先嘗一下味道的話，應該不是犯什麼大錯吧。

微笑站在那一動不動，但她的眼睛卻打量著餐桌，她小心翼翼地拿起筷子，夾起一塊看起來很美味的肉串。

儘管這塊肉串放進嘴裡似乎太大了，但微笑還是忍不住。這菜是用微笑從來沒吃過的高級食材做成的，再加上剛剛出去的那位大嬸也不是普通的傭人，所以做出來的食物不知道有多麼美味。

微笑盡力張開嘴巴，把肉串一口塞進嘴裡。果不其然，那從內心深處蔓延而來的滿足感讓微笑戰慄了一下。

熱氣尚未散盡的牛肉、雞蛋還有各種蔬菜完美地搭配在一起，味道無可挑剔。

「哇，這個是什麼啊，好吃，太好吃了，哇，哇。」

微笑還沉浸在盡情咀嚼的幸福感之中，就在這時，微笑的耳朵裡傳來了預想不到的聲音。

「啊，阿姨已經走了嗎？」

「啊呃。」

來人正是李英俊。他什麼時候進來的啊？到底是什麼時候啊？

英俊的突然出現，嚇了微笑一大跳，她眼睛瞪得圓圓的。英俊脫下外套，掛在餐桌椅子上，輕輕地跟微笑打招呼道：

「等了很久了嗎？」

「啊呃。」

微笑得趕緊嚼完嚥下去，要裝作什麼都不知道才行。但微笑一下子遇到了難題。

「趕緊把肚子填飽開始工作吧。你還沒吃晚飯吧？」

這應該算什麼呢，就像是遊戲正式開始之前，先進行一下熱身活動吧。

「怎麼了嗎？為什麼那樣？」

「啊呃。」

微笑哭喪著臉慢慢走過來，蠕動著的嘴巴裡拔出了一根短竹籤。

「對，對不起。肚子實在太餓了，我就……」

微笑手裡拿著竹籤，臉漲得通紅。英俊久久地凝視著微笑，想起了什麼。

很久以前，有個嚎啕大哭的小姑娘，就因為一顆卡拉梅爾糖而心情變得好起來。

英俊想起往事，臉上露出了笑容。原以為經過這麼長時間，微笑會有所變化，但她這傻乎乎地讓人出其不意的樣子怎麼一點也沒變呢。

不知緣由的微笑使勁眨眨眼，接著抿嘴笑起來。英俊看著她，比之前笑得更燦爛了。

「洗碗的事妳不用管了，晚一點會有人來收拾。」

「哎呀。我怎麼能白吃白喝呢？就這幾個飯碗和菜盤，我很快就能洗完。」

微笑一個個地拿起疊在一起的盤碗，用洗碗布快速地清洗著。在一旁盯著看的英俊喃喃自語道：

「你洗碗的手藝倒是挺老練啊。」

「我高中畢業前，有段時間在餐廳打過工。」

「是嗎？」

兩人的對話被洗碗的水聲和盤子的碰撞聲打斷了。

「以妳的成績，沒有繼續讀大學，這其中肯定是有原因的吧？」

微笑呆呆地看著泡沫裡的餐盤，冷靜地回答道：

「拿到高考成績單的那天，我們被趕到大街上了。因為爸爸被騙，房子和店鋪都被搶走了。」

英俊面無表情地說：

「現在社會上有很多這樣的事。」

可能是他的語氣毫無波瀾，她聽了並沒有感到任何悲傷和淒涼。微笑抿嘴笑了笑，繼續洗起碗來。

「確實如此。這事很常見，每個人都有可能遇到。儘管我沒辦法讓大腦靜下來，但是只要努力工作，總有一天會沒事的。所以，我現在什麼都不會去想。」

英俊陷入了沉思，沒再說什麼。過了一會兒，他來到咖啡機前，按下了按鈕，低低地說道：

「其實也沒必要想得那麼艱難那麼複雜。人生就是一場賽跑。」

「賽跑？」

「是的。摔倒的時候，那些只把心思集中在瞬間的痛苦，然後看著摔破的膝蓋而叫痛連天的人，肯定追不上那些忍著痛爬起來繼續跑的人。這是肯定的。」

「啊。」

「勝利屬於那些在賽跑過程中甩開他人最先到達目的地的人。人生也是一樣，活著活著你就會經歷無數的摔倒和受傷。而每當這個時候，就會有人癱在那唉聲歎氣。那樣的話，無非是向大家宣布『我長大了會成為一個優秀的失敗者』。」

這些話簡直就是人生哲理。在這沒有家的感覺的氛圍裡，微笑察覺到了李英俊的另一面。

「金微笑摔倒後，不管多痛都站起來繼續努力奔跑，這種意志，我表示高度讚揚。」

這份稱讚和激勵該有多麼珍貴啊。

在這段每天都很艱難的日子裡，沒有一個人對微笑說過「辛苦了」或者「妳真棒」這樣的話。微笑突然感動地鼻子一酸，她看著英俊感歎道：

「哇。」

「為什麼這樣看著我？」

「因為有點意外。」

「意外什麼？」

「因為我聽人說，專務是一個百分百完全自戀的人……」
「是嗎？」
「哦？呵！啊！對，對不起。對不起！我在胡說八道些什麼！」
微笑還沉浸在英俊剛剛的言辭中，卻不知不覺地說溜了嘴。她面如土色地跟英俊道歉，但他卻用詫異的眼神看著微笑，反問道：
「為什麼是胡說八道？我確實是很自戀啊。」
「啊……」
「我做得好啊！因為我做得好，所以我才自戀啊，這有什麼問題嗎？」
「啊，嗯，沒錯，是這樣啊。」
雖然這話聽起來有點彆扭，但也不是很難理解。
「如果碗洗完了，那就開始去工作吧。」
「啊，好的！」
微笑脫下橡膠手套，呆呆地看著英俊那有些熟悉的背影，說道：
「那個，專務。」
「怎麼了？」
「剛剛……謝謝您安慰我。」
英俊沒有任何回應。
他靜靜地站了一會兒，始終沒有回頭，然後走出了廚房。

「天啊。他是害羞了嗎，這可不是他的風格啊。不管怎樣，他是很好的一個人，而且還這麼可愛。嘻嘻。」

然而，沒過多久，微笑就意識到了這個想法是多麼的不自量力。

＊＊＊

「那個……專務。」

「怎麼了？」

「可以稍微休息一下再工作嗎？」

「妳要盡快地熟悉工作。以後上下班和休息的時間都不固定。」

微笑現在好像知道了這個位置的待遇極其優渥的原因了。那是為了不讓人提出抗議，覺得自己的勞動力應該被人榨取。

「這是我工作的風格，不要有什麼不滿。如果有什麼不滿的想法，也要嚥進肚子裡不要說出來。我說過我永遠不會給人第二次機會的吧？」

「咳咳。是，是。我知道了。但是……我感覺現在的工作效率越來越低呢。」

「你說工作效率變低了？那是什麼話？怎麼人還沒做事工作效率就降低了呢？」

「啊？」

聽到極其荒誕無稽的話，微笑的臉皺了起來。

牆上的鐘已經指向凌晨一點了。

從吃完晚飯到現在，除了喝咖啡和吃點水果，沒有任何一點休息的時間。這麼長的時間裡，兩個人就從美國分公司傳來的業務材料展開了討論。不過微笑的眼睛一直骨碌骨碌直轉，因為她忙著查詢那些不認識的英文單詞。

「我真是不明白。」

「嗯。我不太熟悉，真對不起，呵。」

微笑哭喪著臉，長歎了一口氣。英俊把手裡的材料「砰」地一聲扔在桌子上，直勾勾地盯著微笑的臉。

不覺間，微笑的眼底蒙上一層深深的陰霾。

這麼看來，英俊才後知後覺地意識到，是不是第一天上班就操得太狠了呢？不管怎麼說，像自己這麼出色的人，這種行程就像呼吸一樣自然，但是從「普通人」的立場看來，也許會覺得累吧。

「累了嗎？」

「不，不累，完全不累。我哪有做什麼，怎麼會累呢！」

英俊低頭看了一眼手錶，隨口說道：

「就是說嘛。哪有做什麼。反正也晚了，喝杯咖啡就下班吧。今天，我就破例送妳一次。」

聽到這些，微笑的眼眸瞬間流光溢彩。聽到下班的聲音，微笑稚嫩的臉上不覺露出小狗般令人憐愛的笑容，似是在說著「主人，哈哈，主人，主人太好了，哈哈。」

「我去拿咖啡，很快。」

微笑一下子起身，邁著輕盈的步子往廚房走去。身後響起英俊明快的聲音。

「我要加倍黑咖啡的！」

「好的！」

走向廚房的微笑伸展了下緊繃的肩膀和關節，拿出兩個馬克杯來。

不過是個馬克杯而已，卻鑲著金邊，看起來特別昂貴。不僅僅是杯子，周圍所有的東西都不容輕易靠近。

真的是越看越覺得這是另一個神奇的世界。

「我到底怎麼會來到這兒呢？」想到這，微笑咧嘴一笑，把杯子放在咖啡機的咖啡出口下方，然後坐在餐桌旁的椅子上。

看著並排放著的一對馬克杯，不知為何，竟有一種親切的感覺。

咖啡豆的研磨聲之後，是咖啡「嘩啦啦」的滴落聲，微笑突然覺得渾身軟綿綿的，眼前逐漸變得模糊。一直強忍著的睏意漸漸襲了上來。

「哈啊。」

她打了個長長的哈欠，趴在餐桌上，暫時閉上眼睛。等咖啡滴完了，我就趕快拿去，喝完下班，然後好好休息一下，再開始新的一天。

是的，直到那時，她分明還是這麼想的。

「呃呃！」

微笑感覺有些清冷，睜開惺忪的眼睛環視四周。周圍一片漆黑，窗外夜色朦朧。

實在分不清現在是何時，自己又身在何處。

「怎麼回事兒，這是？我睡著了嗎？呃呃！」

微笑驚慌之餘猛地起身，這才搞清楚狀況。

現在是凌晨五點半，她正躺在書架前的轉角沙發上，甚至身上還好好地蓋著一條毯子。

實習員工在上司的家裡睡著了，睡得昏天暗地，還是在相當於第一天上班的場合。

而且，她最後的記憶是去拿咖啡時，趴在餐桌上。也就是說，是英俊把她從那兒挪到了這兒。

「啊啊！怎麼辦！」

〔永遠不會有第二次機會。〕

一定會被炒魷魚吧，一定會被永遠地炒了吧。

怎麼辦，怎麼辦，腦中想起的就只有到底該怎麼辦的疑問，根本就想不出答案。

微笑抓著頭髮從座位上起身，環視了四周許久。

沒有看到英俊。

微笑用那尚未清醒的腦袋，繼續思索著到底怎麼該怎麼辦的時候，發現從裡面的房門縫裡，透出一束光線。

她努力地抑制住自己忐忑不安的心，朝房門的方向挪動了腳步。

但是，感覺有些奇怪。

「呼……呼，呃呃，哈啊！」

從門縫透出來的，不僅僅是光線。

雖然微笑再三祈禱，希望是自己聽錯了，但通過耳朵直擊大腦的聲音，的確是李英俊的呻吟。

不，竟然是呻吟？呻吟？

微笑的臉一下子皺了起來。

「今天……呃，為什麼格外地疼呢？呃呃。」

「因為很久沒做了。」

這不是李英俊，而是另一個男人的聲音。這個聲音粗獷且十分低沉，好像充滿了男性荷爾蒙。

「請深呼吸，放鬆身體。您這樣硬邦邦地用力，可能會受傷的。好，那我來了。哈啊。」

「呃啊！哈啊！」

「啊！這是怎麼回事！好可怕！」

聽到門裡面傳來的對話，微笑差點失聲尖叫出來。她緊緊地捂住自己的嘴巴，內心重複了一百萬遍「我的天啊」。

雖然她緊緊地閉上了眼睛，但也許是有淫魔作怪吧，腦中華麗地展開的全彩色畫面，久久揮之不去。

雖然大家都說「愛無國界，愛無邊界」，但這也太超乎想像啊！

誰能想得到，完美無缺的這個男人正享受著難以修成正果的禁忌之戀呢。

不過，可真是膽大至極啊。

祕書還睡在外面，竟然公然找來情人大行風流之事。

「怎麼辦，怎麼辦！溜之大吉嗎？不，突然一聲不吭地溜了會被懷疑吧？」

如果知道微笑發現了自己的祕密，英俊會做何反應呢？

她想了想「如果自己站在他的立場上會怎樣呢」，她的腦中立刻浮現出的只有「炒魷魚」這個詞。

不知道要多久才能還清那麼多債，這麼好的工作，絕不能被炒魷魚。

對，世界那麼大。

世界那麼大，有的男人喜歡吃肉，有的男人喜歡吃菜，有的男人喜歡男人，那也是理所應當的。就像能夠很自然地接受口香糖、菸、酒等嗜好食品一樣，個人的性取向，當然也應該尊重。

這又不會直接給別人造成什麼傷害，自己就裝作沒看見，只要努力工作就好了。

微笑緊閉雙眼，內心不停地重複。是啊，沒關係，沒關係。我沒看見。我真的什麼都沒看見，所以沒關係。我是站在專務這邊的，我支持專務的愛情！

正當她這麼想的時候……

神啊，祢又在開玩笑嗎？房門突然「哢嚓」一聲，稍微打開了些。不管怎麼說，門好像是一開始就沒有鎖好。

「呵！」

微笑心中的好奇和理性，還有良心產生激烈的碰撞，引起一場龍捲風。

到底要不要看呢？她糾結了很久，終於選擇了打開潘朵拉的盒子。

微笑蜷縮著身子，悄悄地透過門縫偷看，她震驚地說不出話。
「不是，天啊！怎麼會這樣……！」
「呃呃！等等，太疼了！」
「當然會疼了，請您再放鬆一點。」
「哇啊啊啊！」
「請您深呼吸，『呼』。深一點，再深一點！對了，就這樣！」
房內各種運動器械林立，猶如健身房一般。英俊和一位謎之男子，身處其中。
「那麼再來一次。」
「呼呼。」
英俊將雙腿向兩側打開，俯下上身，額頭貼地。而且，他身後身著運動服的肌肉男，把自己的體重壓在他的身上，努力地幫他拉伸。原來是他的私人健身教練。
「做得很好。好，今天就練到這兒。再做一下最後的體操就結束了。」
面帶滿意笑容的教練和英俊之間，湧動著一股暖融融的氣氛。
英俊起身，用毛巾擦了擦汗，正好和在門縫偷看的微笑四目相對。
英俊大步走過來，「嘩」地一下拉開房門，低頭直直地看著微笑，冷不防地說道：
「哎喲，主人，您現在起來了啊。」
微笑的臉一下子紅透了。
「對，對不起。我錯了，專務。」

「我不知道妳有那麼累。沒什麼對不起的。」
「啊啊，那也是對不起。真的對不起，呃。」
這不僅僅是表面的道歉，更是對雖然僅在內心深處產生，卻十分愚昧的誤會的道歉。雖然，當事人並不知情。
「但是，妳竟然只撐到那個程度就睡著了。該增強體力了。」
聽到這句話，教練喜出望外地走近微笑。
「聯繫我吧。我會好好帶妳的。」
微笑接過名片，不知該是笑還是哭，只是一臉不情願地站在原地。
教練走了以後，英俊用毛巾擦了擦額頭上濕漉漉的汗，望著微笑。
「都沒和家裡說一聲，就夜不歸宿，沒關係嗎？」
微笑輕聲笑了起來。您問得可真夠快啊。
「啊……因為沒人等我。」
微笑沒有理會英俊驚訝的眼神，繼續淡淡地說道：
「姐姐們在其他城市上學，爸爸現在都不知道在哪兒。他說要抓騙子，正在全國到處跑。」
「有聯繫嗎？」
雖然這句話說得隨意，但不知道為什麼，卻能從語氣中感受到暖暖的關心。
微笑聳了一下肩，嘻嘻笑了起來：

「會定期收到簡訊和電話。」

「那就好。」

微笑直愣愣地看著那沉重的啞鈴，心想「那個真的能舉起來嗎」，然後用疲憊的語氣繼續說道：

「就算抓到騙子，又有什麼意義呢？說實話……我希望他不要再繼續了。」

許久默默無語的英俊，和微笑一樣低頭看著啞鈴，淡淡地說道：

「如果現在什麼都不做的話，可能會撐不下去，所以才會那樣做吧。因為如果留下創傷之類的東西的話，一般不那麼容易克服呢。」

「有時候看著他，我覺得他並不像是在追騙子，反而像是被追騙子這件事追著的人，我說不清楚，真是理解不了。」

英俊靜靜地看著嘀咕著的微笑，突然說道：

「昨天我太著急，肩膀不小心碰到了門上，疼得我都要流眼淚了。妳知道我有多疼嗎？」

「什麼？多疼呢……」

英俊突然用拳頭輕輕打了一下微笑的肩膀。

「啊！」

微笑被沉甸甸的痛感嚇了一跳，驚愕地抬頭看著英俊，他這才調皮地笑著繼續說道：

「現在知道了嗎？」

「怎麼會有這種人。」微笑內心這麼嘀咕的時候，英俊誠懇地說道：

「有一些疼痛，如果不是親身經歷過，是不會理解的。但那種東西，沒有必要努力去理解吧。而且，那也不是單靠努力就能完全理解的問題。」

「啊……」

「總會好起來的。雖然因為爸爸，妳無意中多了很多負擔，還傷心難過。但是人活著，就會有更好的事發生的。一定會。」

微笑就像突然被什麼東西打了似的，頭腦一陣發懵。

突然發現，昨天也是如此，似是一直從意外情況中得到安慰。

「自以為是，既可惡又不那麼可惡的人」的傳聞，也許是那些不瞭解他的人們誤傳的也說不定。

這一瞬間，對微笑來說，英俊是一個溫暖的好人，莫名地讓人感到舒適的一個人。

「啊啊，專務……」

「就因為那件事，妳才這樣遇見了我啊。遇見我，是妳金微笑一生中最大的榮耀和幸運。妳要一輩子心存感激。」

沉浸在感動裡的微笑的眼眸瞬間失去了光彩。

「什麼？」

「既然妳能得到如此榮耀，服侍這樣偉大的我，事情肯定不會那麼容易啊，這不是理所當然的嗎？今後通宵就如同家常便飯，所以妳要增強體力。剛剛給妳名片的那位教練怎麼樣？費用我出，今天之內妳聯繫一下，開始運動吧。還有……這個。」

「這是……」

走向客廳的英俊，遞過來的是一堆書。

「這是今天的作業，一直學到標記的地方。晚上測試。」

「什什什麼？啊啊，等，等等。」

微笑「嘩啦嘩啦」翻著書，面如死灰地喊道：

「這也太多了吧？我連高三的時候，都沒這麼努力學習呢……」

「我第一次也是最後一次警告妳，在我面前絕對不要說『我做不到』這種話。如果做不到的話，不要說，乾脆去死。」

「什什麼？」

「如果測試通不過，我會安排妳從頭開始。所以妳別想著耍什麼花招。」

「呃！」

微笑尷尬地笑著，用手強行撫平因痙攣而抽動的嘴角。

「一個溫暖的好人，莫名地讓人感到舒適的一個人，還是留給狗吧。他就是一個自以為是，很可惡的人啊啊啊！」

她無聲的啊喊，劃破了黎明的黑暗。

＊＊＊

三個月後，去美國的路上。

「哇啊。」

生平第一次見到仁川機場的威容，微笑幾乎要忘記了這段時間以來接受的艱辛訓練。過了海關，站在奔向各自目的地的人流中，微笑像迷路的人一樣左顧右盼。

英俊無語地低頭看著微笑，隨口說道：

「妳就從鄉下離家出走，進城的少女。」

微笑聞言回過神來，連忙端正姿態，一把抓起男式公事包的提手。

「對不起。我這就打起精神！」

「但也沒有必要那麼軍紀嚴明。」

「是。適當，適當。」

真是相當慘烈的一段時間。

整個實習期間，微笑密集衝刺並熟練掌握了語言、業務、禮儀、時尚等各個領域，嘗盡了各種艱辛和屈辱，不覺間退去了許多稚氣。

她身材高䠷，清純的臉龐散發著知性的魅力。而且此刻，她並沒有穿著姐姐們穿過的舊衣服，而是身著一身知名設計師品牌的兩件式套裝，看起來無比地高傲完美。和一開始土裡土氣的穿著還有稚嫩的態度相比，有了很大的進步，可謂是「刮目相看」。

「哇啊，免稅店原來這麼大啊。」

走去貴賓室的路上，微笑努力不著痕跡地環視著四周。

英俊愣愣地看著這樣的微笑，突然停下腳步，突如其來地問道：

「妳有想要的東西嗎？」
「什麼？」
「我買給妳。」
「呵！」
微笑嚇得深吸一口氣，英俊似是很寒心地看著她，吁了一口氣，走向某處。
他走進附近一家名牌珠寶店坐定，然後叫來了經理，點了一些東西，經理拿出陳列櫃裡被指定的幾種首飾，放在鋪著絨布的托盤裡，拿了過來。
「妳喜歡哪一個，選一下吧。」
「什麼？」
「快點，你知道我最討厭別人浪費時間的吧。」
感覺到有負擔是一方面，再就是華麗的胸針都太漂亮了，實在難以選擇。
「那個……不是，我……」
見微笑支支吾吾，英俊的眉頭一皺，食指「噠噠噠」地敲著桌子，顯得特別不耐煩。
「我選不出來！專務您幫我選吧！」
「哼。」
不知是不是一開始就已屬意了，只見英俊毫不猶豫地拿起一枚胸針。
「這個很適合，就這個吧。」
這枚胸針的形狀像個耀眼的太陽。

也許是因為英俊為自己選的吧，那枚胸針看起來格外與眾不同。

「給我錢包。」

微笑從男式公事包裡掏出錢包遞了過去，英俊把信用卡和護照交給珠寶店的經理，解開了胸針的別針。

「過來點。」

微笑踟躕了一下，微微挺起胸膛，英俊親手把胸針戴在了她的衣領上。

呼吸交錯的瞬間，兩個人不知為何，有一種曖昧的感覺。

「真漂亮。很適合妳。」

「啊啊，真的嗎？謝謝。」

「這份恩情，妳絕對不要忘記。」

「是，是，那當然了。絕對至死不忘。」

兩人一唱一和地開著玩笑，坐了沒一會兒，經理拿著英俊的信用卡和發票，還有裝著胸針盒子的購物袋回來了。

「沒什麼其他要買的就走吧。」

「好。」

英俊從座位上起身，大步走出珠寶店，微笑三步併兩步地緊隨其後。

「咯噔咯噔，咯噔咯噔」，微笑正努力跟上他的腳步時，英俊突然停在原地。

「啊，難道您忘了什麼東西嗎？」

微笑驚訝地抬頭看著他，英俊的身體並沒有動，只是稍微轉過頭，說了一句：
「實習期間辛苦了。今後也繼續拜託了。」
聽到意外的稱讚和鼓勵，微笑似是嚇到了，紅著臉回答道：
「天啊，謝謝，專務。這話該我說才是，今後請多多指教。」
「好。」
英俊的眼神裡飽含滿意、信任，還夾雜著難以言明的悲傷，直直地盯著微笑的眼睛良久，繼續說道：
「走吧，金祕書。」
竟然叫我「金祕書」，第一次聽到這個稱呼雖然感覺很陌生，但現在才感覺被認定是他的人了，心情特別好。
微笑點著頭，用堅定的聲音回答道：
「是！」
兩個人步調一致，大步向前，午後燦爛的陽光透過玻璃窗，照耀在他們的肩上。

——完

作者後記

大家好，我是鄭景允。

初版自二〇一三年三月發行後，時隔五年，再次發行了修訂版，又重新和大家見面了呢。

過去的五年裡發生了很多事情，其中印象最為深刻的當屬讀者朋友們的愛。

感謝大家一直以來的厚愛和支持，也因此《金祕書為何那樣》才得以製作成紙本書、電子書、Kakao Page 限時免費小說、網路漫畫等多種形式，我寫這篇後記的時候，這部作品也即將被拍成電視劇並進軍海外。

這部作品仍有很多不足之處，能享有如此盛譽，我認為全都得益於長久以來給予厚愛和支持的讀者朋友們。謝謝大家。

五年的時間裡，世界和我都發生了諸多變化，所以此次，為了使故事變得更加順暢，我創作時也格外花了心思。

世界上無比珍貴可愛的孩子們、老公還有家人，以及一直給我力量，所以我也特別特別喜歡的姐姐們；黑乎乎、暖融融，最近變得有點懶的我的四腳天使貓咪；一直很可靠，很讓人感激的朴代理、紀次長，還有編輯部的家人們；熱情洋溢地鼓勵我，永遠值得尊敬和學習的 Kakao Page 的各位工作人員；不管別人說什麼，造就了今天的我的，讓人想念的秀珍姐姐；我最信任且最愛的，希望能一直順利的我的朋友勝振部長；最後，還有寄予厚愛的讀者朋友們。在此，謹向你們獻上我的愛和感謝，還有百萬次吻。

這部作品無論是創作的時候，或修訂的時候，還是後來補充外傳的時候，我都覺得特別有意思。好像沒有其他作品像這個一樣，每次翻開都覺得很有意思。作為一名作家，能夠創造出這樣的作品，真的非常幸運，我也感到無比幸福。

希望在讀者朋友們心中，這也是一部能夠讓人開心很久、心情愉悅的作品。

再次感謝！

茶香　鄭景允

二〇一八・二月

國家圖書館出版品預行編目資料

金祕書為何那樣②／鄭景允著；張靜怡譯．
——初版——臺北市：大田，2018.09
面；公分．——（K原創；002）

ISBN 978-986-179-540-9（平裝）

862.57　　107013055

填回函雙重禮
①立即送購書優惠券
②抽獎小禮物

K原創002

金祕書為何那樣②
作　　者｜鄭景允
譯　　者｜張靜怡

出 版 者｜大田出版有限公司
台北市10445中山北路二段26巷2號2樓
E-mail｜titan3@ms22.hinet.net　http：//www.titan3.com.tw
編輯部專線｜（02）2562-1383　傳真：（02）2581-8761
【如果您對本書或本出版公司有任何意見，歡迎來電】

總 編 輯｜莊培園
副總編輯｜蔡鳳儀／編輯：陳映璇
行銷企劃｜高芸珮／行銷編輯：翁于庭
校　　對｜金文蕙

初　　刷｜2018年09月12日　定價：350元
總 經 銷｜知己圖書股份有限公司
台　　北｜106台北市大安區辛亥路一段30號9樓
TEL：02-23672044／23672047　FAX：02-23635741
台　　中｜407台中市西屯區工業30路1號1樓
TEL：04-23595819　FAX：04-23595493
E-mail｜service@morningstar.com.tw
網路書店｜http://www.morningstar.com.tw
讀者專線｜04-23595819 # 230
郵政劃撥｜15060393（知己圖書股份有限公司）
印　　刷｜上好印刷股份有限公司
國際書碼｜978-986-179-540-9　CIP：862.57/107013055